A PROMESSA

Obras do autor publicadas pela Editora Record

A promessa

Em um quarto estranho

O impostor

DAMON GALGUT

A PROMESSA

Tradução de
Caetano W. Galindo

1ª edição

EDITORA RECORD
RIO DE JANEIRO • SÃO PAULO

2022

CIP-BRASIL. CATALOGAÇÃO NA PUBLICAÇÃO
SINDICATO NACIONAL DOS EDITORES DE LIVROS, RJ

G154p

Galgut, Ddamon, 1963-
A promessa / Damon Galgut; tradução de Caetano W. Galindo. – 1ª ed. –
Rio de Janeiro: Record, 2022.

Tradução de: The Promise
ISBN 978-65-5587-514-0

1. Romance sul-africano. I. Galindo, Caetano. II. Título

22-78369

CDD: 828.99363
CDU: 82-31(680)

Gabriela Faray Ferreira Lopea – Bibliotecária – CRB-7/6643

Título em inglês: *The Promise*

Copyright © Damon Galgut 2021

Texto revisado segundo o novo Acordo Ortográfico da Língua Portuguesa.

Todos os direitos reservados. Proibida a reprodução, no todo ou em parte, através de quaisquer meios. Os direitos morais da autora foram assegurados.

Direitos exclusivos de publicação em língua portuguesa somente para o Brasil adquiridos pela
EDITORA RECORD LTDA.
Rua Argentina, 171 – Rio de Janeiro, RJ – 20921-380 – Tel.: (21) 2585-2000,
que se reserva a propriedade literária desta tradução.

Impresso no Brasil

ISBN 978-65-5587-514-0

Seja um leitor preferencial Record.
Cadastre-se no site www.record.com.br e
receba informações sobre nossos lançamentos
e nossas promoções.

Atendimento e venda direta ao leitor:
sac@record.com.br

EDITORA AFILIADA

para Antonio e Petruchio
por todo o agenciamento, o cozinhamento e o viajamento

Hoje cedo eu encontrei uma mulher de nariz dourado. Ela vinha num cadillac, abraçada com um macaco. O motorista parou e ela me perguntou, "O senhor é Fellini?" E prosseguiu com uma voz metálica, "Por que é que nos seus filmes ninguém é normal?"

FEDERICO FELLINI

MÃE

Assim que a caixa de metal diz o seu nome, Amor fica sabendo que aconteceu. Passou o dia todo tensa, meio que com dor de cabeça, quase como se tivesse sido avisada de alguma coisa num sonho mas não se lembrasse de quê. Algum sinal, alguma imagem, logo abaixo da superfície. Problemas lá no fundo. Fogo no subterrâneo.

Mas quando lhe dizem aquilo em voz alta, ela não acredita. Fecha os olhos e sacode a cabeça. Não, não. Não pode ser verdade, o que a tia acaba de lhe contar. Ninguém morreu. É uma palavra, só isso. Ela fica olhando a palavra largada ali em cima da mesa como se fosse um inseto de costas, sem explicação.

Isso acontece na sala da Srta. Starkey, aonde a voz do alto-falante tinha dito para ela ir. Amor está faz tanto tempo esperando por este momento, já imaginou tudo isso tantas vezes, que já parece ser um fato. Mas agora que o momento chegou de verdade parece uma coisa distante e nebulosa. Não aconteceu, no fundo. E especialmente não com a Mãe, que sempre, sempre vai estar viva.

Eu sinto muito, a Srta. Starkey repete, cobrindo os dentões com uns lábios finos bem apertadinhos. Tem umas meninas que dizem que a Srta. Starkey é lésbica, mas é difícil imaginar ela fazendo coisas sexuais com qualquer pessoa. Ou vai ver que ela fez uma vez só e ficou com nojo para sempre. É uma dor que todo mundo tem que viver, ela acrescenta em tom sério, enquanto *Tannie* Marina treme e enxuga os olhos com um lencinho, apesar de ter sempre desprezado a Mãe e nem ligar que ela esteja morta, mesmo que não esteja.

Sua tia desce com ela e fica esperando lá fora enquanto Amor tem que voltar para o albergue e fazer a mala. Ela está morando lá há sete meses, à espera de que acontecesse o que não aconteceu, e passou cada segundo desse tempo odiando aqueles cômodos compridos e frios com seu piso de linóleo, mas agora que precisa ir embora, não quer sair dali. Ela só quer é deitar na sua cama e pegar no sono e nunca, nunca mais acordar. Como a Mãe? Não, não como a Mãe, porque a Mãe não está dormindo.

Devagar, ela vai pondo as roupas na mala que então leva até a entrada do prédio principal da escola, onde sua tia está parada, olhando para o laguinho com peixes. Aquele ali é grandão, ela diz, apontando para o fundo do lago, você já viu um peixinho dourado desse tamanhão? E Amor diz que não, apesar de não enxergar o peixe para o qual a tia está apontando e de nada ali ser de verdade mesmo.

Quando entra no Toyota Cressida, que também não é de verdade, e enquanto as duas flutuam pelas curvas do acesso para veículos da escola, a vista do outro lado do para-brisa é um sonho. Os jacarandás estão todos floridos e as pétalas de um roxo vivo são gritantes e estranhas. Até a voz dela parece meio que um eco, como se fosse outra pessoa falando, quando elas chegam ao portão principal e viram à direita ao invés de à esquerda, e ela se ouve perguntar aonde vão.

Pra minha casa, sua tia diz. Pegar o tio Ockie. Eu tive que sair correndo de noite quando, você sabe, quando aconteceu.

(Não aconteceu.)

Tannie Marina espia com seus olhinhos delineados com rímel, mas nada de vir uma reação da menina. A frustração da mais velha das duas é quase palpável, como um peido silencioso. Podia ter mandado o Lexington pegar a Amor na escola, mas preferiu vir ela mesma, porque gosta de ser útil em momentos de crise, todo mundo sabe. Por trás daquele rosto redondo com sua maquiagem de kabuki, ela está louca por escândalos, fofocas e barracos. Derramamento de sangue e traição na TV são uma coisa, mas aqui foi a vida real quem apresentou uma oportunidade concreta e empolgante. A notícia terrível, comunicada em público, na frente da diretora! Mas sua sobrinha, aquela gordolenta imprestável, mal abriu a boca. Sério, aquela menina tem algum problema, como Marina já tinha percebido. Ela acha que é por causa do raio. *Ag*, que pena, ela nunca mais foi a mesma.

Come uma torradinha, sua tia lhe diz zangada. Tem ali no banco detrás.

Mas Amor não quer torrada. Ela não está com fome. *Tannie* Marina vive preparando fornadas e tentando dar para os outros comerem. Sua irmã Astrid diz que isso é para ela não ser obrigada a ser gorda sozinha, e é verdade que a tia delas já publicou dois livros de receitas de acepipes para a hora do chá, que fazem sucesso com um certo tipo de mulher branca de mais idade, coisa que anda muito em voga.

Bom, *Tannie* Marina reflete, pelo menos é fácil conversar com a menina. Ela não interrompe nem discute e dá a impressão de estar prestando atenção, está mais do que bom. A escola não fica muito longe da casa dos Laubscher em Menlo Park, mas hoje parece que o tempo está dilatado e *Tannie* Marina passa o trajeto todo falando um afrikaans emocionado, num tom baixo e confidente, cheio de diminutivos, por mais que suas intenções não sejam inofensivas. É o tema de sempre, como a Mãe traiu a família toda ao mudar de religião. Correção, ao voltar à sua antiga religião. A ser judia! Sua tia não parou de falar disso no último semestre, desde que a Mãe ficou doente, mas o que é que Amor pode fazer? Ela é só uma criança, não manda nada, e afinal de contas qual é o grande problema de a pessoa voltar à religião antiga se quiser?

Ela tenta não prestar atenção e se concentrar em outra coisa. Sua tia usa umas luvinhas de golfista para dirigir, uma afetação tirada sabe-se lá de onde, ou talvez mero medo de germes, e Amor se fixa na forma daquelas mãos pálidas, percorrendo o volante. Se conseguir ficar concentrada nas mãos, na forma das mãos, com aqueles dedinhos curtos e grossos, ela não vai ter que ouvir o que a boca acima das mãos está dizendo, e aí aquilo não vai ser verdade. A única coisa de verdade são as mãos, e eu olhando as mãos.

… A verdade é que a sua mãe saiu da Igreja Reformada Holandesa e voltou pra essa coisa de ser judia só pra contrariar o meu irmão mais novo… Foi pra ela não ser enterrada na fazenda, do lado do marido, essa que foi a razão de verdade… Existe um jeito certo e um jeito errado e eu sinto muito te informar que a sua mãe preferiu o jeito errado… Bom, enfim, *Tannie* Marina suspira no que elas chegam a casa, o negócio é torcer pra ela ser perdoada por Deus e estar em paz agora.

Elas param na entrada da garagem, embaixo do toldo com suas lindas listras verdes, roxas e alaranjadas. Por trás dele, um diorama da África do Sul branca, o teto de zinco da casa com cara de casa de campo, de tijolinhos vermelhos à vista, cercado por seu fosso de jardim calcinado. Trepa-trepa parecendo abandonado num amplo gramado marrom. Um bebedouro de pássaros feito de concreto, uma casinha de boneca e um balanço feito de metade de um pneu de caminhão. Onde você, quem sabe, cresceu também. Onde a história toda começou.

Amor vai atrás da tia, não exatamente no chão, alguns centímetros acima, com um vertiginoso espacinho entre ela e as coisas, a caminho da porta da cozinha. Lá dentro, *Oom* Ockie está preparando um copo de brandy com Coca-cola, o segundo daquela manhã. Ele se aposentou recentemente do serviço público, onde era projetista do Departamento de Águas, e seus dias são apáticos. Cheio de culpa, ele de um salto se põe em posição de sentido quando a esposa o pega em flagrante, chupando o bigode manchado de nicotina. Teve horas para vestir uma roupa decente, mas ainda está com sua calça de moletom, camisa polo e chinelos de dedo. Um sujeito pesadão de cabelo ralo emplastrado de brilhantina de um lado a outro do crânio. Ele recebe Amor com um abraço pegajoso, extremamente desagradável para ambos.

Sinto muito pela sua mãe, ele diz.

Ah, tudo bem, Amor diz, e imediatamente começa a chorar. Será que todo mundo vai ter pena dela hoje porque sua mãe virou aquela palavra? Ela se sente feia quando chora, como um tomate espatifado, e acha que precisa fugir, fugir daquele cômodo minúsculo e horroroso com aquele piso de parquê e o poodle maltês latindo e os olhos da tia e do tio grudados nela que nem pregos.

Ela passa depressa pelo lúgubre aquário do *Oom* Ockie, no corredor com suas paredes texturizadas com o efeito chapiscado que era popular naqueles cantos naquele tempo, rumo ao banheiro. Não há por que explicar detalhadamente como ela lava o rosto coberto de lágrimas, mas vale mencionar que, enquanto ainda funga, Amor abre a porta do armarinho de remédios para olhar lá dentro, coisa que faz em toda casa que visita. Às vezes o que você encontra é interessante, mas aquelas prateleiras estão cheias de coisas deprimentes como pasta para dentaduras e Anusol. Depois ela fica com remorso por ter olhado e para se absolver tem que contar os objetos em cada prateleira e reorganizá-los de uma maneira mais satisfatória. Então pensa que a tia vai perceber e desorganiza tudo de novo.

Voltando pelo corredor Amor para na frente da porta aberta do quarto de seu primo Wessel, o mais jovem e mais volumoso dos rebentos de *Tannie* Marina, e o único que ainda não saiu do ninho. Ele já está com vinte e quatro, mas desde que terminou o serviço militar só fica de bobeira em casa, cuidando de sua coleção de selos. Parece que ele tem algum problema com isso de sair e ver o mundo. É depressão, segundo seu pai, e sua mãe diz que ele ainda não achou seu caminho. Mas na opinião declarada do Pai esse seu sobrinho é meramente preguiçoso e mimado e tinha que ser obrigado a trabalhar.

Amor não gosta do primo, especialmente agora, com aquelas mãozonas moles e o cabelinho em formato de pudim, e seu jeito suspeito de pronunciar a letra S. Tudo bem que ele nunca olhava nos olhos, mas agora mal registra a presença dela, porque está com o álbum de selos aberto no colo, examinando com uma lupa um dos favoritos de sua coleção, o conjunto de três em homenagem ao doutor Verwoerd, lançado poucos meses depois do assassinato daquele grande homem.

O que é que você está fazendo aqui?

A sua mãe me pegou na escola. E aí ela veio pegar o seu pai e umas comidas.

Ah. E agora você vai pra casa?

Vou.

Sinto muito pela sua mãe, ele diz, e finalmente olha de relance para ela. Ela não consegue se conter, começa a chorar de novo e precisa enxugar os olhos na manga. Mas ele já voltou a se concentrar nos selos.

Você está muito triste? pergunta distraído, ainda sem olhar para ela.

Ela sacode a cabeça. Neste momento é verdade, ela não está sentindo nada, só um vazio.

Você gostava dela?

Claro, ela diz. Mas nem com essa resposta ela sente alguma coisa se mexer lá dentro. Ela se pergunta se está dizendo a verdade.

Meia hora depois, ela se acomoda no banco traseiro do velho Valiant de Ockie. Seu tio, que vestiu sua roupa de ver Deus, calça marrom, camisa amarela e sapatos reluzentes, está lá com suas orelhas de abano no banco do motorista diante dela, com a fumaça do cigarro rabiscando o para-brisa. Ao lado dele sua esposa, de cara lavada e borrifada com Je T'aime, acompanhada de um saco de ingredientes recolhidos na cozinha. Neste momento eles estão passando pelo cemitério no limite oeste da cidade, onde um grupinho está parado em torno de um buraco cavado no chão, e perto dali fica o cemitério judaico onde muito em breve, mas não, não pense nisso, e não olhe para os túmulos, por mais que você não consiga deixar de ver a placa do Campo dos Heróis, mas quem são os heróis, isso ninguém explicava, será que agora a Mãe virou herói, também não pense nisso, e aí você já está mergulhando naquela região horrenda de cimento e lava-carros e quadras de prédios com cara de sujos lá do outro lado. Se você ficar na estrada de sempre logo vai deixar a cidade para trás, mas você não pode pegar a estrada de sempre porque ela passa por Atteridgeville e a situação está complicada no gueto. Complicada em todos os guetos, é o que andam dizendo pelos cantos, mesmo com o Estado de Emergência cobrindo o país inteiro como uma nuvem escura e o noticiário censurado e todo mundo num estado de espírito meio eletrificado, meio assustado, não há como calar o ruído de fundo das vozes que não param de falar, como o chiado miúdo da estática. Mas são de quem, essas vozes, por que é que a gente não está ouvindo agora? Shhh, você vai ouvir, se prestar atenção, é só prestar atenção.

... Nós somos o último posto avançado neste continente... Se a África do Sul cair, Moscou vai pedir champanhe... Vamos dizer com todas as letras, a lei da maioria significa comunismo...

Ockie desliga o rádio. Não está a fim de discursos políticos, bem melhor ficar olhando a paisagem. Ele se imagina como um de seus ancestrais Voortrekkers, trilhando lentamente rumo ao interior numa carroça puxada por bois. É, tem gente que sonha de maneira previsível. Ockie o pioneiro corajoso, flutuando pela planície. Um cenário marrom e amarelo passa lá fora, seco a não ser onde atravessado por um rio, sob um imenso sol do Highveld. A fazenda, que é como eles chamam, apesar de aquilo não ter nada de uma fazenda de verdade, um cavalo, poucas vacas e umas galinhas e ovelhas, fica lá adiante entre os morros baixos e os vales, quase chegando à represa Hartbeespoort.

Longe da estrada, do outro lado de uma cerca, ele enxerga um grupo de homens com um detector de metais, olhando enquanto uns rapazes nativos cavam buracos no chão. Esse vale todo já foi de Paul Kruger e há boatos persistentes de que dois milhões de libras em ouro da Guerra dos Bôeres foram enterrados embaixo dessas pedras. Então, cava aqui, cava acolá, caçando a riqueza do passado. É mesquinho, mas até isso lhes confere uma aura nostálgica. Meu povo é uma gente valente e resistente, eles sobreviveram aos ingleses e vão sobreviver aos cafres também. Os africâners são uma nação separada, ele acredita nisso de verdade. Não entende por que Manie teve que casar com a Rachel. Óleo e água não se misturam. Dá pra ver nos filhos dos dois, todos ferrados.

Na sua opinião, pelo menos, ele e a esposa estão em harmonia. Marina nunca gostou da cunhada. Tudo naquela combinação estava errado. Por que é que o seu irmão não podia simplesmente casar com alguém da tribo dele? Eu cometi um erro, ele disse, e você tem que pagar pelos seus erros. Manie sempre foi teimoso-burro. Ir contra a vontade da própria família por uma pessoa igual àquela, vaidosa e orgulhosa, que é claro que acabou largando dele. Por causa do sexo. Porque ele simplesmente não conseguia não pôr a mãozinha. Atividade essa a que a própria Marina nunca deu muita bola, fora aquela vez em Sun City com o mecânico, mas uuui, quietinha, não mencione isso agora. Sempre foi o pé de barro do meu irmão, desde que criou barba na cara ele virou um bode velho, se divertindo e criando encrenca, até que cometeu seu erro e aí tudo mudou. O erro agora está por aí, cumprindo o seu serviço militar. Mandaram um recado hoje cedo, ele só vai chegar em casa amanhã.

O Anton só vai chegar em casa amanhã, ela diz a Amor, e então se recolhe ao espelho retrovisor para corrigir o batom.

Eles chegam à estradinha pelo lado errado e Amor tem que sair para abrir o portão e fechar de novo depois de o carro passar. Então eles seguem aos solavancos por um caminho ruim, de pedras soltas, algumas delas meio verticais, raspando metálicas no chassi. O barulho parece intensificado para Amor, parece rascante. Sua dor de cabeça piorou. Enquanto estavam na estrada ela quase podia fingir que estava em lugar nenhum, só indo no embalo. Mas agora seus sentidos todos lhe dizem que estão quase chegando. Ela não quer chegar a casa, porque aí vai ficar gritante que alguma coisa aconteceu mesmo, que alguma coisa mudou na vida dela e nunca mais vai voltar ao que era antes. Ela não quer que a trilha faça o que faz, seguir por baixo do portal e na direção do *koppie*, não quer que ela suba a ladeira, não quer ver a casa na descida, do outro lado. Mas lá está a casa, e ela vê.

Nunca foi muito fã. Lugarzinho esquisito, para começo de conversa, já quando o seu avô comprou, quem é que ia fazer alguma coisa desse estilo aqui no meio do *bush*? Mas quando o *Oupa* se afogou na represa e o Pai herdou aquilo tudo ele começou a acrescentar mais cômodos e uns anexos que nem tinham estilo, apesar de ele dizer que era tudo arquitetura vernacular. Uns planos sem lógica, mas segundo a Mãe era porque ele queria encobrir o *art déco* original, que ele achava que parecia efeminado. Ah, mas que asneira, dizia o Pai, a minha abordagem é pragmática. Isso aqui era pra ser uma fazenda, não uma piração. Mas olha só no que foi dar. Uma mixórdia total, vinte e quatro portas externas que alguém tem que trancar toda noite, um estilo emendado no outro. Largada ali no meio do *veld*, como um bêbado com umas roupas desemparelhadas.

Mesmo assim, pensa *Tannie* Marina, é da gente. Não fique olhando a casa, pense na terra. Um terreno inútil, cheio de pedra, não dá pra fazer nada. Mas é da nossa família, só nosso, e isso tem o seu poder.

E pelo menos, ela diz em voz alta para Ockie, a esposa finalmente saiu de cena.

Aí, santo Deus, ela se lembra da criança no banco detrás. É bom você prestar atenção no que diz, Marina, especialmente nos próximos dias, até acabar essa coisa do enterro. Fale em inglês, assim você fica mais atenta.

Não me leve a mal, ela diz a Amor. Eu respeitava a sua mãe. (Respeitava nada.) Mas Amor não fala em voz alta. Ficou muito dura ali no banco detrás do carro, que está finalmente encostando. Ockie tem que estacionar um pouco mais adiante, porque já são muitos os carros na frente da casa, a maioria uns carros desconhecidos, o que é que eles estão fazendo aqui? Já se criou um vórtice de gente e de eventos, tudo levando ao buraco no formato da Mãe bem no coração de tudo. Quando sai, batendo a porta com um baque seco, Amor vê um carro em particular, escuro e comprido, e o peso do mundo piora. Quem é o motorista daquele carro, por que ele está parado na frente da minha casa?

Eu falei pros judeus não levarem ela ainda, *Tannie* Marina anuncia. Pra você poder se despedir da sua mãe.

De início Amor não entende. Crec crec crec nas pedrinhas. Pelas janelas da frente vê um monte de gente na sala de estar, uma névoa densa de gente, e no centro seu pai, todo dobrado numa cadeira. Ele está chorando, ela pensa, e então lhe ocorre, Não, ele está rezando. Chorando ou rezando, hoje em dia anda difícil ver a diferença com o Pai.

Aí é que ela entende, e pensa, Eu não posso entrar. O motorista daquele carro escuro está sentado esperando eu me despedir da minha mãe e eu não consigo passar pela porta. Se eu passar pela porta vai ser de verdade e a minha vida nunca mais vai ser a mesma. Então ela fica enrolando ali fora, enquanto Marina clop-clopa na frente toda importante com seu saco de ingredientes, com Ockie arrastando os pés atrás dela, e aí ela larga a mala no degrau e sai correndo para dar a volta na casa, passando pelo para-raios e pelos botijões de gás no seu nicho de concreto no muro até chegar ao pátio dos fundos onde Tojo o pastor-alemão está dormindo ao sol, as bolas roxas expostas entre as patas, pelo gramado, passando pelo bebedouro de pássaros e pela sumaúma, passando pelo estábulo e pelas casinhas dos trabalhadores atrás dele, correndo para o *koppie*.

Cadê ela? Ela estava bem atrás da gente.

Marina não consegue acreditar no que aquela boba daquela menina fez.

Ja, Ockie confirma e então, louco para ajudar, repete. *Ja!*

Ag, ela vai voltar. Marina não está com a menor vontade de ser tolerante. Deixa esse pessoal levar a coitada embora então. A menina perdeu a chance.

O motorista do carro comprido, Mervyn Glass, passou as últimas duas horas sentado na cozinha, com seu quipá, esperando as ordens da mandona, irmã do viúvo, que agora está dizendo para ele ir andando. É uma família muito difícil essa, ele não consegue entender o que está acontecendo ali, mas não dá mostras de se incomodar com aquilo. Esperar, mantendo um silêncio respeitoso, é parte essencial do seu trabalho, e ele desenvolveu a capacidade de simular uma profunda calma mesmo sem sentir nadinha de calma. No fundo no fundo, Mervyn Glass é um sujeito agitadíssimo.

Agora ele se levanta de um salto. Ele e seu ajudante se agilizam para remover os restos mortais da falecida lá do quarto no primeiro andar. Isso envolve uma maca e um saco para guardar o corpo além de uma última demonstração de sofrimento por parte do marido, que se agarra à esposa morta e implora que ela não se vá, como se estivesse indo embora por vontade própria e pudesse ser convencida a voltar atrás. Isso nem é raro, como Mervyn pode te dizer se você perguntar. Ele já viu isso tudo muitas vezes, inclusive o estranho vórtice que um cadáver gera, atraindo as pessoas. Amanhã de manhã isso já vai ter se alterado, o corpo já vai ter desaparecido e sua ausência permanente vai ter sido encoberta por planos, preparativos, reminiscências e pelo tempo. É, tão cedo assim. O desaparecimento começa imediatamente e num certo sentido não acaba nunca mais.

Mas enquanto isso há que se lidar com o corpo, o horroroso fato corpóreo do corpo, a coisa que faz todo mundo lembrar, até as pessoas que nem ligavam para a falecida, e sempre tem umas pessoas assim, que um dia elas também estarão deitadas aqui, igualzinho a ela, completamente esvaziadas, meras formas, incapazes até de olhar para si próprias. E a mente abomina sua própria ausência, não pode pensar que não vai poder pensar, o mais frio dos vazios.

Que bom que ela não é pesada, a doença deixou seu corpo oco, e é fácil descer a escada com ele e fazer aquela curvinha complicada no térreo e passar pelo corredor que leva à cozinha. Nos fundos, a irmã mandona dá mais umas ordens, contornem a casa, não passem com isso na frente dos convidados. Se os visitantes têm noção dessa última vez em que ela sai de casa, é só graças ao som do carro comprido que dá a partida lá fora, o tom do motor como vaga vibração no ar.

E aí Rachel se foi, mesmo. Ela chegou aqui como noiva grávida vinte anos atrás e não saiu mais, no entanto agora nunca mais há de entrar de novo pela porta da frente.

Dentro do carro fúnebre, ou melhor, da casa fúnebre, a maré de certo medo tácito já baixou apesar de ninguém saber muito bem por quê, e de aquilo mal ter sido comentado com palavras. Em geral, na verdade, são as palavras que afastam o tal do medo, Posso te servir mais um chá? Quer provar uma torradinha que eu fiz?

Marina falando, claro, ela é pró em verter sentenças oleosas sobre profundas águas turbulentas que ameaçam transbordar. Enquanto retorce seu colar.

Não, eu estou sem fome.

E esse é o Manie, seu irmão bem mais novo, que aos olhos dela parece uma coruja, uma corujinha que ela uma vez pegou para cuidar quando era criança.

Ah, que é isso, tome um chazinho pelo menos. Você está desidratado de tanto chorar.

Ah por favor por favor por favor, ele diz com uma veemência que soa como raiva, embora possa nem estar falando com ela.

O que aconteceu com aquela coruja? Alguma coisa ruim, ela acha que lembra, apesar de não conseguir determinar direito.

Eu nunca mais vou tomar chá, ele diz.

Ag não, ela diz irritada, não fale bobagem.

Ela não entende por que ele está tão abalado com a morte da esposa, a mulher passou meio ano à beira da morte, ele teve séculos para se preparar para o dia de hoje. Mas Manie está por um fio, como a barra do suéter, ela percebeu que ele estava puxando uma linha solta.

Pare com isso, ela lhe diz. Tire a blusa e me dê que eu conserto.

Atordoado, ele obedece. Ela sai com a peça de roupa em busca de linha e agulha. Se é que a Rachel tem dessas coisas em casa. Ou tinha. A correção mental lhe dá prazer, como uma junta enferrujada que se encaixa com um estalo. Rachel agora vai ser sempre no passado.

Manie treme sem a blusa, embora o dia de primavera esteja quente. Será que ele um dia vai descongelar de novo? Nunca enquanto ela era viva ele precisou tão dolorosamente de Rachel quanto precisa agora, e a ausência dela é como um gelo imóvel cravado fundo. Ela sabia chegar bem nessa minha parte mais fechada, metendo suas faquinhas. Não dava para ver a diferença entre ódio e amor, de tão próximos que nós éramos. Duas árvores embaralhadas, raízes embrulhadas como o destino. Quem é que não ia querer fugir? Mas só Deus pode me julgar, só Ele sabe! Perdão, Deus, quer dizer, Rachel, minha carne é mais fraca que as outras.

Chorando de novo. Marina o vê lá do outro lado da sala. Pois ela acabou encontrando um kit de costura numa gaveta e se acomodando num cantinho, de onde pode observar o ir e vir dentro da casa sem se colocar publicamente à disposição. Coser e cozer, ela tem mãos hábeis. Mas mesmo assim se distrai tanto ao ver seu marido passar, com uma nova bebida na mão, que fura um dedo.

E naquele momento, do nada, lembra o que aconteceu com a coruja. *Ag*, que pena. Aquelas penas brancas todas sujas de sangue.

Ei, eu estou de olho, ela diz para Ockie.

Mas ele passou direto, bigode com gosto de brandy, pensando, Cala a boca, justo você? Ele, naquele instante, tinha esquecido o motivo de estar ali e acaba dizendo a um sujeito que estava na sala, Está se divertindo?

Oi? o sujeito diz.

Mas Ockie já se recompôs e balança parado no lugar. Sabe como é, na medida do possível, ele diz.

O sujeito com quem ele está falando é um aprendiz de ministro da Igreja Reformada Holandesa. Alto e nervoso, com um pomo de adão pronunciado, esse aprendiz de ministro, no último ano, sem que ninguém soubesse, perdeu quase completamente a fé. Sente que está aos tropeços numa mata cheia de espinhos e portanto sorri bastante. No momento em que Ockie se dirige a ele, o camarada está sorrindo para si próprio enquanto reflete precisamente sobre essa questão, de não acreditar em mais nada, e se assusta como quem estivesse com a mão na botija quando alguém fala com ele.

Amor consegue ver os dois, seu tio e o *dominee* cheio de dúvidas, do outro lado das portas deslizantes de vidro da sala. Lá do alto do *koppie* ela consegue ver a frente da casa inteira, todas as janelas à mostra, que é bem o motivo de ela gostar de ficar sentada ali, embora digam que não é para ela ir sozinha. Nunca teve tanta gente no térreo, múltiplos vultos humanos andando por ali como gente de brinquedo numa casa de brinquedo. Mas ela não se concentra neles. Está olhando somente para uma janela, no primeiro andar, a terceira a contar da esquerda, pensando, Ela está ali. É só eu descer o morrinho e subir a escada que ela vai estar no quarto, me esperando. Como sempre.

E ela pode ver alguém andando por ali. Um vulto feminino, ocupado. Se entrecerrar os olhos, Amor consegue imaginar que é mesmo a sua mãe, de novo com um corpo forte e saudável, pegando os remédios que estavam ao lado da cama. Não precisa mais. A Mãe ficou boa de novo, o tempo voltou atrás, o mundo está em ordem. Simples.

Mas ela sabe que está só fingindo e que a pessoa ali no quarto não é a Mãe. É a Salome, claro, que está aqui na fazenda desde sempre, ou pelo menos é o que parece. O meu avô sempre falava dela assim, Ah, a Salome, ela veio junto com a terra.

Uma pausa breve para observar, no que ela tira os lençóis da cama. Uma mulher robusta, sólida, com um vestido de segunda mão, que a Mãe lhe deu anos atrás. Um lenço amarrado na cabeça. Está descalça, e a sola de seus pés é suja e rachada. Suas mãos mostram marcas também, raladas e feridas que foram por incontáveis colisões. Teria a idade da Mãe, quarenta, mas parece mais velha. Difícil dar-lhe um número preciso. Seu rosto não demonstra muita coisa, ela veste a vida como uma máscara, como imagem entalhada.

Mas tem coisas que você sabe sim, porque viu com os próprios olhos. Daquele mesmo jeito impassível com que varre e limpa a casa e lava a roupa das pessoas que moram ali, Salome cuidou da Mãe nos últimos dias de sua doença, pondo e tirando a roupa dela, ajudando no banho com um balde de água quente e aqueles paninhos *lappie*, ajudando quando ela precisava ir ao banheiro, sim, até limpando a bunda dela depois do penico, passando o esfregão no sangue e na merda e no pus e no mijo, todas as tarefas que as pessoas da própria família não queriam cumprir, imundas ou íntimas demais, Deixa a Salome fazer, é pra isso que a gente paga, não é? Ela estava com a Mãe na hora da morte, bem do ladinho da cama, apesar de parecer que ninguém a enxerga, ela é aparentemente invisível. E tudo que Salome possa sentir é invisível também. Alguém lhe disse, Limpe aqui, lave a roupa de cama, e ela obedece, ela limpa, ela lava a roupa de cama.

Mas Amor a enxerga do outro lado da janela, então no fim das contas ela não é invisível. Pensando numa lembrança, até agora incompreendida, de uma tarde mal faz duas semanas, naquele mesmo quarto, com a Mãe e o Pai. Eles esqueceram que eu estava ali, no cantinho. Não me viram, e eu fui como uma negra para eles.

(Você me promete, Manie?

Segurando nele, garras de caveira, como num filme de terror.

Ja, eu resolvo isso.

Porque eu queria muito que ela ganhasse alguma coisa. Depois de tudo que ela fez.

Eu entendi, ele diz.

Prometa que vai resolver mesmo. Diga.

Eu prometo, o Pai diz, com voz embargada.)

Ela ainda vê aquela imagem, os pais emaranhados como Jesus e Sua mãe, um horroroso nó de tristeza, de abraço e de choro. O som vem de outro lugar, mais alto e distante, com as palavras demorando até agora para chegar até ela. Mas finalmente ela entende de quem eles estavam falando. Mas claro. Óbvio. Dã.

Está sentada onde gosta de ficar, no meio das pedras, ao pé da árvore queimada. Onde eu estava quando o raio caiu, onde eu quase morri. Bum, fogo branco caindo lá do céu. Como se Deus apontasse para você, o Pai diz, mas como é que ele pode saber, ele não estava aqui quando aconteceu. A ira do Senhor é como chama vingadora. Mas eu não peguei fogo, não que nem a árvore. Fora os meus pés.

Dois meses no hospital, em recuperação. A sola ainda é meio sensível, um dedinho a menos. Ela toca agora aquele ponto, passa o dedo na cicatriz. Um dia, ela diz em voz alta. Um dia eu vou. Mas o pensamento é interrompido a meio caminho e o que ela um dia vai fazer fica ali no ar, em suspenso.

O que está acontecendo agora é que outra pessoa está subindo o morrinho pelo outro lado. Um vulto humano que se aproxima, preenchendo-se aos poucos, ganhando idade e sexo e raça, como peças de roupa, até que ela se vê diante de um menino negro, também de treze anos, com uma bermuda e uma camiseta esfarrapadas, *takkies* detonados nos pés.

Suor faz a roupa grudar na pele. Solte com os dedos.

Oi, Lukas, ela diz.

E aí, Amor.

Primeiro é necessário bater no chão com uma varinha. Então ele se acomoda em uma pedra. Fácil falar um com outro. Não é a primeira vez que eles se encontram ali. Crianças ainda, à beira de não serem mais crianças.

Eu sinto muito pela tua mamãe, ele diz.

Ela quase chora de novo, mas não. Tudo bem ele dizer aquilo, porque o pai de Lukas também morreu, numa mina de ouro perto de Joanesburgo, quando ele era bem pequeno. Alguma coisa que os une. O que ela acabou de lembrar transborda, ela quer dizer para ele.

Agora é de vocês, a casa, ela diz.

Ele olha para ela, sem entender.

A minha mãe disse pro meu pai dar a casa pra sua mãe. Um cristão nunca volta atrás em sua palavra.

Ele olha morro abaixo para o outro lado, onde mora, na casinha toda torta. A casa dos Lombard. É como todo mundo chama, apesar de a velha Lombard estar morta há anos, desde antes de o avô de Amor comprar a casa para evitar que aquela família indiana se mudasse para lá, e deixasse a Salome morar ali em vez deles. Tem nome que pega, tem nome que não.

A nossa casa?

Vai ser de vocês agora.

Ele pisca, ainda confuso. Sempre foi a casa dele. Ele nasceu ali, ele dorme ali, do que é que essa branquela está falando? Entediado, ele cospe e se levanta. Ela percebe como as pernas dele ficaram fortes e compridas, os pelos grossos que lhe crescem pelas coxas. Ela também sente o cheiro dele, o ranço do suor. Isso tudo é novo, ou talvez perceber é que seja novo, e ela já está com vergonha, ainda antes de perceber que ele está olhando para ela.

O que foi? ela diz, encolhida, braços por cima dos joelhos.

Nada.

Ele pula para a pedra dela, se agacha ao seu lado. Sua perna exposta está perto da dela, ela consegue sentir o calor e o atrito, e afasta rapidamente o joelho.

Eca, ela diz. Você está precisando tomar banho.

Ele levanta de pronto e salta de volta para a outra pedra. Agora ela se arrependeu de expulsar o menino dali, mas não sabe o que dizer. Ele pega sua vara e bate de novo com ela.

Tá bão, ele diz.

Ok.

Ele desce de novo o morrinho pelo mesmo caminho da subida, atacando com golpes da vara as pontinhas brancas do mato, cutucando os cupinzeiros. Informando ao mundo que está ali.

Ela fica olhando até ele sumir, sentindo-se já mais leve porque o carrão preto enorme foi embora e o negror imenso que a comprimia também sumiu. Então ela desce tranquila pelo outro lado do *koppie*, detendo-se aqui e ali para olhar uma pedra ou uma folha, sua própria casa, ou a casa que considera sua. Quando passa pela porta dos fundos, cento e trinta e três minutos e vinte e dois segundos transcorreram desde sua fuga. Quatro carros, inclusive o escuro e comprido, já foram embora, e um único chegou. O telefone tocou dezoito vezes, a campainha, duas, numa ocasião porque alguém mandou flores que por incrível que pareça foram entregues lá. Vinte e duas xícaras de chá, seis canecas de café, três copos de bebidas geladas e seis cocas-com--brandy foram consumidos. Os três banheiros do térreo, nada acostumados a esse ir e vir, deram a descarga vinte e sete vezes, no total, carregando nove vírgula oito litros de urina, cinco vírgula dois litros de fezes, o conteúdo de um estômago de comida regurgitada e cinco mililitros de esperma. Os números não param, mas de que é que serve a matemática? Numa vida humana qualquer há sempre um único exemplar de cada coisa.

Quando entra sorrateira na cozinha ela ouve vozes distantes, ainda que aquele lado da casa esteja em silêncio. Sobe a escada que leva ao primeiro andar. Entra no corredor que leva ao seu quarto. No caminho tem que passar pela porta do quarto da Mãe, agora vazio, Salome já foi lavar a roupa de cama, mesmo sabendo que aquilo que não aconteceu não aconteceu justo aqui, ela deve, precisa entrar.

Menininha olhando os pertences da mãe. Conhece tudo aquilo de cor, quantos passos da porta até a cama, onde fica o interruptor do abajur, o padrão laranja espiralado do carpete como o começo de uma enxaqueca etc. etc. Com o canto do olho ela acha que vê o rosto da Mãe aparecer no espelho, mas quando olha de frente ele já sumiu. O que ela consegue é sentir o cheiro da mãe, ou uma mistura de cheiros que considera como se fosse a sua mãe, mas que na verdade são vestígios de eventos recentes, que envolveram vômito, incenso, sangue, remédios, perfume e uma nota negra subjacente, talvez o cheiro da própria doença. Exalado pelas paredes, suspenso no ar.

Ela não está aqui.

Sua irmã Astrid falando, que de alguma maneira a viu e veio atrás.

Já levaram ela embora.

Eu sei. Eu vi.

A cama foi desfeita, e o colchão exposto está manchado com algo indefinível. Ficam as duas olhando aquele contorno escuro e intenso como se fosse o mapa de um novo continente, fascinante e medonho.

Eu estava com ela quando ela morreu, Astrid acaba dizendo, com a voz vibrando porque não está dizendo a verdade. Não estava com a mãe quando ela morreu. Estava atrás do estábulo, conversando com Dean de Wet, o menino de Rustenburg que às vezes vem ajudar na fazenda, limpando o estábulo. O pai de Dean faleceu uns anos atrás, e ele vem ajudando Astrid a lidar com a morte da mãe. É um rapaz simples, sincero, e ela gosta de ser alvo da atenção dele, parte de uma conscientização masculina mais ampla a que se tornou receptiva nos últimos tempos. Então as únicas pessoas que estavam com Rachel Swart quando chegou sua hora eram o marido, vulgo Pai ou Manie, e a negrinha, como é que ela se chama mesmo, Salome, que obviamente não conta.

Eu devia ter estado aqui. É o que Astrid pensa. O fato de que em vez disso ela estava flertando com Dean só aumenta sua sensação de culpa. Ela acredita, equivocadamente, que sua irmã mais nova conhece essa verdade a seu respeito. Não só essa, outras também. Por exemplo, que ela vomitou o almoço tem meia hora, como faz sempre, para ficar magra. Ela tende a sofrer desses medos paranoicos, e às vezes suspeita que os outros podem ler sua mente em segredo, ou que sua vida é um complexo espetáculo em que todo mundo está representando um papel e ela é a única que não está. Astrid é uma pessoa medrosa. Entre outras coisas, ela tem medo do escuro, da pobreza, de trovoadas, de engordar, de terremotos, tsunamis, crocodilos, dos negros, do futuro, de que as estáveis estruturas da sociedade se desmontem. De ser desamada. De ter sempre sido assim.

Mas agora Amor está chorando de novo, porque Astrid disse aquela palavra como se fosse um fato e não é, não é, apesar de a casa estar cheia de gente que não devia estar ali, que normalmente não está ali, ou não ao mesmo tempo.

A gente devia estar se arrumando, Astrid diz impaciente. Você tem que tirar esse uniforme.

Se arrumar pra quê?

Astrid não tem resposta, o que a deixa irritada.

Aonde é que você foi? Estava todo mundo te procurando.

Eu subi o *koppie*.

Você sabe que não te deixam subir lá sozinha. E o que é que você está fazendo aqui? No quarto dela?

Eu só estava olhando.

Olhando o quê?

Sei lá.

É verdade, ela não sabe, está só olhando, e pronto.

Vá se trocar, Astrid ordena, tentando fazer voz de adulta, agora que abriu uma vaga.

Você não manda em mim, Amor diz, mas sai dali, só para fugir de Astrid, que, assim que se vê sozinha no quarto, pega uma pulseira que viu largada na mesinha de cabeceira, um circulozinho bem lindo de contas azuis e brancas. Ela viu sua mãe usar aquela peça, e já experimentou antes. Agora coloca de novo no braço, sente que a bijuteria lhe toma confortavelmente o pulso. Decide que a pulseira foi sempre sua.

Eu não sou bonita. É o que pensa Amor, pelo que não é a primeira vez, enquanto se olha no espelho que fica atrás da porta de seu armário. Está só com a roupa de baixo, que inclui um sutiã pequeno, recém-comprado, a sensação perturbadora e nova ainda da carne que brota. Seu quadril aumentou, e esse espessamento lhe parece pesado, exagerado, obsceno. Ela desgosta da barriga e das coxas e de como aqueles seus ombros são caídos. Desgosta do seu corpo todo, como muitas de vocês, mas com uma intensidade adolescente toda especial, e ele hoje lhe parece ainda mais presente que o normal, presente de maneira mais densa, mais intensa.

Em momentos como esse, de reavaliação interna, o ar que a cerca fica tomado por uma energia clarividente. Aconteceu umas vezes recentemente de ela saber adiantado, meio milissegundo antes da hora, que um quadro vai cair da parede, uma janela vai abrir de supetão, um lápis vai rolar pela mesa. Hoje ela desvia os olhos do seu reflexo no espelho, tendo certeza de que um casco de tartaruga enegrecido pelo fogo, que fica ali na mesa de cabeceira, vai levantar voo. Ela fica vendo ele voar. Como se estivesse carregando o objeto com os olhos, ela observa seu movimento calmo até o meio do quarto. E então o larga, ou arremessa, talvez, porque ele cai com força no chão e quebra.

O casco de tartaruga é, ou melhor, era, um de pouquíssimos objetos que ela catou, todos eles recolhidos no *veld* lá fora. Uma pedra com um formato esquisito, um craniozinho minúsculo de mangusto, uma pena branca comprida. Fora isso, o quarto não tem os sinais e as pistas normais, contém somente a cama de solteiro com seu cobertor, a mesa de cabeceira com seu abajur, o armário e a cômoda, o piso de madeira sem carpete nem tapetes. As paredes também são nuas. Quando a própria menina está ausente, o quarto é como página em branco, quase sem marcas ou pistas que dissessem algo a respeito dela, o que talvez de fato diga alguma coisa a respeito dela.

Ela leva na mão um pedaço do casco de tartaruga quando desce a escada momentos depois. Ainda tem gente andando à toa por ali, e ela fica com os olhos cravados à frente e segue na direção da figura do pai, ainda desabado na poltrona.

Onde é que você estava? O Pai diz. A gente ficou preocupado.

Eu estava no *koppie*.

Amor. Você sabe que não é pra ir lá sozinha. Por que você sempre volta?

Eu não queria ver ela. Eu fugi.

O que é que você está segurando?

Ela lhe entrega a lasca de casco enrugado, sem lembrar direito, naquele estado de desorientação, o que aquilo é ou de onde vem. Parece uma unha do dedão do pé de um gigante, troço nojento, maninha. Alguma coisa que ela pegou lá fora. Sempre trazendo uns retalhos pesteados da natureza. Ele quase joga fora mas o ímpeto passa e ele fica segurando aquilo como ela segurava, a mão frouxa.

Vem aqui.

Agora ele está tomado por uma imensa ternura por ela, profunda e ao mesmo tempo sentimental. Tão indefesa, uma alma simples. Minha criança, minha criancinha. Acolhe a filha e de repente os dois derretem e retornam a um momento semelhante sete anos atrás, na brancura logo após a queda do raio, a nebulosa reverberação semilúcida do acidente. Carregando Amor *koppie* abaixo. Salve. Salve Amor, Senhor, e serei Teu para sempre. Para Manie, era como Moisés descendo a montanha, foi a tarde em que ele foi tocado pelo Espírito Santo, e sua vida mudou. Amor lembra tudo diferente, como um fedor de carne queimada no ar, como um *braaivleis*, o ranço de um sacrifício no centro do mundo.

O *koppie*. Lukas. A conversa. Foi isso que ela veio dizer quando desceu e agora recua do ponto em que se viu achatada contra a camisa dele e contra o cheiro de suor e dor e desodorante Brut.

Você vai cumprir a sua promessa, ela diz. Para nenhum dos dois fica claro se é afirmação ou pergunta.

Que promessa?

Você sabe. O que a Mãe te pediu pra fazer.

O Pai está exausto, quase granular, toda a areia pode escorrer de dentro dele em breve. *Ja*, ele diz vagamente, se eu prometi então vou cumprir.

Vai mesmo?

Já disse que vou. Ele tira um lencinho do bolso do paletó e assoa o nariz, depois olha o lenço para ver o que gerou. Guarda de novo. Mas do que é que a gente está falando mesmo? ele diz.

(A casa da Salome.) Mas Amor perde as forças e despenca de novo no peito dele. Quando ela fala ele não consegue ouvir.

O que foi que você disse?

Eu não quero voltar pro albergue. Eu odeio aquilo lá.

Ele pensa no assunto. Você não precisa voltar, ele diz. Era só temporário, enquanto a Mãe... enquanto a Mãe estava doente.

Então eu não vou voltar?

Não.

Nunquinha?

Nunca. É uma promessa.

Agora ela se sente imersa e isolada, como se estivesse no calor e no silêncio de uma caverna subterrânea. Ah, coração leviano. A tarde se estreita rumo a seu longo final amarelo. Minha mãe morreu hoje cedo. Logo vai ser amanhã.

Manie cansa de ter a menina ali grudada e precisa conter um desejo indecoroso de afastá-la. Ele sempre temeu, com base em nada de sólido, que Amor não fosse sua filha de verdade. A última a nascer, sem ter sido planejada, ela foi concebida no período mais conturbado de seu casamento, os anos do meio do caminho, quando ele e a esposa começaram a dormir em quartos separados. Não se fazia muito amor, mas foi aí que Amor apareceu.

Mas, venha de onde vier, ela com certeza é parte do plano Divino. Sem sombra de dúvida, foi ela o instrumento de sua conversão, quando o Senhor quase a tirou deles e Manie finalmente se abriu para o Espírito Santo. Foi pouco depois disso, num momento de profunda oração, que ele compreendeu o que precisava fazer para se purificar. Ele, Herman Albertus Swart, precisava confessar seus erros para a esposa e pedir seu perdão, então ele contou tudo a Rachel, inclusive aquilo do jogo e das prostitutas, nu e cru, mas em vez de ganhar clareza a situação de seu casamento ficou negra, em vez de perdoado por ela, ele foi julgado e achado em grande falta, em vez de ir com ele para o vale da luz ela virou para o outro lado, para o seu próprio povo. As linhas do que escreve o Senhor serão sempre tortas para nós!

Ele se contorce na poltrona e segura o rosto de Amor com as duas mãos, faz com que ela olhe para ele, examinando seus traços, procurando algum sinal que pudesse apenas provir do seu corpo, suas células. Não é a primeira vez. O olhar que ela lhe devolve vem de suas negras constelações, amedrontado.

Ele podia estar prestes a lhe dizer alguma coisa, mas isso é evitado, felizmente, pela chegada de *Dominee* Simmers. O bom ministro passou quase o dia todo ali, sem deixar que um membro importante da sua congregação ficasse sem conselhos e orações. Nos anos de indagações e buscas depois que Manie foi roçado pelo fogo de Deus e finalmente procurou a verdade, Alwyn Simmers vem sendo seu guia e seu pastor. Os rigores de sua Igreja são as vigas e escoras que me mantêm de pé.

Infelizmente eu preciso ir, o ministro diz. Mas eu volto amanhã.

Ele enxerga Manie como um complicado borrão, pois o *dominee* está perdendo a visão, tem os olhos escondidos por grossas lentes escuras e precisa de alguém em quem se apoiar. Literalmente, no caso; Jesus é mera metáfora nessas circunstâncias. Donde a presença do aprendiz de ministro, aquele que não lembra onde deixou sua fé, que está agora tentando angular o *dominee* para a conversa entrar certinho nos eixos.

Manie tem finalmente um motivo para pôr a filha de lado, cuidadosamente, como um móvel delicado, e se esquece dela rapidinho. Eu vou com o senhor até o carro, ele diz. Levando os dois lentamente até a porta da frente, ele passa por uma foto de si próprio num porta-retratos no aparador, tirada vinte anos antes em Escamópolis, seu parque de répteis, logo depois da inauguração. Rendendo bem desde o primeiro dia, e dá pra ver pelo sorrisinho aberto do rapaz ali na foto. Manie aos vinte e sete. Considerado um partidão na época. Superdivertido, sempre dando uma de bobo, e ainda por cima bonito, olha aí na foto se você não acredita. Longa mecha solta sobre a testa, sorrisinho dentuço, insolente. Meio pilantra. Segurando uma cobra mortal e furiosa em cada mão, mamba-negra na esquerda, mamba-verde na direita, irradiando juventude, saúde e certeza moldura afora. Óculos escuros, óbvio, com uma armação pesada e reluzente, costeletas arruivadas à mancheia, a mesma cor dos pelos que lhe saltam do peito nu. Fértil, criado solto no pasto, todo mundo queria tirar uma lasquinha do camarada, não é de se estranhar que Rachel tenha largado tudo por ele. E aí mudou de ideia quando ele mudou também.

Já lá fora, o *dominee* apalpa Manie para lhe dar um abraço, respirando pesado, mas viril. Conte com Cristo, ele diz no seu ouvido. Uma frase sem sentido, pensando bem, mas Manie diz que sim, que vai continuar contando com Cristo. Já faz isso há muito tempo. O senhor volta amanhã? ele diz angustiado, sem saber se só Cristo vai dar conta, e o ministro promete que vai voltar.

E então eles estão no carro que se afasta da casa da fazenda, ou melhor, o aprendiz de ministro está dirigindo, com o homem mais velho ao seu lado. Nem conversam no trajeto sacolejante até o portão da entrada, embora o pomo de adão do motorista fique pulando para cima e para baixo, igual uma boia numa linha de pesca, como se ele tivesse algo para dizer.

É só depois de passarem pelo portão e terem entrado na estrada asfaltada que Alwyn Simmers desperta.

Família maravilhosa, ele comenta. E aquele homem não vai desmoronar.

O motorista fica ouvindo, sorrindo por dentro com inveja. Não desmoronar! Será que se pode ter essa certeza? Não quanto a mim. Não hoje. Até acreditar que ele é capaz de ficar naquela estrada, com as mãos assim tão escorregadias, já exige demais da fé.

O velho ministro é um homem grande, redondo, com uma onda lateral de um cabelo castanho e frisado. Muita coisa nele parece amarfanhada, pois sua irmã Laetitia, que cuida dele em casa, não é das mais competentes no uso de um ferro de passar. E a pele das suas mãos, do rosto e do pescoço, de tudo que nele está visível, é frouxa e enrugada, e você não ia fazer questão de ver o resto, por baixo da roupa.

Ele tem uma seriedade natural, mas está especialmente solene hoje, porque a morte de Rachel, uma mulher cuja mão se ergueu contra ele desde o princípio, deveras, uma mulher teimosa, orgulhosa, que desviava os olhos do Senhor, o deixou mais perto de algo que ele quer muito. Não para si próprio, não, claro que não! Para a Igreja apenas, e como contribuição para a obra Divina. Sou meramente o instrumento. Mas o instrumento pode pressentir que o caminho finalmente se abriu, e que ele pode em breve adquirir um terreno precioso.

Venha me pegar amanhã às quatro da tarde, ele decide.

Nós vamos voltar para ver... aquele pessoal?

Ja, vamos retornar à família Swart. Meu trabalho ali ainda não está encerrado.

Quando o sol se põe, com cores especialmente vívidas aqui fora, as visitas já foram todas embora e só ficou a família. *Oom* Ockie a essa altura já está meio adernado para a direita, ancorado talvez pelo sorriso torto, que sobe só num canto. Ele e o Pai estão sentados na sala, vendo o noticiário da TV, que traz más notícias do país inteiro. Uma mina subaquática em Joanesburgo, tropas nos guetos. De poucos em poucos minutos o Pai não se contém e chora aos soluços por um tempo, como se a situação da África do Sul o comovesse. Ockie só toma seus golinhos e sorri.

Na cozinha, Marina supervisiona a negrinha, que tem uma pilha de pratos e de xícaras para lavar. Do jeito que ela se arrasta por ali, pesada e lenta, você poderia pensar que foi ela quem perdeu alguém da família. Imperdoável ser preguiçosa num dia como esse, você precisa ficar empurrando essa menina como se fosse um pedregulho, é cansativo ficar o tempo todo dando ordens. Irritada, Marina passa a casa em revista uma última vez, em busca de sobras. Na sala de jantar encontra Amor, que ainda não teve oportunidade de repreender. Pra onde foi que você fugiu? ela exige saber, mais brava do que supunha, e se vê beliscando o braço da sobrinha, com um lampejo de genuína crueldade nas unhas.

Ai, Amor diz, mas fora isso não responde, e Marina sobe para o primeiro andar marchando com desapontada satisfação. Entra no quarto de Rachel e hesita um segundo antes de fechar janelas e cortinas. Sente que parece haver uma vaga tintura, um odor, no ar. Lá fora é noite.

É noite, a mesma noite, mais tarde, as estrelas seguiram em frente. Mera cutícula de lua, cobrindo de levíssimo brilho metálico esta paisagem de pedras e morros, que fica parecendo quase líquida, um mar mercurial. O risco da estrada é vez por outra cerzido em câmera lenta pelos faróis de um carro, que leva sua carga de vidas humanas, indo de algum lugar a algum lugar.

A casa está às escuras, a não ser pelos holofotes de vante e de ré, atenção para o vocabulário náutico, que iluminam a entrada e o gramado, e uma única lâmpada que ficou acesa lá dentro, na sala. Nos diversos cômodos do térreo tudo está basicamente inerte, exceto por um ou outro inseto apressado, ou será um roedor, e as minúsculas expansões e contrações da mobília. Passos, patinhas, rangidos, estalos.

Mas no primeiro andar, nos quartos, algo cintila. O colchão do Pai é uma balsa, balançando numa correnteza de sonhos intranquilos. Ele tomou um sedativo receitado pelo Dr. Raaff, que lhe mantém a cabeça logo abaixo da superfície, olhando as imagens refratadas lá em cima. Sua esposa está em muitas delas, mas alterada de alguma maneira, meio mole. Algum vestígio nela de uma outra pessoa, alguém que ele não conhece? Como é que pode isso? ele grita para ela, Você está morta. Que coisa horrorosa de se dizer, Manie, ela lhe diz, assim você me magoa demais. Ele sente o coração ser torcido como um trapo velho. Desculpa, desculpa.

Do outro lado da parede ao lado dele, a um mero braço esticado de distância, Astrid ondula adormecida. Perdeu recentemente a virgindade, com um garoto que conheceu no rinque de patinação, e o sexo percorre seu corpo como um vento dourado. Ela esqueceu a dor, embora seja parte do brilho nas bordas do rosto dos rapazes, com suas barbas hirsutas, e nesse sonho especialmente em torno do rosto de Dean de Wet, cuja boca é de um tom rosado que não ostenta na vida real, que a comove profundamente por dentro, lá onde tudo se encontra.

No quarto de hóspedes, *Tannie* Marina apaga e desperta, apaga e desperta. Consegue apenas engrenar o princípio de um sonho, em que está num piquenique com P. W. Botha num velho forte em algum lugar, e ele está lhe dando morangos na boca com seus grossos dedos brancos, antes de ela ser acordada por um chute. Em casa, em Menlo Park, ela não divide a cama com Ockie, que está ali sofrendo espasmos ao seu lado como uma vítima de atropelamento à espera do socorro médico. Mas que ideia, Marina, assifu, mas não dá pra evitar esse tipo de ideia, é humano, e você já pensou coisa bem pior, ah mas pensou mesmo. O pé do marido encosta no dela, ela recolhe o pé. Terrível se afastar do que você um dia, brevemente, amou, ou achou que amava, ou quis achar que amava. Aquilo a que no entanto continua presa, para sempre.

Na outra ponta da corrente, Ockie sacoleja como um urso dançarino. Ele não sonha, não exatamente, a não ser que as águas rasas que percorre chapinhando sejam uma espécie de sonho, mas nada chega a acontecer de verdade, é só aquilo das cores que ficam mudando sem parar. Uma bolha sobe do leito oceânico, torna-se peido contra o flanco da esposa, que se contrai e alarga as narinas contrafeita.

E no seu quarto no fim do corredor, Amor jaz insone, horas e horas a fio. Nada incomum para ela, vá por mim, toda noite antes de cair no sono sua mente precisa se afastar do ponto em que seu corpo está apoiado, as costas na cama, para estender a mão e tocar certos objetos em determinados lugares, numa ordem específica. Só depois de ter feito isso ela consegue relaxar o suficiente para se entregar. Mas hoje não está funcionando, outras imagens do dia são fortes demais, elas abrem caminho na marra, os lábios apertados da Srta. Starkey, a vara de Lukas batendo no chão, o ponto dolorido do braço que sua tia beliscou, tanta raiva naqueles dedos, telegrafando seu sinalzinho de dor para o universo, preste atenção em mim, eu estou aqui, Amor Swart, 1986. Que o amanhã não chegue nunca.

Quem há de dizer, talvez esses sonhos todos possam se fundir num só, criando um sonho único, maior, um sonho da família toda, mas está faltando alguém. Neste exato momento ele está descendo de um Buffel num campo militar ao sul de Joanesburgo, com uma farda marrom e um fuzil na mão. Ele usou o fuzil ainda ontem de manhã para matar a bala uma mulher em

Katlehong, um ato que jamais imaginou cometer na vida, e sua cabeça pouco fez além de reprisar e reprisar aquele momento com espanto e desespero.

Swart.

Ja, Cabo?

O capelão quer falar com você.

O capelão?

Ele nunca falou com o capelão. Só pode ser uma coisa, ele pensa, o sujeito sabe o que ele fez e quer conversar com ele. O pecado dele de alguma maneira se transmitiu, ele tirou uma vida, precisa pagar. Mas eu não fiz por querer. Mas fez.

Ela estava jogando uma pedra, se abaixou para pegar a pedra, um lampejo de raiva atravessou o corpo dele, concomitante ao dela. Ele não pensou, odiou aquela mulher, acabou com ela. Tudo em questão de segundos, um instante, acabado e encerrado. Jamais acabado, jamais encerrado.

Portanto mesmo quando o sujeito lhe disse tudo, ele ainda se acha responsável. Minha mãe morreu, fui eu que matei. Eu matei minha mãe a bala ontem de manhã.

A gente estava tentando falar com você, o capelão diz. Mandamos uma mensagem de rádio. Pensamos que você tinha recebido.

Ele está na sala do capelão, sentado diante da mesa dele. Há um pôster cristão grudado na parede com adesivos, Eu sou o Caminho e a Vida, mas fora isso o cômodo é seco e comum, comum demais para conter os sentimentos que foram liberados dentro dele.

Eu estava em Katlehong, ele diz. Houve um problema.

Ja, Ja, claro. O capelão é baixinho e agitado, com pelos nas orelhas. Sua patente é de coronel, mas ele está usando apenas um agasalho agora, o rosto borrado de sono. Cumprido seu doloroso dever, ele quer mesmo é voltar para a cama, são 0300 horas.

Toma uma dispensa de sete dias, ele diz ao recruta. Sinto muito pela sua mãe, mas tenho certeza de que ela descansou.

O rapaz não dá mostras de ter ouvido. Está encarando a janela, a escuridão do outro lado. Nós tivemos que controlar a situação, ele diz devagar.

Ja, claro, é por isso que vocês estão aqui. É pra isso que serve o exército. A alma do capelão nunca teve grandes dificuldades com questões dessa natureza, as respostas sempre lhe pareceram óbvias. Passa vagamente pela cabeça dele a ideia de que esse rapaz pode ser um tipo subversivo. Você quer uma dispensa mais longa? ele diz. Dez dias?

Ah, o rapaz diz. Não, acho que não.

Então tá.

Minha mãe virou judia, sabe, ou voltou a ser judia, melhor dizendo, e eles gostam de enterrar os mortos rápido. No mesmo dia, se der. Mas eles vão esperar eu voltar e fazer o enterro amanhã.

Sei.

Foi tudo planejado direitinho. Ela demorou meses para morrer. Todo mundo só quer acabar com isso.

Então tá, o capelão repete pouco à vontade.

O rapaz finalmente se põe de pé. Os meus pais não deviam nem ter casado, ele diz. Eles não eram farinha do mesmo saco.

Ele volta à sua barraca pelas vielas escuras do acampamento. Sob a lona, centenas de outros rapazes como ele, empilhados em fileiras. A minha mãe morreu. O portal por onde eu vim ao mundo. Sem volta, não que antes houvesse volta. Eu matei minha mãe a bala ainda ontem. Mas eu não fiz por querer. Mas você não fez isso, você não matou a sua mãe. Foi a mãe de outra pessoa que você matou. E portanto a minha tem que morrer.

Está muito cansado, sem dormir há quarenta horas e sem perspectivas de dormir agora, não antes de chegar em casa. Fogo crepita. O pavio está aceso. Ele tem um cheiro nas narinas, perpetuamente, de borracha em chamas, que sobe de algum ponto de seu corpo. Chega à tenda, onde sua cama o espera, mas não para, gosta do som dos coturnos na viela. Durmam, soldadinhos, enquanto o minotauro passa marchando. Seguindo rumo a Belém no Estado Livre.

No limite do campo, um soldado de guarda. Um *troepie* como ele. O que é que você quer? ele diz, a voz amedrontada.

Eu quero seu ouro e suas mulheres, Anton diz. Falando afrikaans por algum motivo, apesar de perceber que o outro cara é inglês. A língua do meu pai, para sempre estrangeira na minha boca. Não, mudei de ideia, eu venho em paz. Me leve ao seu líder.

Você não devia estar aqui.

Eu sei. Soube disso desde o dia em que nasci. Ele engancha os dedos no alambrado e deixa seu peso pender dali. Holofotes amarelos projetam sombras estranhas no asfalto. Do outro lado da cerca fica um terreno lotado de viaturas militares, muitas delas Buffels como aquela em que estava quando tudo aconteceu, ainda ontem. Tanta vida ainda a encarar.

Eu perdi a minha mãe, ele diz.

Perdeu?

Matei com um tiro de fuzil, pra proteger o país.

Você matou a sua mãe?

Como é que você se chama?

Dohr.

Ah, maravilha. Ele passa para o inglês. A gente se conhece. Você é uma alegoria? É de verdade? Você tem um primeiro nome?

O meu primeiro nome? Pra que é que você quer saber?

Ele ergue as mãos. Eu me rendo, Recruta Dohr.

Você está legal?

Parece? Não, eu não estou legal. A minha mãe morreu. Obrigado pela companhia, Dohr. A gente se vê por aí.

Sai arrastando os pés, seguindo para o ponto de onde veio, e a conversa se dissipa, como em geral acontece, no ar, ou na terra, ela afunda e evapora e jamais vai voltar. Quatro horas depois, o Carabineiro Anton Swart, dezenove anos de idade, está parado à margem da estrada perto de Alberton numa zona de embarque militar, esperando conseguir carona para casa. Está abatido, está pálido. Um rapaz bonito, olhos negros e cabelo castanho, com algo no rosto que jamais estará em paz.

Liga para a fazenda de uma cabine telefônica em Pretória. Oito e meia da manhã. O Pai atende, a voz desorientada. Não reconhece Anton. Quem é?

Sou eu, seu filho e herdeiro. Você pode mandar o Lexington?

Mata o tempo na frente do State Theatre, perto do busto de Strijdom, até a chegada do carro. Chegas triumphante, ele diz ao entrar, uma piada velha de sua parte, em referência à marca do carro, o único que deixam Lexington dirigir, embora a família o mande em diversas missões para a cidade toda semana. Lexington, passe no mercado. Vá pegar as minhas cortinas. Deixe isso aqui na casa da Dona Marina. Lexington, pegue o Anton em Pretória.

Eu sinto muitíssimo pela Sra. Rachel.

Obrigado, Lexington. Ele olha pelo vidro do carro as multidões brancas na calçada. Uma cidade de bigodes e fardas, estátuas bôeres e grandes praças de cimento. Passado um tempo, pergunta, A sua mãe está viva?

Está sim, em Soweto.

E o seu pai?

Ele está trabalhando numa mina em Cullinan.

Vidas incognoscíveis. O próprio Lexington é um hieróglifo, com seu quepe e paletó de motorista. Ele tem que se vestir assim, diz o Pai, para a polícia ver que ele não é um *skelm*, ele é meu motorista. E pelos mesmos motivos Anton tem que ir no banco detrás, para as divisões ficarem bem nítidas.

Por que você está indo por aqui, Lexington?

Porque a situação está complicada no gueto. O seu pai me disse que era pra eu pegar o caminho mais comprido.

Eu estou te dizendo pra não fazer isso.

Lexington hesita entre duas autoridades.

Olha, ele diz, tornando a arma visível, eu estou com o meu fuzil. Ele o larga no colo. Seu colo fardado.

O que ele não diz é, O meu fuzil está sem balas. Sem balas, o fuzil não vale nada, é oco. Existe apenas para cuspir balas, como aquela que eu meti nela sem nem pensar ainda ontem, o instante em que ela começou a cair virando linha de fratura na minha vida.

O senhor quer que eu volto?

Isso, Lexington, por favor.

Nada vai acontecer. E ele está tão, mas tão cansado que não consegue encarar o caminho mais longo. Chega de caminhos compridos pra mim. Até a estrada direta o deixa exausto, aquela familiaridade, o mato amarelo entre pedras marrons. Como eu odeio isso aqui, essa terra dura, feia. Não vejo a hora de ir embora.

Na altura da saída de Atteridgeville, ele finalmente foi caindo no sono, pela primeira vez em dois dias. O pequeno grupo à beira da estrada parece uma imagem vinda de um sonho. Eles estão esperando um ônibus? Não, estão correndo, estão gritando, alguma coisa acontecendo em algum lugar, e no entanto é tudo desprovido de peso.

O que não é desprovido de peso é a pedra que de repente vem na sua direção, lançada pela mão de um homem que vai saindo do enquadramento, olhos injetados cravados somente em mim. O mundo ganha realidade num instante. O vidro lateral se estilhaça, o impacto o deixa fora do ar por um instante, então ele acorda na faixa que se estende em estrada, com Lexington acelerando para escapar dali.

Que pena, Mestre Anton, *hayi*.

(Nunca me chamou de mestre na vida.) Pé na tábua, Lexington, pé na tábua.

Uma umidade que lhe corre pelos olhos, e que se torna vermelha quando ele encosta. Somando dois e dois somente agora, para entender o que acabou de acontecer. E só agora sentindo a crua flor de dor que vem de um canto das coisas.

Meu Jesus Cristinho.

O senhor quer que eu vou pro médico?

Pro médico? Ele começa a rir, um som que logo se torna convulsivo. Não sabe do que está rindo, aquilo não tem nada de engraçado, talvez seja essa a graça. Ele vive chorando quando ri, com hilaridade e pranto quase fundidos numa coisa só. Enxuga os olhos e diz, Não, obrigado, Lexington, por favor só me leve pra casa.

Seu pai está em alguma espécie de conclave com sua tia e seu tio na sala. Levantam sobressaltados quando ele entra, por causa do sangue, que ele esqueceu, embora continue lhe escorrendo pelo rosto e pingando na farda, assim como no fuzil, aquele fuzil inútil e vazio.

Não é nada, ele diz, uma pedra, não é um ferimento sério.

Eu vou chamar o Dr. Raaff, diz *Tannie* Marina. Vai precisar dar pontos.

Por favor não exagerem.

Que merda, eu disse pra ele ir pelo caminho mais comprido, o Pai diz. Por que ele não me deu ouvidos?

Eu falei pra ele não dar ouvidos.

Por quê? Por que você sempre desobedece às minhas ordens?

Achei que ia ser seguro, Anton diz, rindo de novo. Mas até aqui em casa os nativos incansáveis estão combatendo seus opressores.

Cara, por favor não diga asneira, Ockie diz, o que faz seu sobrinho rir ainda mais.

Nem menção do motivo de ele ter vindo, só confusão e comoção, que gera de fato a vinda do Dr. Raaff, supostamente pelo caminho mais comprido. Marina tem razão, Anton precisa levar pontos. E estes são administrados na cozinha, fora do alcance da visão de pessoas sensíveis. E uns caquinhos do vidro do carro têm de ser retirados com uma pinça.

O Dr. Raaff manuseia a pinça com uma destreza mais que mediana, ele e a ferramenta combinam. Seus gestos são precisos e geométricos, suas roupas sempre escrupulosamente limpas. Seu detalhismo é algo que os pacientes agradecem, mas se apenas conhecessem os devaneios do Dr. Wally Raaff, poucos aceitariam ser examinados por ele.

Ele diz, não sem alguma satisfação, Duas polegadas mais para baixo e lá se ia o seu olho.

Anton diz, Nós passamos para o sistema métrico em 1971.

O Dr. Raaff olha fria e fixamente para ele, a boca estreita e apertada, como uma de suas suturas. Ele já anda bem cheio desses Swart e não ia se opor a dissolver esse rapazinho aqui numa banheira de ácido sulfúrico. Mas em público é preciso observar certo decoro, infelizmente.

É só depois que o carro do doutorzinho desaparece do acesso de veículos que o silêncio se estabelece. A essa altura a manhã já vai alta e o dia de primavera está quente demais, um zumbido de insetos envolve a casa.

Eu fiz *melktert*, *Tannie* Marina diz ao sobrinho. Você não quer uma fatia? Ela belisca a pele da cintura dele e acrescenta sedutora, Você está muito magrinho.

Depois.

A gente tem que passar naquela funerária judia agora, resolver umas coisas. Quer ir junto?

Eu preciso dormir, Anton diz. Eu tenho que dormir.

Ele tem que dormir. Encerrado numa espécie de túnel branco, com vozes lá fora que só de leve o alcançam, ele sobe a escada até seu quarto. Tira a roupa devagar, jogando cada peça numa cadeira, como se fosse um pedaço de si próprio. Toma uma ducha, que lava um pouco desses últimos dois dias, mas mal consegue se manter de pé. Deita na cama ainda molhado e cai no sono quase no mesmo segundo, apaga como uma lâmpada.

Só agora, tarde demais, quando todo mundo está acordado, é que ele fornece um sonho seu para o repertório. Fora do fluxo do tempo, perdido, suas gavinhas lhe brotam da cabeça, desenhando com fumaça. Está deitado numa cama que não é tão diferente desta, num longo cômodo cheio de muitas camas idênticas, e de uma porta lá na outra ponta sua mãe emerge. Avança devagar na direção dele, abrindo seu caminho tortuoso por entre as camas, e quando chega ela se curva para lhe plantar na testa um beijo fresco. Assim em sonhos os mortos retornam a você.

O espírito de Rachel Swart, em solteira Cohn, vaga pela casa num estado de desorientação. Ela quase se torna visível em certos momentos, quando a iluminação ou o estado de espírito estão certinhos, mas apenas para aqueles que estão dispostos a ver, c mesmo assim só obliquamente, nas franjas das coisas. Não faz muito tempo ela, no espelho, deu uma espiada em Amor, embora o que estivesse na verdade vendo fosse a cena de sua saída final, fato que acha difícil de engolir. Não é incomum, os mortos muitas vezes não conseguem aceitar sua condição, nisso se parecem com os vivos, mas se esqueceram do que exatamente sentem saudade, muita coisa se perde na travessia, e quando te veem não sabem quem você é.

Tojo, o pastor-alemão, observa ela ir e vir sem dificuldades, porque não aprendeu que isso é impossível.

Ela ergue a beira da cortina da cozinha para dar uma espiada em Salome, um mero instante, um brilho cintilante.

Astrid acha que escuta sua voz chamando de seu quarto no fim do corredor, de novo precisando de ajuda, sempre no pior momento possível, mas claro que é apenas uma dobradiça de janela frouxa ao vento.

Ela chacoalha as moedas na bolsa, como fazia antes, mas quando Manie chama do banheiro ela não responde.

Encosta os lábios frios na testa de Anton enquanto ele dorme.

Acaba se cansando da casa e se manifesta nas ruas de Pretória, em lugares que gostava de visitar. Ela rema na lagoa de

Magnolia Dell, bebe chá num café da Barclay Square. Pela cerca do Santuário de Aves Austin Roberts ela olha um triste grou--azul, que bica algo brilhante no chão.

Enfim. Aterrissa onde seu espírito foi mais espesso, mas não tem mais solidez, mulher de aquarela. Na multidão ela é só mais um rosto, não muito destacado. Atravessa grandes distâncias como quem vai de um quarto a outro, procurando algo perdido. Nessas aparições usa peças diferentes das roupas de seu armário, um vestido de festa, um vestidinho leve de verão, até um xale que uma vez comprou na Truworths para experimentar em casa e devolveu no dia seguinte. Ela parece de verdade, ou seja, comum. Como é que você saberia que se trata de um fantasma? Muitos dos vivos são vagos e vagantes também, não se trata de um defeito exclusivo dos finados.

Acaba indo parar num lugar onde certamente nunca esteve, só que agora está, deitada nua numa mesa de metal flangeado, cuspida e escarrada ela mesma, mas cinza e gelada, como uma pessoa morta.

Ela é uma pessoa morta. Ela se olha na mesa e começa a entender.

Uma voluntária idosa já está cuidando dela há algumas horas. As possibilidades são limitadas, dada a proibição de agentes químicos, mas limpar o corpo é o mais importante. Então derramar água, para purificar a carne, e secar depois. São exigências, tanto o ritual quanto a limpeza. E o ato é cheio de respeito e de ternura, o que gera uma paz naquela senhora de idade, cujo nome, segundo o crachá que tem na lapela, é Sara. Em breve alguém vai fazer isso por mim.

Fácil e limpo e simples, é assim que ela pensa no trabalho. A forma humana, reduzida ao que é. Ela vestiu o corpo com o *tachrichim* e o envolveu com o *avnet*, mas o nó que atou está um tiquinho errado. Devia ter a forma do *Shin*, que denota um dos nomes de Deus, mas ela hoje está com os dedos extra-artríticos.

Esqueça, ou então suspire e refaça. A vida tem muito de suspirar e refazer, especialmente com a Sara. O mundo material resiste. A paciência é uma forma de meditação. Ela trabalha como voluntária para a Chevra Kadisha, preparando os mortos para o enterro, desde que seu marido morreu há vinte e dois anos. Servir é reverenciar. Fora que passa o tempo. Fora que você conhece gente nova.

Ela decide deixar pra lá. E daí que o nome de Deus ficou meio errado? Ninguém vai ver, fica tudo escondido no *aron*. E é simbólico mesmo. Será que é tão grave? Ela tem problemas mais sérios, como cuidar do rosto. Não gosta de usar maquiagem neles, é mais enganadora depois da morte que na vida, mas a situação dessa aqui está feia. Passou muito tempo doente, a coitada, feridas nos braços, não sobrou muito cabelo, as gengivas pretas, toda pálida. Parece falta de respeito não dar uma melhoradinha, dá pra ver na foto automática que você pediu que ela um dia foi linda. Toda a vida humana é como mato sobre a terra.

Na outra parte, pública, de sua vida Sara não torce o nariz para um pouquinho de vaidade, usa uma joia de vez em quando e gosta de dar cor às bochechas. Há muito tempo, antes de ser velha, ela também exercia uma força de atração. Os homens reparavam em mim, ah, se reparavam. Às vezes fica meio nostálgica e vai pegar o velho estojo de maquiagem, para consertar alguns estragos. Assim, minha linda, isso mesmo. Um pouco de blush, um toque de pó compacto. Não quer ir muito além, a verdade tem seu peso e no caso dela a verdade foi o sofrimento.

Finalmente acabou. Uma bênção. Adeus, minha querida. Descanse em paz agora.

Por fim ela escova o cabelo ralo da cabeça da mulher. Com ritmo e delicadeza, uma parte do ritual que normalmente lhe agrada, mas hoje umas mechas se soltam. Frouxas, quase imateriais, como algo que não está ali. Junta tudo na mão, para colocar no caixão depois. É tudo importante, cada gota, cada mecha.

Quando tudo acaba a expressão severa ficou mais delicada, mais bondosa, mais resignada. Até o fantasma de Rachel se vê atraído por sua própria semelhança, ela se detém ao lado do corpo na mesa, contemplando espantada a cara que tem, tentando lembrar de onde a conhece. Se esforça para não atrapalhar, apesar de ser registrada como um ponto frágil no campo visual de Sara, tomado todo por pontinhos. Talvez o princípio de uma enxaqueca. Isso acontece com ela, quando a carne que massageia é das mais indispostas. Olha só o que você fez, ela diz à mulher na mesa, mas em silêncio, internamente. Você me distraiu do meu trabalho, com isso de querer a verdade. A verdade, Rachel responde, no mesmo silêncio, é que essa aí é quem? Eu achava que a conhecia de algum lugar.

É, com certeza enxaqueca, Sara recua, tirando as luvas de borracha, tateando os bolsos em busca dos supositórios. Às vezes eles ajudam se você pegar a coisa no começo. Não há por que nos determos na imagem da velha com a calcinha arriada na altura dos tornozelos e o dedo traseiro adentro, nesses momentos ela se sente bem longe de Deus.

No cômodo ao lado, a meros dois tijolos de distância, o *shomer* está esperando numa cadeira dura, Livro de Salmos na mão. Alto, ossudo e de aparência assexuada, ele usa um quipá e um manto de oração sobre roupas de corte conservador que não lhe servem direito. Em breve ele será necessário, mas por enquanto está naquele agradável período de preparação, tentando esvaziar a mente, que é das mais ativas.

E no cômodo do outro lado dele, a família da defunta conversa com o Rabino Katz, que amanhã vai conduzir a cerimônia da *levayá*. Foi ele quem instruiu Rachel espiritualmente quando de seu retorno ao seu povo, então faz sentido. Mas é a primeira vez que se vê frente a frente com o marido gói e a irmã, apesar de Rachel viver falando deles, e ele tem que dizer, desculpa a falta de tolerância, mas nada o preparou para o tamanho da palermice daqueles dois.

A coisa começa bem. Manie é recebido com carinho por Ruth, irmã mais velha de Rachel, que chegou hoje de manhã num voo de Durban.

Oi, Manie, ela diz. Você se lembra do Clint.

Ele lembra, infelizmente. Clint é um sujeito grandalhão, pesado, que jogava rúgbi no time da Western Province e agora é dono de uma churrascaria em Umhlanga Rocks. E aí, Mannie, ele diz, com um aperto de mãos desnecessariamente forte. Você está com uma cara boa.

Manie, sua esposa o corrige, com o tom exausto de quem vive corrigindo. Bom te ver.

Ja, você também.

E não é uma inverdade. Da família toda de Rachel, Ruth é a pessoa de trato mais fácil, porque também casou com alguém de fora da comunidade e foi exilada por um tempo. Se bem que ultimamente parece estar de volta ao rebanho.

Mas Marcia, a irmã do meio, e seu marido Ben também estão ali e as coisas com eles são muito mais tensas. Hostilidade de ambos os lados, a sensação de alguma ferida antiga, detalhes esquecidos mas a mágoa, não. E também não ajuda o fato de que Ockie disse Parabéns em vez de Pêsames quando trombou com eles lá fora, e de que desde então Manie está botando neles a culpa por sua esposa ter retornado à sua religião.

Olha, o rabino já lhes disse duas vezes só nesta última meia hora, na realidade não é culpa dos Levi. É o que ela queria. Foi o que a Rachel pediu.

Como resultado da lavagem cerebral, você quis dizer, Manie retruca.

Calma, a irmã *shiksa* lhe diz. Não esqueça o que o Dr. Raaff disse.

Eu não fiz lavagem cerebral em ninguém, o Rabino Katz diz. Ela veio me procurar, de livre e espontânea vontade.

Por causa desse pessoalzinho aqui, Manie insiste, apontando para Marcia e Ben, que não param quietos nas cadeiras, incomodados. Primeira vez que ficam num mesmo cômodo em anos. Foram eles que marcaram essa reunião, a princípio para diminuir a tensão antes do enterro de amanhã, mas olha só no que deu.

Não tem por que falar assim, meu chapa, diz Ben, sem olhar para Manie.

Sério, Marcia diz, o que é que a gente veio fazer aqui? Eu achei que estava todo mundo querendo fazer um esforço, ou será que eu estou enganada?

Os Levi são parte da nossa congregação, o Rabi Katz acrescenta. É normal eles virem me procurar.

Eu te juro de pés juntos, Marcia diz, que veio tudo da Rachel. Ela veio do nada falar comigo. Fazia dez anos que eu não conversava com ela…

Por causa de você, meu chapa. Então seja educado.

Sabia, Marcia diz, que a gente assumiu essa semana de luto. Era pra ser na casa dela, da Rachel, isso de cobrir os espelhos e acender as velas...

O que não falta na nossa casa é luto, Manie lhe diz. Mas a gente faz do nosso jeito, não desse jeito pagão. E aí ele desmonta, como uma barraca sem a estaca central. Sabe que eles têm razão, Rachel foi atrás deles, eles não vieram procurar por ela. E Marina veio até aqui passando um sermão nele no carro sobre a importância de não se irritar quando visse os Levi, e ele concordou com ela. Ainda concorda. A culpa não é deles.

O rabinozinho reluzente também não é responsável, mas Manie queria fazer alguma coisa com ele mesmo assim. Está enfurecido com a injustiça da situação toda, mas hoje especialmente pelo caixote simplório de pinho em que esse pessoal vai meter a sua esposa, ela que merece muito mais, depois de ele passar anos pagando um seguro-funeral que no fim ela nem vai usar.

Por favor tentem entender, Marina diz sem um destinatário definido, com sua voz mais mansa. Isso não é fácil para o meu irmão.

Sim, eu sei que não é, Marcia diz. Foi difícil pra nós também, acredite se quiser. Você acha que a gente está gostando disso aqui?

Marcia, o marido dela diz em tom de advertência.

A única coisa que eu queria, Manie sussurra, era que ela ficasse do meu lado no cemitério da família. Será que tem como dar um jeito? Se eu fizer uma doação...

O rabino senta mais reto. Infelizmente não. Se ela quer um enterro judaico, então não é possível. O senhor não pode comprar as nossas tradições, Sr. Swart.

Mas ela não era judia de verdade, Manie diz. Não no fundo do coração.

Ah, então o senhor tem certeza disso?

Ja, tenho, sim. A minha esposa achava jeitos de me torturar, era um talento dela.

Vai ver que se você tratasse ela melhor ela não ia ter ficado contra você, Marcia diz, tirando a carteira da bolsa sem qualquer motivo e guardando de novo.

Marcia, Ben diz.

Não, sério.

Isso não vai dar em nada, o rabino diz, sentindo-se à beira das lágrimas. Ele não exigia tanto da sua noção de justiça desde que começou a enfrentar moralmente a questão de Israel.

Manie, vamos embora, sua irmã diz. Você está se irritando à toa.

Ja, está certo, *vámonos*. A essa altura já fica claro para todo mundo que a reunião é uma perda de tempo. Rachel vai ser enterrada com seu povo e Manie um dia com o seu. Melhor mesmo o lado Swart da família voltar para a fazenda e se preparar para amanhã.

E enquanto eles voltam, de carro, o corpo de Rachel já está sendo posto em sua última embalagem, cuja tampa é aparafusada. Para sempre. O *shomer* está a postos e quando os outros assistentes vão embora ele continua ali sentado em sua cadeirinha solitária encostada na parede, cantando o *tehilim*. Pois os mortos precisam de companhia até o fim. Os salmos representam todo o povo judeu, as palavras têm esse poder mágico, mas ele é o único representante humano e leva seu trabalho a sério, como qualquer bom embaixador.

Às vezes consegue detectar a presença dos que se foram, como um farfalhar e uma pressão nas margens de seus sentidos. E então tenta cantar as palavras diretamente para eles, do seu coração para o deles. Mas hoje, por mais que projete sua mente para o mundo, não consegue receber sinal algum. O cômodo lhe parece vazio. Mas recita mesmo assim, e quem há de saber aonde vão parar as palavras?

Olhe as palavras que voam, da porta do cômodo, pelo corredor, janela afora. Veja que sobem sobre a cidade e batem asas numa revoada em formato de salmo rumo à fazenda, em busca da mulher para quem são cantadas. Elas circulam o *koppie* e mergulham até o gramado, entram na casa pela porta dos fundos e passam pernaltas pela cozinha, como uma mudança da luz.

Anton levanta a cabeça, sentando à mesa. O que foi isso? ele diz.

Hmmm? Salome está em seu posto de sempre, diante da pia, e seu reflexo encontra o olhar dele no vidro da janela.

Nada. Eu achei... Ele ainda está burro de sono, e bebendo uma caneca de café forte e comendo uma fatia da *melktert* de *Tannie* Marina. Logo o açúcar vai fazer efeito, dar partida em seu motor. Ele toca os pontos da sutura da testa, incomodado com o quanto lhe parecem estranhos, com o pulsar de dor que emitem.

O silêncio entre os dois é confortável, nada carregado. Ela o viu crescer, de um menino cambaleante a um rapaz promissor e a isso, seja lá o que for agora, cuidando dele a cada passo do caminho. Quando era pequeno ele a chamava de Mama e tentava sugar seu peito, uma confusão comum na África do Sul. Não há segredos entre eles.

Um súbito espasmo de raiva o domina, e ele afasta o prato com violência, ainda com os restos do *melktert* extremamente doce.

(Ontem eu matei uma mulher igualzinha a você.) Quando terminar o serviço militar eu vou embora desse país.

Ja?

Eu vou raspar essa terra da sola dos sapatos e não volto nunca mais.

Ja? Talheres retinem e tombam. E você vai pra onde?

Ah, ele diz, menos seguro quanto a essa parte de seus planos. Pra todos os lugares.

Ja?

Eu vou estudar literatura inglesa. Não aqui, no exterior mesmo. Depois, a minha ambição é escrever um romance. Eu posso estudar direito mais pra frente, ou quem sabe só ganhar um monte de dinheiro, mas primeiro eu quero viajar pelo mundo. Você não quer ver o mundo, Salome?

Eu? Como é que eu vou fazer uma coisa dessas? Ela suspira e começa a secar pratos com um pano grande. É verdade, ela pergunta, que eu vou ficar com a minha casa?

Oi?

O Lukas falou ontem com a Amor no *koppie*. E ela disse que o seu pai vai me dar a minha casa.

Eu não sei nada disso não.

Tá, ela diz. Aparentemente inalterada, apesar de não ter pensado em outra coisa desde que foram ditas as palavras. Ter sua própria casa, segurar aquela escritura com as próprias mãos!

Melhor perguntar pro meu pai, ele diz.

Tá.

Ele fica olhando seu dorso inescrutável, que tantas vezes o carregou na infância, no que se move daqui para ali pela bancada da cozinha, levando as pilhas de pratos para o armário.

É, ele diz, distraído. Melhor perguntar pra ele.

A questão da casa viajou da sua mãe até a sua irmã e até Lukas e dele a Salome e agora está plantada nele, minúscula semente negra que mal começa a brotar. A questão volta a ele umas horas depois, em outro cômodo lá num outro canto da cidade, num momento quase arbitrário, ajeitando a camisa.

Sabe o que a minha irmã falou pra Salome?

Quem é Salome?

A mulher que... A nossa empregada.

Essa conversa está acontecendo num quarto do primeiro andar de um casarão de um bairro residencial arborizado. Ele está falando com uma loura peituda, ainda no último ano do ensino médio, com quem acaba de copular animalística e explosivamente. Como atestam os lençóis amarfanhados, o estado de seminudez, o agradável resto de resplendor na virilha.

O que foi que a sua irmã disse pra ela?

Que o meu pai prometeu dar uma casa pra ela.

E foi?

O quê?

Ele prometeu?

Sei lá, Anton diz, parado diante do espelho da penteadeira e ajeitando qualquer detalhe delator, zíperes soltos e camisas por fora da calça, tudo um indício aos olhos suspeitos da mãe de Desirée, que deve voltar do cabeleireiro a qualquer momento. Ele se aproxima para examinar seus pontos, impressionado novamente com a ferida. Agora eu estou parecendo um soldado.

Não deixe ele dar uma casa pra empregada, Desirée diz, indignada. Ela só vai estragar tudo.

Acho que já está bem estragadinha. Mas a questão não é essa.

Vindo de fora, o inconfundível som do Jaguar da velha que ronrona ao entrar no acesso de veículos da casa e estaciona levantando nuvenzinhas de pedrisco. Eles estão no primeiro andar, por sorte, porque a cortina está aberta e não fosse por isso ela poderia ver a filha enfiando de volta a blusa enquanto seu namorado fecha a braguilha. Não há muito o que não entender naquela cena.

Corre, ela chegou.

Vai lá e conversa com ela! Diz que eu estou no banheiro.

Tá. Ele ajeita a colcha com um puxão, olhando para ela por cima do ombro, mas ela é um mero borrão alourado, fechando a porta do banheiro. Não tem como estar à altura da imagem que ele levou consigo por lugares de solidão nos últimos meses. O irmão de Desirée, Leon, é amigo de Anton dos tempos do ensino médio e ela ficou em segundo plano por vários anos como mera e irritante irmã caçula até que certas alterações glandulares causassem uma mudança de percepção. A necessidade de trepar como um bonobo está acima de tudo atualmente e com certeza não foi por algum motivo nobre que ele veio aqui hoje. Só penso numa coisa desde que soube da Mãe, engraçado isso, é bem assim mesmo, Eros lutando contra Tânatos, só que você não pensa em sexo, você vive com esse tormento. Uma fome, uma coceira lá no porão. Suplício dos condenados, o fogo que jamais se apaga. Mas ainda assim, apesar dos apetites carnais, ele sente que está em busca de alguma emoção que não consegue nomear direito. Pode até ser amor, se bem que por essa ele não está esperando. Ela lhe deu algum consolo hoje, isso é certo. Isso, passar um tempão estendido entre as roliças ondulações dela, seria uma tranquilidade.

Em vez disso ele sai em passo leve, alarmado e semiereto, por entre as paredes estofadas dos corredores do primeiro andar, espiando relances de outros quartos e banheiros dos dois lados. Depois um escritório, borda de uma escrivaninha à mostra, um tapete persa, luminária de chão. Por que a mobília parece sempre inocente, apesar do que possa acontecer nela?

Ele não devia estar ali em cima, coisa íntima demais. Perdeu a virgindade com Desirée, ela sempre terá uma eletricidade toda especial para ele, mas não é a única coisa que o deixa excitado nessas visitas. O pai de Desirée é um Ministro de Estado importante, uma figura física e moralmente repulsiva com sangue de gente inocente nas mãos, e Anton gostaria de sentir apenas ódio por ele mas se vê secretamente tocado pela pompa visível do poder. Os guardas com cara de mau numa guarita na entrada, os bustos e quadros a óleo de criminosos coloniais de uma história tremendamente seletiva, a menção casual a nomes conhecidíssimos, que dão medo, tudo é terrível mas empolgante, e o relâmpago orgástico mais memorável de sua vida ocorreu numa poltrona em que pouco antes haviam repousado as nádegas do Ministro da Justiça.

A esposa desse homem refinado e horrendo, mãe de Desirée, o perturba de maneira completamente outra. Como uma boneca ariana mais velha, bonita mas endurecida, as superfícies todas lavadas, empoadas, esmaltadas e fixadas de um jeito que lhe gera uma vontade de perfurar esse revestimento rígido. Ele dispara escada abaixo rumo à cozinha logo antes de ela chegar, e está apoiado na bancada quando ela entra pela porta dos fundos, saltos altos triscando faíscas nas lajotas.

Mas que surpresa! Eu achei mesmo que era o seu carrinho bonitinho ali na frente. Ela deixa que ele lhe dê um beijo frio numa bochecha. Mas o que aconteceu com a sua cabeça?

Os ferimentos da guerra. Só uma pedra, nada sério.

Então você está de licença-médica?

Não. A minha mãe morreu ontem.

Ah, Anton! Finalmente então... Eu sinto muitíssimo. Ela permite que se abra uma fenda no verniz, o suficiente para simular uma emoção verdadeira, o penteado vibrando de tanto esforço. Pelo menos o sofrimento dela acabou.

É, pelo menos tem isso.

Ela coloca a mão no rosto dele e ele quase, de verdade, chora. De onde é que surge essa frestinha de fraqueza? Por sorte seu lapso é coberto pela volta de Desirée, recém-revestida, borrifada de perfume, batom reaplicado.

Maman! Mein schatz! Kiss-kiss! Desde uma viagem recente à Europa as duas afetam saudações estrangeiras. São criaturas da mesma espécie, e Anton recorda uma noite em Joanesburgo no ano passado, com as duas dando sorvete na colher uma para a outra, vibrantes e arrulhantes como pombas num beiral.

De sua parte, Maman neste momento até que gosta de Anton, ou ao menos sente pena dele. Não lhe custaria nada fazer massagem nos ombros dele, mas em vez disso decide mesmo é aporrinhar. Quer um Valium, pros nervos? Eu tenho lá na minha cômoda. E eu ia mesmo abrir uma garrafa de vinho. Eu sei que é um dia triste pra você, então tenho certeza que você prefere não...

Na verdade, ele diz, eu ia adorar tomar uma taça.

Devia estar na fazenda. Não disse a ninguém aonde ia e pegou o Triumph sem pedir e sabe que seu pai vai estar muito bravo e todos esses são bons motivos para ele não voltar para casa correndo ainda, mas ficar por ali e mandar ver um Valium e tomar uma tacinha, quiçá até duas.

E na fazenda, neste exato instante, está começando um *braai*. Na volta da reunião com aquele pessoalzinho de manhã, o Pai sentiu uma necessidade de abater alguma coisa viva. Agora já montaram uma mesa no fundo do gramado, enquanto o sol mergulha sangrento no *veld*, até parecido com os pedaços de carne que estão marinando nas vasilhas. Diante do fogo propriamente dito, Ockie cuida das brasas. É a sua contribuição! Carninha na grelha, cerveja na mão, aí é que o sujeito pode ficar em paz. Salada é trabalho de mulher e se você apurar os ouvidos pode escutar a voz de Marina dando ordens na cozinha, Lave isso, Corte aquilo. Quem foi que disse que ela era a dona do mundo?

Aqui, também, alguém abriu uma garrafa de vinho tinto e quase todos os adultos estão bebendo dela. Uma cena curiosa, essa festa discreta no dia seguinte da morte da Mãe, mas por outro lado as pessoas têm que comer, vida que segue. Eles vão beber e fazer piadinhas indecentes logo depois que você morrer também.

Não é só a família ali. Há alguns agregados, entre eles o Reverendo Simmers e seu ajudante. O *dominee* está relaxado e falador, sorrindo larga e vagamente e soltando pequenos *bon mots* pra tudo quanto é lado. Todo mundo gosta de um toque pessoal. O problema é que quase ninguém gosta de Alwyn Simmers, fora o Pai e *Tannie* Marina. Ele fica ali sentado entre os dois enquanto o *braai* pega embalo, os olhos mascarados por aqueles óculos à prova de balas, embaixo da sumaúma ao pôr do sol, com o cheiro e chiado da carne no ar.

Do outro lado da mesa, Amor observa e ouve atenta, mas fala muito pouco. Sua cabeça ainda não está boa, dois dias depois, como se estivesse usando algum tipo de chapéu sombrio, apertado demais para aquele crânio. Ao lado dela, Astrid está empurrando as cutículas e balançando um pezinho de sandália.

Um tanto afastado, o Pai reflete sobre elas, suas duas filhas. Mas cadê o outro rebento? O primeiro, o menino, não é que por um momento não lembra o nome? Eles deviam estar todos aqui, sua prole, enfileiradinhos como pássaros num fio de alta tensão. Aqueles nomes todos começando com A, onde é que ele e a Rachel estavam com a cabeça? A gente só gostou do som, sua esposa disse sempre a todo mundo, embora o som seja o que mais lhe dá vergonha hoje em dia. Se o nome do primeiro tivesse sido diferente...

Cadê o Anton? exige saber, subitamente irritado.

Astrid percebe uma oportunidade para criar encrenca. Ele saiu de fininho com o Triumph. Eu vi.

Indo aonde?

Ela dá de ombros de maneira sugestiva, mas é falar do diabo e eis os faróis pálidos agora, no alto da estrada. Se bem que deve ser mais tarde, porque todo mundo está com comida no prato, o que fica bem visível no que as luzes descem lentas pela fachada da casa e por um instante fixam o grupo em seu facho. Elas se apagam, o motor desliga, a porta do carro abre e fecha, e Anton vem com um passo premeditado, desengonçado, pelo gramado até onde eles estão. Seus joelhos não ficam bem esticados, ele ostenta um sorriso turvo.

Os mesmos sintomas aparecem em alguns integrantes do grupo. Pegue uma carne, Ockie diz a ele, meio alto demais. Venha se juntar aos pecadores! E *Tannie* Marina mostra a cadeira ao seu lado. Aqui! Ela pode ver que seu sobrinho maluco, o erro, andou cometendo seus próprios erros e pode estar precisando de uma mão tutelar naquela noite.

O olhar fixo de Manie não vacilou desde que Anton apareceu. Acena lúgubre com a cabeça, reconhecendo seu eu antigo e caído. Ótimo. *Ja*. Perfeito.

O que foi agora? Ele larga a chave do carro na mesa.

A sua mãe morreu ontem, mas você tem tempo pra vinho e pra mulherada de vida fácil. Perfeito.

Mulherada de vida fácil? Ockie diz cheio de esperança, olhando em volta, atônito. *Dominee* Simmers solta uns resmungos com jeito de reza e Anton senta em câmera lenta, tremendo calado de tanto rir.

Ja, riam. Podem tirar sarro. Todos os pecados estão escritos no livro de registro e no último dia…

Os seus pecados também, caro Pai. As mulheres e o vinho.

Esses dias estão no passado. E eu esvaziei meu coração, eu pedi perdão e segui em frente. Mas veja como você está!

Do outro lado da mesa, *Dominee* Simmers solta um suspiro imperceptível. Estava conversando com Manie logo antes da volta do maldito filho, e a conversa ia bem. Dali a um segundinho ele pretendia discretamente introduzir a questão importante, estava sentindo que o estado de espírito era propício, mas agora havia uma nota dissonante no ar. Alguma coisa naquele menino, nunca lembro o nome dele, Andre, Albert, alguma coisa nele é diferente.

Seu pai está chateado hoje, ele contribui solícito. Por causa do enterro judaico.

Você tinha que ver o caixão, uma cara de coisa barata, *Tannie* Marina diz. E com alças de madeira!

Depois de ele ficar pagando uma apólice, Ockie diz exaltado. E já tem vinte anos!

O que eu quero, Manie geme, a única coisa que eu quero é ficar do lado da minha esposa por toda a eternidade. Será que é pedir demais?

Mas ela vai é ficar no cemitério judaico, Marina diz.

É muita injustiça, o *dominee* observa.

Por que é uma injustiça?

O que o seu pai está dizendo, ele queria que a sua amada mãe fosse enterrada aqui na fazenda. Com o resto da família, perto dele. Onde é o lugar dela.

Onde é a casa dela, o Pai acrescenta.

Por um ministro de verdade.

Ou seja, o senhor, Anton diz.

Um silêncio se abre, cortado pelo ruído rascante da gordura que cai no fogo.

É o que o seu pai gostaria de...

Mas não é o que ela queria.

Os mortos não têm querer! o Pai diz, ou melhor, grita, pois perde brevemente a compostura. Um silêncio cai quando a conversa cessa, deixando incomodamente alto o som da mastigação. Há no grupo uma sensação de leve vergonha, sem foco concreto, e leva um tempo para a conversa engrenar novamente.

Manie não oferece novas contribuições à discussão. Fica sentado cabisbaixo, aparentemente desprovido de convicção, embora se deva lembrar que ele foi hoje à tarde até o celeiro e abateu o cordeiro que eles comem agora. Isso, cortou-lhe a garganta, um pequeno florescer de violência no meio de sua prostração, ah mas foi gostoso. Então as pessoas ficam com pena de si próprias, e se deixam encharcar pela tristeza causada pelo que perderam, sem ter consciência de outras perdas logo ao lado, que elas mesmas provocaram. A dor da mãe ovelha, o que é? E no entanto ela marca o ar como a dor humana, não pode ser apagada.

Amor larga o garfo.

Você não vai comer essa carne? Astrid quer saber.

Ela sacode a cabeça, sentindo que pode vomitar. Nestes dois últimos dias está se sentindo cheia de coceiras e de náuseas, à beira de alguma rebelião indefinida. Fica lembrando uma coisa que viu há pouco tempo no parque de répteis do pai. Hora da comida dos crocodilos, e ela tentou apagar a imagem, mas não consegue, de um tiozinho bondoso com uma roupa de safári jogando punhados de camundongos brancos para as formas primitivas que boiavam à deriva na água. Vapt-vupt. Rabinhos pendurados para fora de uma boca sorridente como pedaços de fio dental. O que é que nós somos, que precisamos comer outros corpos para seguir adiante? Enojada, ela vê Astrid esticar a mão para o seu prato, metendo pedaços de carne e gordura na sua boca ativa, reluzente.

Essa é a pulseira da Mãe, ela diz.

Não é, não. É minha.

A Mãe usava o tempo todo.

Tá me chamando de mentirosa?

Anton põe seu prato na mesa e limpa cuidadosamente os dedos num guardanapo de papel. Aliás, ouvi dizer que você vai dar a casa dos Lombard pra Salome.

O quê? o Pai diz, embora aquilo lhe soe vagamente familiar.

Hah! *Tannie* Marina bufa. Até parece.

Anton se vira e olha para Amor, que muda de posição na cadeira.

O Pai disse...

Eu disse o quê?

Você disse que ia dar a casa pra ela. Você prometeu.

O pai dela fica aturdido com essa notícia. Quando foi que eu disse uma coisa dessas?

A negrinha não vai ganhar uma casa, *Tannie* Marina diz. Não, não, não. Sinto muito. Pode ir esquecendo já essa história. Ela começa a recolher a louça, embora nem todos tenham terminado de comer, som dos talheres que tombam como o de dentes rangentes.

O Pai tenta explicar. Eu já estou pagando a escola do filho dela... Será que eu tenho que fazer tudo por ela?

Amor vacila, desorientada, enquanto seu irmão não para de sorrir. Ele se inclina abruptamente na direção de Alwyn Simmers. Será que a gente pode falar com franqueza um minutinho?

O ministro mostra as mãos abertas. Claro, Alan, ele diz. Por favor, pode falar.

A minha mãe tinha pavor da ideia de morrer e não conseguia aceitar que isso ia acontecer. Mas, mesmo assim, ela sabia muito bem o que queria. Não era muito. Poucas coisas. Uma delas era voltar à sua antiga religião e ser enterrada com a sua própria família. Ela disse isso com todas as letras.

A honestidade é uma coisa muito importante, diz o ministro, voz enrouquecida.

O Pai de repente fica muito exasperado. O que é que tem de errado com você?

Eu vivo me fazendo essa pergunta.

Você nunca fica com medo de acabar queimando no fogo do inferno?

É a pior possibilidade que ele consegue imaginar, mas Anton reage, como de regra, com alegria. Eu já estou lá, ele diz, enxugando lágrimas felizes. Não dá pra sentir o cheirinho do *braai*?

Eu sou o marido dela! Eu sei mais que você. Eu sei no que a minha mulher acreditava.

Sério? Eu mal sei no que eu mesmo acredito, em geral. Eu só estou dizendo, não quero briga, só estou tentando deixar tudo bem simples. Você devia fazer o que ela queria. Tudo. Inclusive dar a casa pra Salome, se foi isso que você prometeu.

Eu nunca prometi, o Pai diz. Nunca prometi uma coisa dessas!

Amor olha para ele, piscando, legitimamente chocada. Mas você prometeu, ela lhe diz. Eu ouvi.

O que é que tem de errado com vocês? o Pai grita, e então se levanta, estranhamente com dificuldade, e vai para o jardim com as pernas duras, berrando coisas incoerentes.

Tannie Marina retorce seu colar até sua voz soar estrangulada. Ele está chorando, ela diz. Estão felizes agora?

Feliz, eu? Anton diz, refletindo sobre a palavra. Não, eu não diria isso. Mas acho que todo mundo pode ficar mais perto de estar feliz se eu disser boa noite.

Quando sai, ele deixa atrás de si um grupo abruptamente desorganizado de pessoas que se encaram em ângulos enviesados entre pequenos pipocos de discussões. Tem sido o que ele deixa para trás, ultimamente. Sobe para o seu quarto, um espaço lotado de livros e folhas de papel, paredes cobertas de citações e lembretes. Dali, pela janela, para um parapeito de onde depois por meio de complexa manobra atinge o telhado. O ponto onde ele gosta de ficar sentado é bem no alto, um vento quentinho passando por ele, olhando aquela terra escura, furada aqui e ali por pontos claros.

Sob uma telha frouxa ele guardou um saquinho plástico, de onde agora retira um baseado e um isqueiro. Acende e traga, saboreando mesmo antes de apagar a ponta a sensação da mente que relaxa, que se expande. Isso mesmo. Graças a Deus. Sou quase outra pessoa.

Anton o primogênito, único filho homem. Foi ungido, para quê, ele não sabe, mas o futuro é seu. O que é que você quer? Viajar, aprender, escrever poemas e conduzir nações, ele quer agarrar tudo, tudo é possível, ele quer comer o mundo. Mas um leve azedume no fundo da garganta parece ter estado sempre ali, apesar de a sua vida ser pura e doce como leite. De onde esse coalho? Tem uma mentira no coração de todas as coisas e eu acabei de descobrir essa mentira em mim. Cospe. O que é que tem de errado com você, cara? Nada errado comigo. Tudo errado comigo.

Lá embaixo em volta da fogueira ele ainda vê as figuras que gesticulam e conversam. As últimas marolas do impacto que deixou, ainda agitadas. Como você bate os braços, como agita as pernas, enquanto tenta não perder o pé.

Consequência da explosão familiar, Alwyn Simmers perdeu os óculos no que tentava se pôr de pé, todo cercado por conflito, e no seu pânico ele agora ouve a armação se partir sob seu sapato, como um osso fraturado. Ele é cego como uma minhoca sem aquelas lentes, o tecido da realidade vira névoa borrada.

Siebritz, ele grita. Siebritz!

Está chamando seu assistente, que na verdade detesta, mas Siebritz não responde. Transtornado pela cena que se desenrolou no *braai*, que o faz pensar em sua vida, pois numa crise, como em situações de harmonia, tudo se conecta, neste momento ele está no seu carro, quase chegando de volta à cidade. Não aguenta mais aquela família, não aguenta mais a Igreja e, acima de tudo, não aguenta mais o *dominee*. Chega!

Siebritz! Siebritz!

Foste abandonado em teu desespero, Alwyn, onde está agora teu apoio? É só o justo quem é provado, lembra! A ajuda virá a quem espera.

Se conseguisse distingui-la ali, há uma única figura sentada imóvel perto dele. Amor. Ela não saiu de onde estava à mesa, embora todos tenham ido embora. Não moveu membro nem sobrancelha, na verdade, nos últimos minutos, de tão mergulhada que está em seus pensamentos, ou outra coisa.

Contempla seu irmão, Anton, que por sua vez a observa lá do telhado. Mas as reflexões dela são internas. Espanto, de certa maneira. De ele poder falar daquele jeito. Dizer o que disse. Deve ser maravilhoso ser homem! Sente um desejo peculiar de segurar a mão do irmão. Não para levá-lo a algum lugar, só para segurar. Ou quiçá ser levada.

Está acostumada a ser tratada como um borrão, uma mancha na margem do campo de visão dos outros. Nova demais, boba demais para ser levada a sério. E estranha, ainda, uma menina estranha. Incomum e talvez trágica, fácil de se desconsiderar. Mas naquela noite seu irmão, lá de seu ponto mais alto, pareceu me perceber.

Perto dali, Alwyn Simmers foi finalmente resgatado por *Tannie* Marina, que lhe ofereceu seu antebraço carnudo e mais um prato de salada caseira de batata. Não, obrigado, cadê o meu motorista? Parece que ele sumiu. O *dominee* agora só quer ir para casa, flatulento e desapontado, para a casinha que divide com a irmã. É um desejo tão ardente que ele chega até a bater um pezinho na grama.

Logo se determina que Siebritz partiu. Lexington pode levar o senhor, Marina diz, batendo palminhas, o que faz seus braceletes se chocarem com ruído. Lexington! Lexington!

Lexington vem apressado dos fundos da casa, colocando seu quepe. *Ja*, Sra. Marina? Leve o ministro pra casa. O *dominee* sai triumphante e logo eles estão a toda na estrada que segue rumo às cintilantes luzes amarelas de Pretória, que só o motorista pode ver.

Me diga, o ministro lhe pergunta, faz quanto tempo que você trabalha pra eles?

Doze anos, senhor.

O que é que você acha deles, daquela família?

Lexington hesita, sorrindo largo de nervosismo, sem produzir nenhum efeito. Eles me tratam bem, senhor.

Eles te tratam bem, tá, ótimo. Mas o que é que você acha deles?

Não, eu não estou pensando neles, senhor. Eu só estou fazendo, não pensando.

A declaração é uma inverdade, mas Lexington não pode responder sinceramente. Pressente que o ministro quer alguma coisa, mas dar-lhe o que ele quer pode colocar sua posição em perigo. Nem sempre é possível agradar dois brancos ao mesmo tempo.

Bom, eu acho certas coisas, o *dominee* responde. Eu não vou dizer quais coisas, mas acho. Especialmente sobre aquele filho, não lembro como ele se chama. Adam.

Isso, senhor, Lexington diz, louco para agradar.

Tem alguma coisa errada ali. Pode anotar. Ele é homem feroz. E sua mão é contra todos e a mão de todos contra ele!

Dominee Simmers está aborrecido, tem uma pedra na alma, o que sempre traz à tona seu lado bíblico. A criação de Nosso Senhor soa mais alto quando você a descreve numa linguagem elevada.

Este país! ele exclama. Não sabe ao certo por que a culpa é do país, mas repete mesmo assim. Este país!

Isso, senhor, Lexington responde, e por um breve momento os dois estão realmente de acordo, a África do Sul incomoda a ambos, ainda que por motivos diferentes. Alwyn Simmers se sente emocionalmente ligado a seu compatriota negro, ou lhe parece que sejam iguais ante os olhos de Deus, embora devam sempre sentar em bancos diferentes do carro. Deus decretou que fosse assim, exatamente como decretou que Rachel morresse na hora em que morreu e que sua casa ficasse cheia daqueles que pranteavam sua morte, é também seu desejo que em outros cômodos os filhos e filhas de Cam devam trabalhar como seus servos e servas, cortando madeira, puxando água do poço, e de modo geral deixando mansa a vida daqueles que carregam o pesado jugo da liderança. Jugo que alguns podem preferir recusar, afasta de mim este cálice, mas se o cálice é seu, você tem que beber, não dá para discutir com Deus, por mais que seja amarga a bebida.

Laetitia tem em casa uns óculos reserva para o irmão, em caso de emergências como esta, e na manhã seguinte, restaurada a visão que lhe resta, mexendo sua primeira xícara de café, Alwyn Simmers já se sente bem melhor. Quanto mais remói os acontecimentos da noite passada, tanto mais luminoso lhe parece o futuro. A confusão veio para o seu bem, talvez o Senhor quisesse que fosse assim, porque Manie está ainda mais afastado de seus ingratos rebentos e pode se ver mais inclinado a demonstrar sua generosidade para com outrem. Mas é importante agir logo, antes que as coisas mudem. Hoje, se possível! Só que hoje será o enterro da esposa de Manie. Por falar nisso, que horas são, pode ser que esteja acontecendo agora mesmo, enquanto a gente conversa aqui.

É, não há como negar que é o dia. O pequeno cômodo é discreto e simples como o caixão dela, e cheio de gente. Rachel era uma pessoa gregária, tinha muitos amigos, mas os bancos estão quase exclusivamente ocupados pelo lado judeu da família. Como os africâners nesse quesito, o sangue é a cola mais poderosa. Ela passou anos sem falar com quase todas aquelas pessoas, que então ficaram invisíveis. Mas aqui estão hoje, hordas de rostos que você não vê há anos, alguns que ainda retêm seus nomes, tios e tias e primos, com sua prole e seus agregados. A mãe de Rachel, sua arqui-inimiga, desvia abruptamente o rosto quando te vê, nem um pingo de misericórdia, nem numa hora como esta.

Manie enfia o queixo no peito para se proteger de todos eles. Aconteceu coisa demais para ele fingir que não tem importância. Ele rezou muito e com muita devoção ontem à noite e acredita que o Senhor quer que ele esteja aqui, que dê o ar de sua graça e um exemplo de atitudes cristãs. Fé quer dizer ter que lutar consigo mesmo, não dá pra odiar esse povo e não pensar mais no assunto. Mas é difícil para ele, muito mais difícil do que imaginava, ficar ali sentado com eles, que fizeram ela se afastar de mim, com os seus costumes estranhos. Por que eles têm que rasgar as roupas e me fazer usar um pedaço de fita negra no coração e um quipá na cabeça? Por que eles ficam me desejando vida longa? Ele não quer que a vida seja longa, não hoje, quer mais curta, já não aguenta mais. Especialmente, desistiria feliz das próximas horas que lhe cabem, podem levar, podem ficar com elas, eu não quero.

Sua tribo é um grupo bem menor. Tem Bruce Geldenhuys, seu sócio no trabalho, e mais uns amigos da igreja. Fora a família, claro, embora Manie tenha deliberadamente colocado Marina entre ele e seus filhos, para manter o filho homem a distância. Não consegue nem olhar para Anton. O que aconteceu ontem à noite no *braai* ainda está quente em Manie, ainda o perturba por dentro, como que lhe efervescesse na barriga.

Rezaram um tanto em hebraico e agora o Rabino Karz está fazendo a eulogia. Escolheu um tema bem amplo para o *hesped*, numa tentativa de curar as feridas desta família. Rachel veio me procurar, ele lhes diz, seis meses atrás, quando sabia que estava morrendo. Estava afastada do seu próprio povo, da sua própria fé, fazia muito tempo. Anos. E não esperava voltar. Mas a vida tem suas linhas tortas. E às vezes é só quando sabe que a vida está chegando ao fim que você consegue lhe dar sentido. Foi assim com Rachel. Acredito que teria sido uma grande felicidade para ela ver vocês aqui, os dois lados da família, o judaico e o não judaico, falantes de inglês e de afrikaans. Teria lhe parecido bom que todos se reunissem por causa dela. O mundo é imperfeito, sim, mas em momentos como este ele pode se recompor... etc. etc. Dá pra você entender aonde ele quer chegar, que Rachel fez umas escolhas meio tontas, que lhe causaram insatisfação, mas que no fim refez o caminho de volta até o começo, e assim fechou o círculo. O rabino é fascinado por matemática, formas geométricas em especial, e para ele o círculo é tão obviamente perfeito que toda e qualquer divisão deve desaparecer diante da sua presença.

Enquanto fala, ele fica gesticulando com as mãozinhas pequenas de um modo repetitivo, mas sua voz é tranquilizadora, com um tom calmo e suave, como o que é empregado por dentistas e comissárias de bordo, e que tende a fazer sonhar de olhos abertos. Muitas das pessoas reunidas diante dele já pegaram um desvio mental, indo longe do que ele vai dizendo. Como antídoto ao paganismo que a cerca, *Tannie* Marina está recitando o Pai-Nosso em voz baixa, bem quietinha. Ela sente sua fé crescer dentro de si de uma maneira quase física, como um tumor. *Ag*, maninha. Foi um tumor que matou a Rachel, Ockie já pensou nisso muitas vezes, que aparência aquilo teria, se você pegasse, pra olhar? Uma bolota de sangue e borracha, como alguma coisa que entupiu a pia, ou será que é mais sutil? Um objeto estranho que penetra seu corpo, uma lembrança tão recente que te toca em cada célula, e Astrid muda de posição no banco duro, sentindo-se molhada e inquieta. Ela transou ontem com Dean de Wet numa das cocheiras da estrebaria, e foi lindo, apesar do cheiro de esterco fresco. O cavalo ficou batendo os cascos e bufando numa cocheira logo ao lado, remexendo a palha do chão. Merda, tudinho, pensa Anton, você só está falando merda, nada disso é verdade. Eu matei a mãe. Matei com um tiro lá em Katlehong, não foi Deus que levou ela embora, antes da hora. Mas você acha que as coisas fazem sentido, você acha que as suas ações fazem diferença, que em algum juízo final elas hão de ser pesadas e julgadas. Mas não tem juízo. Pra cada um, a morte é o dia final.

E assim, para Rachel, o rabino conclui, saber que ia morrer foi o começo de uma vida nova.

Na ponta da fileira, espremida entre irmão e irmã, Amor está sozinha. É a impressão que tem. Jamais tão solitária quanto nesta floresta de gente. Nada em torno dela, nada e ninguém fora aquela caixa de madeira e, dentro dela, mas não pense nisso, não pense no que está lá dentro. A caixa está vazia e tem quatro lados, não, seis, não, mais, mas que diferença faz o momento em que ela vai para baixo da terra?

A verdade é que a minha mãe morreu e está estendida dentro daquela caixa. Quando ela pensa isso a solidez do mundo se desfaz, começa a se liquefazer. Ela sente tudo escorrer. E se aperta, junta bem as coxas. Pare com isso.

Agora estão todos de pé para cantar. Mas Amor se deixa afundar de novo no banco, sentindo-se de repente tonta. Inclina-se primeiro para Anton, depois abruptamente na outra direção, para a irmã. Puxa a manga de Astrid, para que ela desça.

O que foi?

Na primeira vez em que tenta dizer, ela faz o barulho de um pneu furado.

O quê? Astrid sibila, fazendo uma careta.

Acho que pode ser que eu...

O quê?

Você sabe. Sangue. Lá embaixo.

Astrid pisca devagar. Ah, você só pode estar de brincadeira. Você não tem alguma coisa aí com você? Encara firme a irmãzinha, depois se inclina para o outro lado para incluir também a tia na cena. Sussurra no ouvido dela.

O quê? *Tannie* Marina diz. Shhh.

Astrid hesita, e tenta de novo. Dessa vez sibila meio alto, e uma mulher atrás delas, uma conhecida de Rachel do tempo da escola, vê perturbados seus devaneios nostálgicos.

Marina leva uns segundos para se fixar no que lhe está sendo dito. A última menstruação no caso dela reside no passado distante, logo depois de nascer o seu último rebento, e hoje em dia é desagradável até imaginar que uma coisa dessas seja possível. Mas aparentemente é, está acontecendo agora mesmo, no pior momento.

Eu tenho que dizer, ela sussurra furiosa, que é muito egoísmo dela. Ela não tem um...?

Astrid dá de ombros. Ela não é a guardadora da sua irmã!

Agora todo mundo está começando a mudar de posição e a tossir, e os carregadores estão indo para a frente, pegar o caixão. Parece que a cerimônia acabou e tem uma procissão saindo dali para a parte do enterro. Marina sabe que tem que ajudar a sobrinha, mas sair agora seria terrível, seria como o dia em que Ockie apagou o episódio quem-deu-um-tiro-em-JR de *Dallas* do videocassete por engano antes de ela ver. Em vez disso ela segura Astrid por um cotovelo e sussurra no ouvido dela. Tire ela daqui e cuide dela. Depois a gente lida com isso.

Eu? Por que eu?

Porque ela é sua irmã.

Astrid está de queixo caído. Nunca pensou em Amor como uma possível adulta, alguém com seios, sangue e opiniões, muito menos com o poder de expulsá-la do enterro da mãe e ainda fazer ela passar vergonha. E no entanto ei-las aqui, enquanto todo mundo vai andandinho pra uma direção, as duas seguindo numa outra. Fora dali, ela se vira para a irmã. Como é que você me faz uma coisa dessas? ela diz.

Não é culpa minha, Amor diz, e neste momento sente uma cólica lhe atravessar o corpo, um calor retorcido perto do centro. Parece aquela vez em que pisou num prego, correndo na grama. Como ela gritou. Mãe, Mãe, vem me ajudar!

Com a cara fechada, Astrid olha em volta. Nada a fazer, decide. Senta ali até passar.

Ela está falando de um banco perto da entrada, mas Amor encontra um vestiário perto dali e entra, penetra um cômodo verdinho de cheiro marcante, e encontra um cubículo, e se recolhe. Pingos e ruídos aquáticos por tudo, um cano rachado talvez. Outra cólica que emerge das profundezas. A cena toda estremece em volta dela, como um filme em preto e branco. Não consegue acreditar que aquilo está acontecendo, que está esfriando a testa numa parede de azulejos de um banheiro público em vez de acompanhar o caixão da Mãe em seus últimos passos, atravessando todo um bosque de lápides. Um belo dia de primavera, luz filtrada pelas árvores carregadas de botões. A *levayá* continua devagar, detendo-se para a recitação do Salmo 91, e se deixando ficar por um tempo antes de seguir seu passo lento. Há um roncado som de abelhas, as flores de jacarandá estouram de um jeito absurdo sob os sapatos. Até que poucos metros depois a mesma pausa se repete, o mesmo cantar do salmo, e parece que é assim que vai ser esse negócio, gradativamente rumo ao túmulo, mas Amor não está presenciando isso tudo. Está dobrada ao meio, pensando, eu preciso de um analgésico, eu tenho que tomar um analgésico. Mas o que é que vai fazer passar a dor de não estar ali enquanto o ataúde é colocado na cova? Ou de não estar entre as pessoas que agora se apresentam para pegar a pá e jogar uma pazada de terra em cima do caixão?

Plonc! O baque da terra na madeira é decisivo, como uma porta imensa que alguém bateu.

Mas cadê Amor? Cadê Astrid?

Anton olha em volta confuso, sem saber para quem passar a pá.

Elas tiveram que ir fazer uma coisa, *Tannie* Marina sibila. Passa esse negócio pro teu tio.

O que é que elas tiveram que ir fazer? A pergunta fica incomodando Anton, enquanto a fila vai passando lenta, com cada pessoa jogando o que lhe cabe na cova. Pouco a pouco, o caixão desaparece, como se o chão estivesse arrancando dentadas dele. Nem é tão diferente do nosso estilo. Plonc, tchau, vai com Deus.

Astrid fica observando de longe e quando o *kadish* finalmente acaba e o pequeno grupo começa a se dispersar, ela soca a porta do banheiro e grita para sua irmã sair. Amor aparece trôpega, as coxas bem apertadas, grata por estar de preto. No que a família se aproxima, as perguntas que serão feitas se aproximam também, Onde é que você foi, O que foi que te aconteceu, e não parece haver respostas prontas.

Mas *Tannie* Marina, enfim, viu e entendeu, e faz questão de chegar antes dos homens. Não se preocupem, deixem comigo. Ela tem um modo estabelecidíssimo de fornecer confidências e instruções, a boca pertinho da submissa orelha, nesse caso as orelhas de seus marido/filho/irmão, e então Ockie e Wessel saem dali com Manie e ela conduz as sobrinhas para o seu próprio carro enquanto enfia as mãos naquelas luvinhas brancas de golfista. Bom, não vou mentir, que bom que isso acabou.

Se bem que na verdade não acabou, porque todo mundo agora vai para a casa dos Levi para a festa de encerramento ou sei lá como é que esse povo chama. Marcia pegou Manie num momento vacilante logo depois da inumação, ela com o rosto afiado e determinado, mas ele ainda não consegue acreditar que disse sim. Nem ela conseguia, ficou claro. Achou que podia contar com a antipatia dele. Bom, nós ainda estamos lá na mesma casa. Eu sei que você lembra o endereço. Lembra, claro, queria era poder esquecer. Mas nós não vamos ficar muito tempo, ele diz a Ockie quando eles entram no carro. Só dar as caras um minutinho, e dever cumprido.

Mas cadê a Astrid e a Amor? Anton ainda está confuso, inclusive por se ver espremido ao lado de seu desagradável primo Wessel, que sempre tem cheiro de sujo. Nem a pau que Manie vai responder a mais alguma pergunta do filho, então *Oom* Ockie é quem tem que explicar. Elas estão com *Tannie* Marina, ele diz, mas não oferece mais que isso. Um mistério! Por que as pessoas trocaram de carro? O que poderia fazer duas meninas saírem do enterro da mãe, bem na hora agá?

Tannie Marina está levando as duas para o mesmo lugar, mas elas precisam fazer um pequeno desvio no caminho. Encontram um shopping a poucas quadras dali, linhas de carros cintilando contentes ao sol. Eu vou é estacionar em fila dupla, a gente não vai demorar. Ela conta o dinheiro que tinha na carteira virando na mão de Astrid. Eu fico esperando aqui. Vocês podem me trazer o troco. Tem fila na entrada do shopping, todo mundo tem que passar as bolsas por um detector de metais para ver se tem bomba, e aí uma bela de uma caminhada até a farmácia que fica lá do outro lado. Amor tem que parar duas vezes no caminho para esperar passar a cólica, apoiada na parede. E aí está com a irmã na fila da farmácia, entre prateleiras que gemem sob o peso de um arsenal de produtos que ajudam as pessoas com suas funções corporais, estancar isso aqui, aliviar aquilo ali, higienizar uma outra coisa, enquanto revira amedrontada a embalagem macia que tem nas mãos. Astrid lhe passa o dinheiro, Toma, pode pagar você mesma, é pra você, não é? Elas não esperam muito, um minutinho ou dois, mas a cólica agora vem em ondas regulares. E eu o tempo todo achando que estava mal por causa da Mãe. Ela olha para os pés, fazendo deles o seu mundo todo, até estar no caixa com a mulher de jaleco branco olhando para ela toda simpática.

E deviam mesmo era resolver tudo ali no shopping, mas ela é que não vai encarar mais um banheiro público hoje, então vamos em frente, em frente. Você resolve quando a gente chegar lá. Marcia e Ben moram em Waterkloof, num sobrado imenso cercado por dois acres cobertos de plantas. Eles vivem recebendo convidados, ainda que não seja exatamente a melhor palavra hoje, e pediram comida para seus fornecedores de sempre. Casamento, enterro, seja o que for, o povo precisa comer. Duas longas mesas estão postas no pátio dos fundos com chá, café e algumas comidinhas leves. Tudo muito contido, e de muito bom gosto. Marcia tem um lado de anfitriã da alta sociedade e sabe como lidar com essas coisas.

E aqui novamente, assim que elas entram pela porta da frente, *Tannie* Marina vem com sua cabecinha conspiratória para perto do ouvido de Marcia, e Astrid e Amor são rapidamente orientadas a seguir por um corredor lateral. Há velas acesas por toda a casa e até no lavabo os espelhos estão cobertos, o que tem o efeito bizarro de fazer você sentir que está sendo observada. Como se Amor precisasse se sentir mais constrangida!

Tá, eu espero aqui na porta, Astrid diz. Faz anos que elas não se veem nuas e só pensar nisso já é um horror.

Me ajuda aqui, Amor sussurra.

Não, não. Sua irmãzinha jamais será linda, não, não como eu, e Astrid não quer ficar olhando enquanto ela faz o que tem que fazer. Não mesmo, ela diz. Pare de criancice, é só colocar na calcinha, é um absorvente, até você consegue entender, só olhe as instruções! Eu fico te esperando na porta.

Ela sai e fecha a porta, deixando Amor sozinha no banheiro. Sozinha no mundo. Cadê a Mãe? Ela tinha que estar aqui, agora, agora mesmo, para ajudar. Mas foi embora, enquanto eu não estava.

Cada superfície desta casa é feita de algum material caro, aço ou mármore ou vidro, e se alguma madeirinha aparece aqui e ali é porque foi domada na base da lixa e do verniz, e Astrid quer isso tudo, quer que o mundo todo seja feito de superfícies finas e esculturais como estas. Você acaba percebendo como tudo é áspero em casa, tudo cheio de pontas e de arestas. Autêntico, o Pai diria, mas quem é que quer saber de realidade? Isso aqui é muito melhor. Astrid passa a pontinha dos dedos pelo papel de parede, sentindo as bordas em relevo da estampa.

Um sujeito vem pelo corredor e para inseguro logo ao lado. Está ocupado?

Está, é a minha irmã.

Ele fica ali à toa, com os olhos percorrendo as formas do corpo de Astrid, especialmente os seios e as pernas. É um homem velho, pelo menos quarenta anos, e nada atraente, careca e com a pele feia, mas ela não consegue deixar de reagir aos seus olhares. Troca o pé de apoio, ajeitando uma mecha de cabelo atrás da orelha. É engraçado como você sempre sente a atenção dos homens, especialmente quando é uma coisa disfarçada, e ela acha que esse velho quer lhe dizer alguma coisa, ele tem uma palavra chula que quer pronunciar em voz alta, e parte dela quer ouvir também.

Depois de um tempinho ela bate na porta. Anda logo com isso!

Ele continua de olho nela, sem abrir a boca, mas Amor emerge bem nesse momento. Fez o que tinha que fazer e sente a alteração, como uma vaga pressão bem no centro do corpo. Algo estranho por dentro, em torno do qual o resto dela se recompõe.

Acabou? Astrid diz, falando alto demais. Deu, agora? Tomara que eu não tenha que perder mais nada de importante por tua causa. Ela vai na frente de Amor, rebolando.

A sala está lotada, zumbindo como uma colmeia. Astrid mergulha direto, enquanto sua irmã mais nova se detém. Melhor ficar aqui pela porta. A soleira parece o lugar certo, nem aqui nem lá, nem isso nem aquilo.

Anton, do outro lado da sala, vê a irmã. Está parado ali há algum tempo, observando a cena gesticulante que se desenrola, como eventos que se passassem num aquário. Aqueles são os meus parentes, próximos e distantes, que vieram prestar uma última homenagem à minha mãe. Aquele é o meu pai, que vira a cara quando me vê, e aquela é a minha irmã mais nova ali na porta, mas alguma coisa nela está diferente. Ele percebe já de cara.

Você mudou de penteado?

Não.

Você trocou de blusa?

Não.

Anton dá outra olhada nela, intrigado. Sabe que está certo e percebe que ela sabe que ele sabe. Ela se torce e se contorce incomodada, mas sua aparência é de calma. Aprendeu a fazer isso, manter oculto o que importa.

Você mudou alguma coisa, ele diz.

Isso é depois, na frente da casa, enquanto o Pai foi atrás do Lexington, que está estacionado na outra rua. Astrid também está ali, mas conversa com *Tannie* Marina, deixando Amor e Anton sozinhos. Ditos todos os tchaus, conduzidos os ritos, nossa mãe já sob a terra.

Aonde você foi?

Quando?

No enterro. Você e a Astrid. Aonde é que vocês foram?

De novo se torcendo e contorcendo. Alguma coisa aconteceu. Ele não entende, ou só pela metade, ou só meio que quer entender. Melhor nem saber! Ou saber por outros meios.

Mas enfim, o carro está chegando, com Lexington ao volante, o Pai carrancudo ao lado dele. Ele se estica para apertar impaciente a buzina e eles se espremem no banco detrás, os dois mais velhos de cada lado, Amor no meio, encolhida sobre o braseiro quente que guarda no corpo, e então eles estão a caminho em silêncio, o que resta da família Swart, cada um deles cansado e enlutado e complicado à sua maneira, voltando à fazenda e à casa que chamam de lar.

A casa está vazia no momento. Deserta há algumas horas, aparentemente inerte mas fazendo minúsculos movimentos, a luz do sol espreitando pelos quartos, o vento sacudindo as portas, expandindo aqui, contraindo ali, soltando estalinhos, rangidos e arrotos, como qualquer corpo idoso. Parece viva, uma ilusão comum a muitas construções, ou talvez a como as pessoas as enxergam, cheias de auras e expressões, janelas como olhos. Mas ninguém está aqui para testemunhar isso tudo, nada se move, fora o cachorro na frente da garagem, calmamente lambendo os testículos.

Nem Salome está por ali, como normalmente estaria. Talvez você estivesse esperando ver Salome no enterro, mas *Tannie* Marina lhe disse sem meias palavras que ela não tinha permissão de participar. Por que não? *Ag*, não seja besta. Então Salome voltou para sua própria casa, mil perdões, para a casa dos Lombard, e vestiu a roupa de igreja, que teria usado na cerimônia fúnebre, um vestido escuro, remendado e cerzido, e um xale preto com seu único par de sapatos bons, e uma bolsa e um chapéu, e é assim que senta na frente da sua casa, perdão, da casa dos Lombard, numa poltrona que ganhou usada com o estofamento aparecendo, e faz uma oração por Rachel.

Ah, Deus. Espero que o Senhor esteja ouvindo. Sou eu, a Salome. Por favor receba a madame aí com o Senhor e cuide muito bem dela, porque eu quero ver ela de novo no Paraíso. Eu conheço ela faz tempo, já desde antes de ela ser uma madame, de quando ela e eu éramos moças as duas, e nesses dias antigos a gente às vezes era uma pessoa só. Eu tenho certeza que o Senhor entende porque foi o Senhor que deu esse sofrimento imenso pra ela, pra eu poder cuidar dela. Por isso que ela me prometeu essa casa aqui e por isso que eu agradeço ao Senhor. Amém.

Talvez ela não ore com essas palavras, ou nem mesmo com palavras, muitas orações são ditas sem linguagem e sobem aos céus como as outras. Ou talvez reze por outras coisas, pois no fim as orações são secretas, e não são todas para o mesmo deus. Mas seja como for, depois que um tempo já passou, o que é verdade mesmo, olha só como a sombra do cupinzeiro já andou, pois o sol não está mais no seu ponto mais alto, ela levanta lenta e travada da poltrona e volta para dentro. Quando torna a emergir, depois de outro intervalo não medido, está usando suas roupas de sempre, seu vestido esfarrapado e as sandálias de dedo, um pano amarrado na cabeça, e segue pela trilha que contorna o *koppie*.

Podia ser qualquer dia. Ela passa de manhã por esta trilha todo dia e volta à noite, e muitas vezes vai e vem também durante o dia. Qualquer que seja a luz e o tempo. Difícil diferenciar uma jornada da outra. Quando chega à porta dos fundos ela deixa as sandálias do lado de fora e entra descalça. Seu uniforme fica pendurado na despensa, vestido azul e *doek* branco com avental branco, e ela tem permissão de usar o banheiro por dois minutos para se trocar. Então pendura a roupa onde ninguém possa ver, num canto da despensa.

Só agora pode ir mais fundo, aos níveis mais centrais da casa. A família já voltou, ou talvez eles nunca tenham saído dali, têm um ar de coisa enraizada, encravada na terra.

Digamos que estão sentados à mesa da sala de jantar. Ou parados de pé, em ângulos diversos, na sala de estar. Ou no *stoep* da frente da casa, um grupo na frente da garagem e o outro numa posição mais imponente, acima. Não faz diferença. O seguinte diálogo se dá, entre Manie e seu rebento mais velho, em algum lugar.

Eu pensei no que você falou ontem à noite, o Pai diz, e estou muito irritado.

Em momentos como este ele gosta de basear seu tom de voz no deus do Antigo Testamento, e espera portanto ser obedecido.

Ah é?

Não por mim, mas pelos outros. Você ser grosseiro comigo não é novidade. Eu já conto com isso. Mas aquilo é jeito de falar com o *dominee*? Um homem de Deus, um sacerdote.

Anton funga e sorri. Um bobo e um charlatão.

Chega! Esse desrespeito acaba é hoje. Você me escute e preste bem atenção. Se não pedir desculpas pra ele, você está fora dessa família. Eu nunca mais vou falar com você.

Pois Manie ficou chocando os eventos da noite anterior, como uma galinha sentada num imenso ovo negro. Você ofendeu o meu casamento e a minha religião, e você há de pagar por isso.

Você deve saber, Pai, que eu nunca vou conseguir fazer isso.

Problema seu. Isso é entre você e a sua consciência.

Eu não vou pedir desculpas àquele sujeito. Desculpar o quê? Eu só disse a verdade.

Verdade? Manie volta a ficar enfurecido, até os pelos do queixo dele estão de pé como espinhos. Sobre a minha mulher? Sobre promessas que eu não fiz? Escolha de que lado você quer ficar, você é que sabe. Mas se você não baixar a cabeça, é da porta pra fora.

É só quando o pai deles sai, com estrondo e altivez, que sua filha mais nova dá as caras, surgindo de trás de um vaso como um personagem de uma farsa. Anton, Anton. Eu ouvi o que ele falou.

O que foi, Amor?

Ele fala com um tom irritado, pois ela está estragando o que de outra maneira podia ser um ponto alto, claro, para ele. Ser expulso da família, ficar livre disso tudo!

Eu ouvi o que o Pai te disse, e não está certo.

O que é que não está certo?

Ele prometeu mesmo. Eu ouvi. Ele prometeu pra Mãe que ia dar a casa da Salome pra ela.

Seu rostinho se ilumina pela segurança que brilha dentro dela.

Amor, ele diz com delicadeza.

O quê?

A Salome não pode ser dona da casa. Nem que o Pai quisesse, ele não ia poder dar pra ela.

Por que não? ela diz, desorientada.

Porque não, ele diz. É contra a lei.

A lei? Por quê?

Você não está falando sério. Mas aí ele olha para ela e vê que é muito sério. Ai, caramba, ele diz. Por acaso você não sabe em que país você vive?

Não, ela não sabe. Amor tem treze anos, ainda não foi pisoteada pela história. Ela não sabe em que país vive. Viu negros correndo da polícia porque não estão com seus documentos e ouviu adultos conversando em tons ansiosos e contidos a respeito de levantes nos guetos e ainda na semana passada eles tiveram que treinar lá na escola uma rotina de se esconder embaixo da mesa em caso de ataque, e ela ainda não sabe em que país vive. Há um Estado de Emergência e tem gente sendo detida e presa sem julgamento e tem uma chuva de boatos mas nada de fatos concretos porque tem um blecaute nos noticiários, que só falam de histórias felizes e irreais, mas ela em geral acredita nessas histórias. Ela viu a cabeça do irmão sangrando ontem por causa de uma pedra, mas ainda assim, ainda agora, não sabe quem foi que jogou a pedra nem por quê. Pode pôr a culpa no raio. Ela sempre foi uma criança lenta.

Mas tem uma coisa que deixa ela incomodada.

Mas por quê? ela diz. Por que você falou pro Pai dar a casa pra Salome se você sabia que ele não podia?

Ele dá de ombros. Porque sim, ele diz. Me deu vontade.

E é exatamente aí, da menor das maneiras possíveis, sem nem se dar conta, que ela começa a entender em que país está vivendo.

No dia seguinte ela é despachada, com sua malinha, de volta para o albergue. Só mais uns meses, o Pai lhe diz quando ela tenta reclamar. Até as coisas se assentarem. Ela sabe que não adianta discutir, percebe no tom de voz dele que é em vão. Ainda que tenha prometido, e um cristão nunca volta atrás em sua palavra, as necessidades dela são pouco importantes, ela não importa. Então ela vai com Lexington para a escola e desce do carro ao lado do laguinho dos peixes, e tem que subir devagar a escada estreita que leva ao dormitório, com seu piso de linóleo frio, as camas em suas fileiras regulamentares, idênticas, e a dela no canto, inalterada.

Seu irmão vai embora na manhã seguinte, ou será que foi na outra, o amanhecer é sempre igual na primavera. Ele carrega sua sacola de campanha e o fuzil e usa a farda, que Salome passou a ferro para ele, apesar de ter ele mesmo engraxado os coturnos. Ninguém ali para se despedir dele. Astrid está dormindo e o Pai já foi trabalhar lá no parque de répteis. Lexington traz o Triumph até o pé da escada e Anton coloca sua sacola no porta-malas. Fica com o fuzil à mão, à mostra, só para garantir.

Tchau, casa. Tchau, Pai, por mais que você ainda não responda. A aurora vai inchando como um hematoma enquanto eles sacolejam pelo caminho. Anton desce para abrir e fechar o portão e aí eles zarpam, para longe da cidade, por estradas solitárias.

Há um lugar, um ponto de carona para militares perto de Joanesburgo, de onde ele pode partir. Mais dois *troepies* ali também, esperando carona. Ele tira a sacola do porta-malas e se abaixa ao lado da janela do carona. Abraço, Lex, siga triumphante. Tchau, Anton. Até a próxima.

Perto do meio-dia, ele está chegando ao acampamento militar que é sua base. Sua última carona o deixou a meio quilômetro dali e ele tem que percorrer uma longa rua residencial para chegar ao portão de entrada. Do outro lado de uma cerca alta coroada de arame farpado ele enxerga o contorno das barracas e das casinhas pré-fabricadas, fileiras e mais fileiras, outros rapazes como ele passando entre as formas, lavando roupa, fumando, conversando.

Uma dessas figuras se descola do grupo, vem até a cerca. Opa, ele grita. Você aí!

Anton demora um segundinho para lembrar. Noite funda, sombras no asfalto. Dohr! Eu te disse que a gente ainda se via.

Por onde você andou?

Em casa, pro enterro da minha mãe.

Ainda está fazendo piada com isso aí?

Pois Dohr pensou naquele encontro bizarro numa noite dessas, quando estava de guarda, e decidiu que seu visitante não estava falando sério. Visto à luz do dia, com uma cerca entre os dois, ele é um rapaz mais do que comum, talvez até insignificante. Certamente não é motivo de medo.

Anton se apoia na grade com uma das mãos, apertando os olhos para acompanhar a extensão da cerca até o portão de entrada com as duas sentinelas que percebe que estão ali. Ficou claro para ele neste exato momento que não pode entrar de novo por aquele portão, não pode voltar a fazer parte do cenário lá de dentro. Não pode. E não saberia dizer por quê. Alguma coisa aconteceu, ele só ia conseguir te dizer isso, se você perguntasse. Alguma coisa aconteceu comigo.

Você é testemunha de um momento importante, ele diz a Dohr.

Oi?

Você está vendo a minha vida mudar de trilho. Uma mudança enorme está acontecendo bem na sua cara.

Como é que é?

O Grande Não. Demorou bastante pra chegar aqui, mas deu pra mim. Eu finalmente vou me recusar.

Vai se recusar a quê?

A tudo. Eu estou dizendo, este é o limite, nenhum passo a mais. Não, não, não! Ele pensa no assunto e acrescenta, Você podia vir comigo, claro.

Ir com você pra onde? Eu nem te conheço.

Isso ia mudar rapidinho.

Você é doido, Dohr diz, rindo. Que palhaço, esse cara. Primeiro mata a mãe, aí vai desertar assim que volta pro acampamento! Ho ho ho! Ele não tem a menor dúvida de que Swart vai continuar caminhando na direção do portão como todo mundo e eles vão acabar se trombando por aí, provavelmente na cantina.

Mas não é o que ele faz.

Ei! Tá indo pra onde?

Voltando pelo mesmo caminho, parece. Dohr tem que dar uma corridinha junto da cerca para não ficar para trás.

Você é um palhaço, ele diz. Eles vão te pegar. Vão te jogar no xilindró! Ei! Que história é essa? Não tem graça. Você está legal? Espera. Não me faça uma coisa dessas. Você não sabe que a gente está em guerra? Você não pensa no seu país?

Anton não responde porque não está ouvindo. Está sendo empurrado, como que por uma mão gigante, por um simples desejo cego, sair dali.

Em sua empreitada, a farda é tanto um perigo quanto uma grande vantagem. Pegar carona é fácil se você é soldado, mas você também vira alvo para a polícia do exército, que vai querer ver a sua documentação. Melhor trocar de roupa logo, e poucas horas depois, numa loja 24 horas à margem de uma estrada que leva ao sul, ele compra um boné para cobrir a cabeça. África do Sul Ensolarada, diz na parte da frente. Fica com cara de bobo, mas aquilo definitivamente cobre o cabelo e um pouco dos pontos que ele tem na testa. No banheiro de um Wimpy logo ao lado ele veste suas roupas civis, jeans, camiseta, malha e sapatos informais. Quando se olha no espelho, ele acha que está convincente, um rapaz indo a algum lugar.

África do Sul Ensolarada. Ele tem uma ideia como essa em mente. Algo que lhe lateja na cabeça desde o momento em que saiu do acampamento hoje cedo é uma imagem de uma praia branca imaculada, vacas espalhadas pela areia, ruminando e mugindo. Ao fundo, penhascos enevoados se erguem de um grosso carpete verde de árvores. Não é uma parte do mundo que ele já tenha visitado, mas ouviu uns meninos mais velhos na escola falarem de Transkei uma vez, de se virar para viver na floresta, pescando, surfando e fumando ganja, e pensa que podia fazer isso por um tempo. Quase não tem dinheiro, não tem planos, e não conhece vivalma, mas isso tudo é parte do que o motiva e ele acredita que lá é o tipo do lugar onde você pode desaparecer se isso for o que você quer.

Primeiro, Anton, você tem que chegar lá! Agora já está tarde, perto da meia-noite, quase não tem carro na estrada. Longe dos postes de luz a escuridão se avoluma, entupida de vazio e de risco. Atrás da oficina logo ali ao lado fica um campo enlameado, uma vala cheia de mato que lhe cresce pelas beiras. Ele joga seu fuzil na vala, seguido da sacola que guarda sua farda. Ficou só com umas poucas de suas camisas e calças, o que tinha ali com ele, guardadinhas num saco plástico. O que eu acabei de fazer é um crime, ele pensa, e no entanto pareceu tão desprovido de peso.

Ele engole um pavor passageiro, sentindo o quanto é gigantesco este mundo, e caminha com passo pesado até um ponto aceitável perto da saída que leva à estrada. Mostrando-se à luz fluorescente, com um polegar esperançoso apontando. Tem que ter fé! Pode demorar um pouco mas mais cedo ou mais tarde, se você não desistir, alguém vai parar para te pegar.

PAI

ELE ESTAVA ACABANDO DE SAIR do chuveiro quando o telefone tocou. O apartamento não é dele e a ligação provavelmente não é para ele e tem umas pessoas que ele anda tentando evitar com todas as suas forças, mas acaba atendendo mesmo assim. Uma sensação que ele tem, como que o contorno de alguma coisa.

Astrid do outro lado. Reconhece que é ela, apesar de só entender pedaços de palavras. Provavelmente aquele novo telefone celular dela, morre de orgulho daquilo, um tijolão inútil cheio de botões. Não é uma invenção que vá pegar. Eu não estou te ouvindo direito, ele diz. Se enxugando na sala de estar enquanto fala. Não dava pra ligar no fixo?

Sibilos e rangidos. Põe irritado o fone no gancho. Ela é uma de meras duas ou três pessoas que têm esse número, mas abusa do direito de ligar. Astrid assumiu para si os silêncios da família, se nomeou mensageira e portadora de notícias entre eles. É um papel de que ela tem necessidade, e de que sente rancor, e no qual também ela é uma necessidade, e alvo de rancor.

Anton se veste apressado enquanto espera. É plena tarde e o céu de Joanesburgo está irretocável, embora o ar cortante seja de meados de inverno. Está vestindo uma malha pela cabeça quando o telefone volta a tocar. Ainda não lhe chegam palavras completas, mas dessa vez lhe ocorre que ela não está falando, na verdade. Ele ouve a irmã fazer uns barulhos esquisitos. Um choramingo, quase.

Alô? ele diz. O que foi?, bem quando uma nuvem cobre o sol, e na sombra que se segue ele tem uma intuição, como um funil pelo qual pode enxergar um nítido quadro minúsculo do futuro. Um daqueles momentos, difícil explicar, em que parece que o tempo corre na direção errada.

Quando fala finalmente ele ouve atento enquanto ela lhe conta o que ele já sabe, não só os fatos, o pai deles/hoje cedo/ envenenado/naquela jaula de vidro, mas também o medo que ela sente, ele ouve clarissimamente, como se fosse isso que ela estivesse descrevendo, o alucinado pavor de Astrid de que o que aconteceu com ele venha também a acontecer com ela. Como se o destino fosse contagioso.

Você pensa nisso menos do que devia, ele diz, quando ela finalmente se cala.

Nisso o quê?

É por isso que você fica com tanto medo. Pra fazer as pazes com alguma coisa de que você tem medo, você precisa imaginar bastante a tal coisa.

Do que é que eu tenho medo?

Da morte.

Mas ele não está morto, ela diz, começando de novo a fazer aquele som de choramingo.

Ainda não. Isso também está no quadro que ele viu, minúscula janela para o futuro. Mas por enquanto eles só têm certeza do que ela lhe disse, que o Pai está inconsciente na UTI do Hospital H. F. Verwoerd de Pretória.

Eu estou indo já pra lá com o Dean, Astrid diz.

Tudo bem.

E aí cai um silêncio, que oculta uma pergunta.

Não sei não, Anton acaba dizendo. Falando quem sabe sozinho, embora ela ouça aquilo de outra maneira.

Está na hora, ela lhe diz.

Não sei não. Eu tenho que pensar.

Anton. Está na hora.

Eu é que tenho que saber, ele diz, nervoso mas quase incapaz de dizer aquelas palavras. Sua voz está pálida, voz fantasma. Não sei se consigo.

Só passe lá pra dar uma olhada nele. Ele está inconsciente, aí você não precisa nem falar.

Faz quase dez anos, Astrid.

Exato! Chega. Ah, sei lá, faça o que você quiser, você sempre acaba fazendo o que quer mesmo.

Dez anos, quase, de afastamento, um período que para ele incluiu umas coisas horrorosas, bem para lá do normal. E é assim que se encerra, correndo para ficar ao pé da cama do pai picado por uma cobra, para refletir sobre onde teria tudo dado errado? E para quê? Para demonstrar a lealdade da família? Eu não sinto amor por ele. Ele não sente por mim.

Ele deixou Astrid transtornada, deu para perceber, mas se não for assim ela não vai largar do seu pé, vai ser um polvo cheio de tentáculos. Carência e ansiedade não conhecem limites, e Anton gosta lá dos seus limites. Você já conversou com a Amor? ele diz, para mudar de assunto.

Eu deixei recado. Se é que ainda é o número dela. Faz séculos que ela não dá notícia.

Você disse pra ela também que está na hora? Mandou ela voltar pra casa?

Eu nunca mandei você fazer isso ou aquilo, Astrid diz. E é diferente com você e o Pai, claro. Você sabe que é.

Quando a ligação termina, ele fica ali parado um tempão, encarando uma rachadura na soleira da janela de onde emerge incansável uma carreira de formigas. Quantas? Mais do que dá pra contar. Só existe algum sentido na multiplicidade dos pontinhos. Por que será que isso é tranquilizador?

Astrid tem razão, está na hora. Ele sempre soube que o momento ia chegar, de um jeito ou de outro, mas imaginou que seria diferente. Não pensou que a salvação seria tão ambígua e tão incerta. Talvez tenha mesmo que ser assim. Cada dia desde que saiu de casa ficou marcado nele como uma empreitada visceral, primordial, e ele não pensa muito em nenhum deles, nada a exaltar ali. A luta para sobreviver não é educativa, é só aviltante. As coisas de que lembra com alguma nitidez ele tenta esquecer, empurrando de volta para o fundo. Parte do que você faz para seguir em frente.

Você segue em frente porque assim o fim um dia chega. A África do Sul mudou, o recrutamento forçado acabou há dois anos. Jesus amado, o que ele fez quando desertou, ele é um herói, e não um criminoso, incrível como tudo mudou rápido. Só que ninguém nem quer saber, para bem ou para mal. Já ficou no passado. Você é só mais uma figura esfarrapada que passou uns anos na ilegalidade, escondido no mato do Transkei e depois em Joanesburgo, difícil saber qual mata era pior. Mas quando se trata de sobreviver você faz o que precisa fazer. Nem que seja às custas da, você sabe, sua dignidade. Ah, qual é, Anton, a dignidade foi a primeira a desaparecer, você largou a bichinha que nem um trapo sujo na beira da estrada, e foi só a primeira estação da degradação, coisa muito pior veio pela frente. Imagens de atos sujos em quartos imundos, dores que ferem a alma e não somente o corpo, realizados sem hesitação, tudo apenas para continuar respirando um dia a mais sem fazer nada, absolutamente nada, dos melhores anos da sua vida jovem... E daí? Ninguém está nem aí. Outros já sofreram muito, muito mais do que você, se bem que isso é mais ou menos verdade para qualquer situação. No fim das contas, você só pode é dizer que chegou até aqui, chegou até o ponto em que as coisas já podem mudar e ficar mais fáceis, não há mais por que se esconder. Resistência via persistência, velha solução sul-africana.

Ele passa horas andando inquieto pelo apartamento, vendo as ruas de Yeoville lá embaixo por entre ramos secos, abrindo armários e fechando de novo. Parece estar atrás de alguma coisa, mas na verdade não está. Já se decidiu e agora está apenas fazendo uma espécie de inventário, um sumário. Nada disso aqui é dele, tirando umas peças de roupa e uns livros. Tudo mais pertence a uma mulher, um tantinho mais velha que ele, com quem/às custas de quem ele está morando nesses poucos cômodos há vários dias. Dias demais, como os dois já sabem faz tempo.

Escreve um bilhete para ela e deixa na mesa da cozinha. Minha querida / numa tentativa de desafiar o Espírito Santo para uma rodada de roleta-russa, além de uma malfadada ambição de entrar para o livro Guinness como a pessoa que viveu mais tempo entre serpentes peçonhentas, o imbecil do meu pai conseguiu entrar em coma. Tenho certo receio do pior. Como você sabe, eu e ele não nos falamos desde o enterro da minha mãe, mas eu decidi que está na hora de ir, enfim, para casa. Posso demorar. / Sinto muito por isso e por tantas outras coisas. Inclusive por mais um pedido, o último dos últimos, espero, de dinheiro. Eu sei que eu disse, mas você há de entender as circunstâncias etc. Apesar de eu estar realmente no fundo do poço e essa situação significa que muito em breve eu vou poder te pagar tudo que devo. Dados bancários continuam os mesmos. / Por mais que possa não parecer, eu ainda te amo, A.

Ele precisa fazer umas ligações e pedir para várias pessoas até achar alguém que lhe dê uma carona para sair dali. Abusou de quase todo mundo que conhece, estão todos cansados e desconfiados, ele percebe no tom de voz. Até o cara que aceita dar a carona tem lá seus motivos, que vêm à tona praticamente no momento em que eles pegam a estrada que sai de Joburg. Não queria mencionar numa hora dessas, mas eu estou numa situaçãozinha bem complicada. Então quando você tiver como, eu ia agradecer demais...

Eu entendo, Anton lhe diz. Eu vou pagar todo mundo pra quem eu estou devendo, mas juro que você é o primeiríssimo da lista.

Ele fez a mesma promessa para algumas outras pessoas nos últimos meses e sempre com a mais fervorosa sinceridade, mas essa sinceridade é ainda maior hoje porque se trata de fato de um momento de virada e ele já sente isso. Cometeu um erro terrível ao se exilar. Voltar é a única solução. Não se, mas quando. E agora, ao se aproximar da fonte, ele já pode antever seu futuro que se infla de possibilidades, como um melão que amadurece sob sua mão.

O mundo reluz em consequência disso. É a primeira vez que ele percorre essa estrada que leva a Pretória desde a morte da mãe. Nove anos atrás! E olha quanta coisa mudou, como o marrom do *veld* explodiu de fertilidade, construções novas à beira da estrada toda, escritórios e fábricas e residências, economia a todo vapor, o sangue correndo de novo pelas veias da terra. Um novo governo democrático nos Union Buildings! Ele pode ver as venerandas paredes de arenito contra as montanhas no que eles vêm entrando na cidade, iluminadas no horizonte pelo suave sol do inverno. Será que Mandela está ali agora, sentado à sua mesa? De uma cela para um trono, nunca imaginei que ia ver isso na vida. Esquisito como tudo ficou parecendo normal tão rápido. Quando antes, Jesus Cristo.

Desce na frente da entrada principal do hospital e tem que abrir caminho como um germezinho por quilômetros de corredores intestinais. Que imagem, ainda que tenha tudo a ver, nesse contexto. Sempre uma gente tão triste e derrubada sentada pelos hospitais, e esses são só os visitantes. Os pacientes, claro, estão em situação ainda mais grave. A única razão para vir aqui é porque você ou alguém próximo de você está doente ou ferido. Nada de alegria dentro dessas paredes.

A UTI é o pior, numa região de esverdeada melancolia subaquática, sem janelas à vista. O mesmo exército cabisbaixo de gente preocupada diante da porta, se bem que aqui, é claro, haja mais motivo para preocupação. Percebe a presença de Astrid ao mesmo tempo que ela o vê, o rosto largo dela se abrindo ainda mais de surpresa.

Ah que bom que você veio, ela sussurra no ouvido dele quando o abraça, apertando demais e deixando em seu rastro um espectro enjoativo de perfume. Ele viu Astrid algumas vezes nesses anos, ela ajudou com dinheiro e foi sua única ligação com a família, mas não deixa de ficar espantado novamente com sua transformação numa versão mais ampla de seu eu adolescente, o corpo nunca voltou a ser o que era antes da gravidez e agora ela é um eco globular do marido, Dean redondinho, que chega como uma boia, uma mãozinha de dedos curtos já estendida. E aí, Anton, bom te ver.

Olha só, *Oom* Ockie exclama. *Jirre Hey.* Quem diria.

Seu tom de voz é jocoso e espantado com o quanto seu sobrinho mudou. Mas ele por sua vez se tornou uma imagem seca e enfisêmica do que era. E todos eles estão diferentes, claro que estão, o tempo tocou sua música no rosto de todos nós.

De todo mundo ali *Tannie* Marina sofreu a menor transformação, um tantinho mais fraca, talvez, e algo menos inabalável em suas certezas. No que se refere a ele, Anton sabe que ela ficou do lado de seu pai na briga, até aí nenhuma surpresa, mas dá para ver já de cara que ela hoje não aguenta uma briga. Seu irmãozinho caçula, ceifado no apogeu, o temporão vulnerável da família, que devia viver mais que todos eles! Ela andou chorando e borrou a maquiagem. Ele lhe dá um beijinho no rosto, sente cheiro de hidratante e de sal.

Então eles ficam ali parados sem muito mais o que dizer, e a grande cena acabou. Sua chegada, mera sensação passageira afinal, retorno do pródigo, um drama que todo mundo já viu na vida. O tédio logo se estabelece. Você retorna depois de um longo desaparecimento e a superfície se fecha como se você jamais tivesse ido embora. Areia movediça familiar.

Anton ainda não se concentrou direito na imagem do pai, ali tão perto. Como é que ele está, então?

Não muito bem, Dean murmura. Chegou a parar de respirar ontem de noite.

Mas agora está estável!

Pegou numa artéria, Dean diz. Infelizmente. Foi o que o Dr. Raaff falou pra gente. E ele teve lá uma reação alérgica...

Eu nem culpo a cobra, Marina diz com firmeza. Foi o *dominee* que matou o meu irmão.

Mas ele não morreu, Astrid grita, arrepiada. Por que fica todo mundo dizendo que ele morreu?

Posso ver ele?

Eles só deixam entrar quatro visitas ao mesmo tempo e por dez minutos, uma vez de manhã e uma de noite. Mas tem uma enfermeira que cuida da ala toda, uma figura de cabeça raspada e cara de poucos amigos, que fica com pena dele de um jeito meio formal.

Você é o filho? ela diz, soando irritada. Você pode dar uma espiada nele.

Ele acha que isso deve ser um mau sinal, o tempo deve estar acabando, mas vai atrás dela como ela mandou, usando máscara cirúrgica e luvas, rumo à gruta sepulcral e ruidosa que é a câmara interna. Uma sensação de silenciosa aplicação, centrada nos corpos torturados que se estendem nos leitos. O Pai está lá no canto, tudo quanto é tipo de tubo entrando nele, ainda que pareçam ir na outra direção, saindo, chupando a vitalidade dele para dar energia a algum sistema diferente. Ele parece uma coisa amarrotada, jogada fora, embaixo dos lençóis verdes. Não só pele, mas quase. Mais maltratado do que eu lembrava.

Oi, Pai. Sou eu. É o Anton.

Será que ele diz isso em voz alta? É atingido, de um jeito ou de outro, por uma onda inesperada de emoção. Não é verdade que eu não dou a mínima, ele descobre atônito. É, não é verdade que eu estou pouco me fodendo.

Eu vou deixar vocês aqui um minutinho, diz a enfermeira de cara séria.

Ela puxa a cortina em volta dele, mas não o suficiente para tapar a ala toda. Anton vê um negro no leito ao lado, enfaixado como uma múmia. Verwoers deve estar se revirando no caixão, incrível eles ainda não terem mudado o nome do hospital. O sujeito geme alto lá dentro das bandagens, não exatamente uma palavra, a não ser que seja numa língua estrangeira, a língua da dor. O apartheid caiu, sabe, agora a gente morre um do ladinho do outro, numa proximidade íntima. Falta só resolver esse negócio de viver.

Oi, Pai, ele diz de novo.

E então fica ali sentado, esperando. O quê? Jamais virá resposta. Sou eu que tenho que fazer alguma coisa. Mas a coisa que ele tem que fazer, a coisa que eu vim aqui fazer, eu não sei o que é.

Escuta, ele diz para o pai. Eles deixaram a gente aqui sozinho porque era pra eu te dizer uma coisa. Era pra eu te dizer que sinto muito. Mas você nunca vai ouvir isso de mim. Está escutando?

(Eu não estou escutando.)

Eu fiquei maluco quando a Mãe morreu. Por um tempo eu achei de verdade que tinha matado ela. As coisas não estavam bem na minha cabeça. Mas eu assino embaixo de tudo que eu disse. Você foi um bosta de um alcoólatra pra minha mãe antes de se converter e depois disso foi um bosta sóbrio. Você era dono dela, mas nem depois de ela morrer você acreditou que não era o contrário. Você entendeu tudo errado com ela, e entendeu tudo errado comigo, e eu nunca vou te dizer que sinto muito. Está escutando?

Não, ele não está escutando. Nada mais vai atingir o Manie. Apesar de estar estendido bem no meio da cena, nada ali existe para ele, hospital, cama, cortina, seu filho, e certamente não existem as palavras que estão sendo ditas para ele, essas coisas não são o lugar em que ele está. Embora seja mais difícil descrever o lugar onde ele está.

Imagine um túnel subterrâneo que jamais recebeu luz. Alguma coisa assim, uma rachadura nos alicerces dele mesmo, é o lugar onde o Pai se refugiou. A pessoa ardente, não, a peçonha ardente que ele tem no sangue foi o que o levou até ali. E vai levar ainda mais fundo. Embalada por vapores de sonhos maus, tóxicos. Acompanhada pela última centelha, a última brasa acesa de uma voz. Que diz o quê? Nada. Existo, existi, alguma bobagem desse tipo. Vez por outra uma forma tosca passa veloz, semirreconhecida, e some. Minha vida. Aquela vez. Sombras de sombras. Até chegar à granular verdade das coisas. E entrar.

Herman Albertus Swart morre às 3h22 da madrugada do dia 16 de junho de 1995 e a sala de espera está vazia. Os integrantes de sua família estão cada um em sua cama, onde roncam, peidam, resmungam e se debatem rumo ao nascer do sol. A única pessoa presente quando ele se vai é uma enfermeira muçulmana chamada Waheeda que disfarçadamente recita para ele um versículo do Corão, *Inna lillahi wa inna ilayhi raji'un*, mas se essa intervenção teve algum efeito em sua alma é algo impossível de determinar.

A notícia é transmitida a Astrid uma hora depois. Ela acorda de um sono profundo com o toque de seu Nokia, um som a que ainda não se acostumou, faz só umas semanas que comprou esse treco, não sabe como funcionam os botões todos, e precisa de um longo minuto atrapalhado para acender a luz e conseguir atender. A essa altura já sabe o que a espera, por que outro motivo estariam ligando a essa hora, e só lhe cabe protestar, como se fosse mudar o resultado. Não, não é verdade! Mas é verdade, agora vai ser sempre a verdade.

Seu marido lhe dá um abraço, tem alguma convicção de que se trata do gesto correto neste momento. Astrid está pálida e fraca, então ele decide que uma xícara de chá com açúcar deve ser o próximo passo correto, e lá se vai ele para a cozinha, de ceroulas, para fazer o chá, deixando de perceber que sua esposa se vê no meio de uma pequena tempestade.

Sim, neste momento Astrid está sendo arrastada por um vento forte e horrível, todo força sem forma, que arrancou seu corpo do meio dos objetos sólidos. Como ela tenta se agarrar e como grita enquanto voa! Até se ver soprada contra uma porta, no fim de um corredor, e bater com toda a força que tem, apesar de não ter poder.

Oi?

A voz do seu irmão, tranquila e calma. Como se estivesse esperando que ela viesse.

Ela quase não consegue fazer a maçaneta girar, tão pouca é sua força. Anton está sentado na cama, abajur aceso, com um caderno no colo. Fica olhando sua irmã tentar falar sem conseguir.

Aconteceu, ele diz.

Enlouquecida, ela concorda com um gesto da cabeça, então se atira na cama, agarrando punhados de colcha de um jeito convulsivo. Finalmente consegue falar, embora saiam as palavras erradas. Agora nós estamos todos órfãos!

Ele olha para ela equitativo, pensando em outra coisa. Quando?

Quando? Não sei. O hospital acabou de ligar. A gente devia ter ficado lá com ele! Por que eles mandaram a gente ir pra casa?

Que diferença ia fazer?

Que diferença? Como é que você pode fazer uma pergunta dessas?

Não é a primeira vez que seu irmão a deixa de queixo caído. É como olhar para ele por uma luneta invertida. Ainda que do ponto de vista dele, ela esteja de repente com contornos muito nítidos. Eu estive com ele ainda ontem, Astrid está pensando, ele estava vivo e respirando, como é possível que agora não esteja nem um nem outro? Mas Anton pode novamente enxergar dentro da irmã, com a frieza e a clareza do badalo de um sino, que o que ela está sentindo é a sua própria morte. Se pode acontecer com o nosso pai, pode acontecer comigo. Esse nada, esse estado de Não. Aterrorizada, ela chora por si própria.

O marido a descobre desse jeito ao voltar pelo corredor com uma bandeja de chá, sua esposa estendida em desamparo sobre os pés do irmão no quarto de hóspedes. Enquanto Anton, que na opinião de Dean é uma pessoa das mais bizarras, escolheu bem este momento para rabiscar alguma coisa num caderno.

(...)

Ontem ele pediu para vir passar a noite com Astrid e Dean na casinha mequetrefe dos dois em Arcadia, em vez de voltar para casa. Não se sentia pronto para o retorno, mas aquilo também lhe parecia melhor que ficar na fazenda com *Tannie* Marina e *Oom* Ockie, que ficaram ali na ausência do Pai. Mas ele está sentindo agora, neste exato momento, que algo o atrai para algum centro indeterminado, enquanto todo mundo está atordoado.

Tudo bem, murmura tranquilizador para Astrid, passando distraído a mão no cabelo dela. Se ele pudesse escolher um jeito de ir embora, seria bem esse.

O quê, picado por uma naja? E pra quê? Ele não chegou nem perto de bater o recorde. Ele estava só no sexto dia!

Sua irmã, nitidamente, está inconsolável, ou determinada a não ser consolada. O que o faz lembrar que outra irmã ainda precisa ser informada.

Você conseguiu falar com a Amor?

Ela não me ligou de volta. E eu não tentei mais, não tinha mais notícia pra dar! Alguém vai ter que contar agora.

Eu conto, ele diz. Me dá o número dela. Uma forma de se libertar dessa cena chorosa, apesar de ele detectar uma verdadeira, e portanto interessante, necessidade de transmitir essa notícia à sua irmã mais nova. Anote isso no diário, para ser avaliado depois. Enquanto isso, saia daqui. Agora a casa toda já acordou. Os gêmeos, Neil e Jessica, sete anos de idade, detectaram a aflição da mãe e estão ambos chorando de maneira desesperada, enquanto Dean fica inutilmente por ali, dizendo para todos se acalmarem. Anton se recolhe ao telefone do escritório, onde há mais silêncio. Gelado aqui, no meio do inverno e ainda na hora mais fria, logo antes da aurora. E é cedo pacas. Ainda mais em Londres, duas horas a menos. Mas é da natureza das notícias, especialmente as ruins, quererem ser passadas adiante, elas desejam ser transmitidas, como um vírus.

Três toques, antes de uma sonolenta voz masculina atender, muito inglesa, clara e sucinta. Ele diz com quem quer falar.

Infelizmente a Amor não mora mais aqui. Ela se mudou há um mês.

E você sabe como que eu posso falar com ela? É urgente.

Quem é que está falando, por favor? a voz diz, tornando-se fria e cortante na medida em que o locutor desperta. Você faz alguma ideia de que horas são?

É o irmão dela, o Anton. Eu sinto muito te incomodar, mas é importante.

Ela nunca mencionou que tem um irmão.

Interessante. Mas isso não altera o fato de que eu sou irmão dela.

Bom, Anton, se ela me procurar eu aviso que você ligou. Se você é irmão dela de verdade, aposto que ela te liga.

Ele inspira. Por favor informe que o nosso pai foi morto por uma cobra. Um longo silêncio se segue, estática na linha. Alô? Você ainda está aí?

Isso é uma piada?

No sentido que você está pensando, infelizmente não.

Puxa, sinto muito, a voz diz, num tom mais delicado.

Por quê? Você nem conhecia o meu pai. Por favor só diga pra Amor que ela tem que ligar pra casa.

Ela liga para a fazenda poucas horas depois, mas ninguém está lá para atender. O telefone toca e não para de tocar. Um som solitário, que fica ainda mais solitário ao se repetir de maneira idêntica, sem parar, e sem solução à vista. Numa extremidade o toque, na outra extremidade Amor. Foi ela que fez aquilo acontecer, bem de longe.

Depois de um minuto ela desiste. Fica ali um tempo sentada, depois tenta de novo. Já sabe a essa altura que não vai ter resposta, mas está atrás de uma outra coisa. Escuta o minúsculo bipe em seu ouvido e ele evoca quase fisicamente para ela os quartos e corredores vazios por onde ressoa. Aquele canto. Aquele enfeite. Aquele peitoril. Fecha os olhos, prestando atenção. Uma comoção de desejo e repulsa por dentro. Como foi que tudo ficou tão complicado? Estar em casa significava uma única Coisa, não um vendaval de coisas em guerra.

Foi a primeira vez em que Amor pensou na fazenda em muito tempo. Aprendeu, ou talvez tenha sempre sabido, que se você quer seguir adiante é melhor não olhar para trás. A única coisa que fez desde que saiu da África do Sul foi seguir sempre em frente, ou ao menos continuar seguindo, nem sempre segura da direção, mudando de quartos e cidades e países e pessoas, isso tudo borrando o passado como uma paisagem vista em velocidade, algo em mim incapaz de parar.

Embora tenha, parece, parado. Está ali, bem imóvel, se você desconsiderar os soluços do choro, numa poltrona. Junto a uma janela que dá para uma rua estrangeira, no hemisfério errado. Isso tudo de repente lhe parece muito rígido e fixo, e de alguma maneira virado de pernas para o ar. O que é que eu estou fazendo aqui? ela pensa, ainda que talvez não com palavras. Não mais menina, mulher, transformada a aparência do seu corpo. Poucos traços ainda são reconhecivelmente iguais, inclusive as marcas de queimadura nos pés, desbotadas mas ainda visíveis, e que por algum motivo estão doendo agora, antigo sinal que o passado emite.

Naquela mesma noite está a bordo de um avião, voltando à África do Sul. A volta parece mais uma enfermidade do que um ato, algo para o qual ela não passa nem perto de estar pronta. O quanto foi tudo repentino, cada pedacinho, é como uma grande concussão branca, uma espécie de impacto. Inevitável, mas também insuportável. Não consegue dormir no voo e se vê caminhando pela cabine às três da madrugada, dez quilômetros acima do Chade. Como é comum e como é estranha a vida humana. E em que delicado equilíbrio. O seu próprio fim pode estar bem à sua frente, aos seus pés. Este avião se partindo num milhão de pedaços em chamas, a um momento daqui.

Mas não. Poucas horas depois ela está no banco detrás de um táxi, sendo levada até a fazenda. Negociou uma tarifa especial com o motorista, Alphonse, um sujeito de meia-idade que veio recentemente do Congo para cá atrás de uma vida melhor. Ele não devia ir por aqui, não conhece a cidade direito e se vê emaranhado nas ruas do centro, situação pela qual fica se desculpando em francês, mas ela não se incomoda, o atraso é um alívio, ela gosta da sensação de estar entre dois lugares, recém-partida e sem chegar ainda.

A vista da janela do táxi é meio incrível. Ela não sabe de maneira consciente mas há um ar um tanto festivo lá fora, porque ontem foi feriado, Dia da Juventude, dezenove anos do levante de Soweto, e hoje é o dia da semifinal da Copa do Mundo de Rúgbi, a África do Sul vai jogar contra a França, e as calçadas tremem e fremem lotadas. Jamais o centro da cidade teve essa cara, tantos negros andando tranquilos por ali, como se estivessem em casa. Quase parece uma cidade africana!

Mas aí você chega à estrada que leva à fazenda e quando os prédios desaparecem a terra antiga se mostra por baixo da barra da anágua, calcinada e estéril. O próprio dia parece liso como um osso, com a luz que jorra de um céu claro, duro. Disso tudo você sabe desde sempre, mas quando já saiu do gueto e está no ponto em que começa a fazenda, seus olhos vão direto para a pontinha do pináculo da igreja imensa e feia. Ainda parece um susto e uma invasão, apesar de estar de pé desde antes de ela ir embora. A Primeira Assembleia da Revelação no Highveld, ainda que ninguém mais tenha compreendido o que exatamente foi revelado a Alwyn Simmers. No entanto, há um grupo considerável diante da igreja e o som dos hinos está pincelado pelo ar.

Ela agora está alerta para a possibilidade da mudança, mas nada mais parece alterado. Não o portão, o caminho de pedras ou o topo do *koppie*, marcado por sua árvore negra e retorcida, que de pronto te atrai o olhar. Esse sim é um lugar a que você voltou, em pensamentos e sonhos, enquanto esteve longe.

Algo conhecido, também, na barafunda de carros em volta da casa, incômodo lembrete de um momento que de início ela não localiza. E depois sim. A Mãe, morta, naquele dia há nove anos. Quanta coisa mudou nesse tempo. Meu corpo, meu país, minha cabeça. Eu corri de vocês todos o mais rápido, e o mais longe, que pude, mas o passado tem lá suas garrinhas, e me arrastou de volta.

Pare aqui, ela diz. No fim do caminho. Paga Alphonse e usa as árvores como cobertura para se esgueirar pela lateral da casa e entrar pela porta dos fundos, para não ter que falar com ninguém. Mas na cozinha encontra o irmão. Os dois ficam completamente imobilizados.

Ora, mas quem diria, ele diz com um péssimo sotaque caipira. É iaiá Amor.

Anton.

Muita coisa acontece no silêncio que se segue.

Sério, eu quase não te reconheci.

Bom, você está igualzinho.

Não é bem verdade. Ele sempre foi magro, mas parece ter sido ainda mais escavado, chegando quase a algum núcleo essencial. E sua testa aumentou um pouco, deixando a velha cicatriz mais perceptível. Mas de outras maneiras a forma exterior é o que era, por mais que o conteúdo possa ter mudado.

É o momento em que eles deveriam se abraçar, mas ninguém toma a iniciativa e o momento passa.

Bem-vinda de volta, ele diz. Claro que as circunstâncias podiam ser melhores.

É, ela diz. Acho que podiam mesmo.

São coisas da vida, na opinião de Anton, as circunstâncias sempre podem ser melhores, mas ele agora está tomado por uma fúria nada natural. Acabou de chegar, há uma hora, e ainda não superou o canto da fazenda cedido ao projeto espiritual/capitalista de Alwyn Simmers, algo que Astrid tinha mencionado mas ele não levou a sério. A visão daquela igreja horrenda, largada ali que nem uma, que nem uma, olha, não tem nem com o que comparar, mas ele ficou muito transtornado. E aí chegou à casa e descobriu que o seu pai andou usando o seu quarto como depósito, entupido de porcaria por todo lado. Neste momento ele tem nas mãos uma caixa de papelão cheia de coisas do parque de répteis, livros e fotos e panfletos e um velho lagarto de pelúcia com olhos de vidro. Aponta para isso tudo com o queixo.

Tentando desentupir o meu quarto, ele diz.

Difícil não pensar que foi de propósito, não falta espaço na casa, afinal, mas o Pai queria me enterrar. Pouco a pouco, Anton foi se desvelando, levando cada caixa/objeto até a garagem e largando tudo lá. Os móveis familiares emergindo gradualmente, cama, escrivaninha e cadeira, a topografia da infância. Ainda falta muito.

E o meu quarto? Amor pergunta. Também está lotado?

O seu? Não, não. Está que nem você deixou.

Ele sabe, é claro, porque foi conferir.

Tá, ela diz. Eu vou lá me acomodar.

Mas não vai, não exatamente. Ficam os dois meio perdidos.

Você veio pra ficar?

Não sei, ela diz. Acabei de chegar.

Bom, você deixou um coração partido lá em Londres. Não queria acreditar que você tem irmão.

Ah, ela diz, sentindo o seu rosto esquentar. Desculpa por essa.

Quem é o cara?

Ninguém. (James.) Só um conhecido.

Ah, o primeiro amor. Sempre uma coisa tocante. Fique caladinha então, misteriosa agente internacional. Quer ajuda pra subir com a mochila?

Eu já andei com isso pelo mundo inteiro. Acho que eu dou conta.

Ele fica olhando enquanto ela sobe a escada, com um sorrisinho espasmódico lhe retorcendo a boca. Ora, ora. É você virar as costas por uns anos e já não atinge a antiga esfinge. Uma transformação incrível. Parece que a minha irmãzinha toda errada sempre foi outra pessoa.

De sua parte, e apesar de manter o rosto neutro, Amor se sente toda revirada por dentro, em poucos segundos à toa. O irmão mais velho sempre soube como. Ela percorre o corredor, passando portas e portas, até o seu quarto. Onde tudo ficou igual, até onde ela pode ver, embora uma fina pelugem de pó tenha pousado em toda parte. Ninguém limpa aqui faz um tempo. Ela coloca a mochila no chão e olha em volta. Sem qualquer pressa para desfazer a bagagem, ainda não. Não há por que apressar o momento da aterrissagem. Mantenha a ilusão de que você ainda está em movimento, ainda não está em casa.

Se bem que logo, é claro, você vai ter que descer. Um momento que lhe causa pavor, mas um banho e roupas limpas vão ajudar. Quando se vê no espelho do banheiro é com uma sensação de espanto, de que aquele rosto um dia tenha sido seu. Ouviu algumas vezes, recentemente, que é linda, mas não acredita. Lembra muitíssimo bem da menina gordinha de pele sebosa, que atendia por este mesmo nome. Mas aquela menina gerou um outro alguém, que não parece ser eu, mas é. Ou no mínimo eu vivo dentro dela.

Ela vive errando na avaliação da sua aparência e escolhendo as roupas ou o corte de cabelo ou o colar ou o perfume errado. Sua solução é não arriscar. O que lhe vem com mais naturalidade é andar sem maquiagem, sem joias e sem os floreios femininos esperados, se apresentando exatamente como é. Há situações em que a nudez parece a solução mais autêntica, ainda que você não possa sair por aí nesse estado, infelizmente. Alguma cobertura é sempre necessária. De banho tomado e já seca, ela põe um vestido azul de algodão. Queria usar sandálias, mas não quer exibir os pés danificados, especialmente o dedo perdido, então acaba escolhendo um par de sapatos fechados que pega na cômoda. Seu cabelo está comprido e ela prefere prender, tirar do caminho. O efeito geral, aos olhos dela, é de simplicidade e falta de enfeites, não lhe cai mal.

No entanto, consegue sentir sua aparência afetando quase fisicamente o pequeno grupo na sala de estar quando entra, como uma marola num lago. Uuh, quem diria. Como ela mudou! Não é incrível? Há uma contração, um vórtice ao redor dela, em que ninguém se vê mais empolgado, ou mais assustado, que as mulheres que lhe são aparentadas.

Credo, olha lá quanto peso você perdeu! *Tannie* Marina interrompe brevemente seu desconsolo para lhe dar um beliscão, testando ardilosa para ver quanta carne ela perdeu. A gente vai ter que te botar na engorda! Come uma torta de frango.

Eu não como carne, Amor a faz lembrar.

Ainda não? Ah, eu achei que ia passar com a idade...

Marina fica novamente ofendida com a ideia de que a sobrinha, sem qualquer bom motivo, tenha virado vegetariana há tantos anos, para consternação dos adultos. Desde aquele *braai* horroroso! Isso lhe dá uma vaga impressão de que aquilo é uma ideia comunista, parte do mal-estar generalizado da família na época da morte de Rachel, e que agora parece ter contaminado o país inteiro.

Os animais não sentem dor, ela explica. Não igual à gente.

Podia dizer mais, mas neste momento sua outra sobrinha, que estava rondando a cena como um satélite, de repente cai em terra

Amor, Astrid diz, quase inaudível. Meu Deus!

Quem sofre mais é Astrid, e seu rosto, mesmo debaixo da maquiagem, mostra sinais de um embate interior. Como é que foi dar nisso? Ela não pode ser a minha irmã, é uma impostora, só que.

Eu não estou acreditando, ela diz. Olha isso. O seu cabelo. A sua pele.

Elas se abraçam, uma segurando a outra com as pontinhas dos dedos, fazendo biquinhos em vez de trocarem beijos de verdade. Mas mesmo assim Astrid não consegue deixar de pôr as mãos, e podia acabar soltando um berro, se não fosse salva pelos gêmeos que começam a brigar e urrar em seu lugar, o que lhe permite catar cada um por um braço e arrastar os dois para uma parte menos densamente populosa da casa, onde finalmente cai no choro. Dean vai atrás dela e ela lhe enfia as duas crianças no colo, como uma dupla acusação. Toma, ela exclama, você há de prestar pra alguma coisa, e sai correndo para se trancar no banheiro.

Astrid ajoelhada diante da privada. Mal precisa usar o dedo hoje. Horrível, monstruoso, você não se acostuma mesmo que faça várias vezes, e não está nem funcionando mais, ganhando peso sem parar, não consigo parar, e os dentes dela estão uma desgraça por causa do suco gástrico, tenho que parar com isso, tenho, tenho que parar, mas neste exato momento é um castigo merecido por comer aquele monte de *melktert*, por que é que você não se conteve, e também por ficar tão feia do lado da Amor, meu Deus como é que ela me fica daquele jeito, era toda bolinha, nunca o que desse pra chamar de sexy, mas alguma coisa aconteceu quando ela não estava ali.

Amor sai discretamente da sala, se afasta de todos. Cumprimenta todo mundo, mas o necessário bate-papo é algo de que não vai dar conta. Não é o seu ponto forte. Melhor se esconder na cozinha, atrás de uma pessoa de quem de fato você tem saudade.

Salome. / Amor.

O abraço sai fácil, sem esforço. Mãos quentes, aperto firme. Balanço leve. Desprendimento.

Como é que você está?

Não sei. A primeira resposta sincera a essa pergunta no dia de hoje.

Ag, que pena, Salome diz.

Ela está perceptivelmente mais velha, as rugas na pele marcadas mais a fundo, especialmente em volta da boca e dos olhos. Uma expressão de decepção começou a se espessar no rosto de Salome, como os calos que lhe engrossam as solas dos pés. Ainda anda descalça. Nesta casa, ela jamais calçará sapatos.

Eu sinto muito, ela diz, e não há por que explicar o que ela quer dizer. Por mais que não esteja exatamente de luto por Manie. Ele nem sempre a tratou com respeito e nem uma vez sequer desde a morte da Sra. Rachel mencionou a questão da casa dela, se bem que agora isso talvez mude.

(Você vai me ajudar?)

Não é dito em voz alta, mas Amor ouve como se fosse. A questão da casa dos Lombard e do último desejo da sua mãe e da promessa do seu pai, no fundo várias questões apesar de parecerem uma só, foi com ela pelo mundo todo, incomodando em momentos particulares como um desconhecido que a importunasse na rua, puxando sua manga, gritando, Lide comigo! e ela sabe que deve, que um dia vai ter que reagir, mas por que um dia teria que ser este?

A gente ainda vai conversar, ela diz a Salome.

Está um tanto distraída, uma bagunça agora na sala, vozes exaltadas, ela sai apressada. Apesar da melancolia da ocasião, alguém ligou a televisão num canto, com o volume bem baixo, e há uma perceptível mas sutil reorientação naquela direção. É tudo muito tenso porque por uns minutos pareceu que iam cancelar mesmo o jogo, está uma chuva horrorosa em Durban, e se a gente não joga hoje acabou a Copa do Mundo para nós. Ainda tempestando, relâmpagos fervilham sobre o estádio Kings Park, mas o jogo finalmente vai começar, dois times se trombando e se empurrando gladiatoriamente naquele lamaçal grudento e apocalíptico.

A atmosfera é febril e patriótica, o país inteiro torcendo pelos Springboks, apesar de quase todos os jogadores serem brancos. O estádio está lotado, mesmo com aquela chuvarada, muitas caras negras nas arquibancadas. É difícil não se deixar levar pelo imenso rugido da unidade, todos juntos, um ano de democracia! Até Ockie parece reluzir, só em parte graças ao *kipdrift*, e Deus sabe o quanto foi duro para ele engolir a nova África do Sul. Mas tem que admitir que é bacana poder competir de novo internacionalmente. Aí a gente pode sovar um pessoal de uns países distantes e, meu amigo, que surra a gente deu naqueles bundinhas dos samoanos faz umas semanas.

Mas *Tannie* Marina não aprova. Quem foi que ligou isso aí? Será que vocês não podem ficar sem essa televisão?

Ockie suspira. O universo de alguma maneira está atravessado em relação aos seus desejos, mas não é hora da resistência. Ele desliga o aparelho.

Verdade que o Manie morreu numa horinha pra lá de inconveniente. Se a gente passar por mais esse mata-mata já é a final, daqui a uma semana. De repente ocorre a Astrid, que parece ter assumido tacitamente o planejamento do enterro, que a data é algo de suma importância. Não dá pra bater com o jogo! O número de presentes vai cair muito.

Pode ter suas vantagens, Anton diz. A gente ia economizar em comida.

Superado o seu espasmo de sofrimento, Astrid recobrou plenamente a força e a compostura, mas agora não tem forças para se sentir chocada com o irmão. É só ver um tabu que ele sente necessidade de violar. Sempre foi assim, desde que tenha alguém olhando. Tão irritada com ele hoje. Está dando o seu showzinho para uma plateia pequena ali no canto da sala já faz quinze minutos, sobre um tema a que agora ele volta, ou seja, a culpabilidade de Alwyn Simmers na morte do seu pai. Tão culpável que dava quase pra chamar de assassinato.

Uiuiui, Dean diz incomodado. Assassinato é pesado. Dean é contador e cuida do livro-caixa do parque de répteis e os fatos precisos têm importância, na sua opinião. Manie foi picado por uma cobra. Foi um acidente.

Tem mais cobra nessa história, *Tannie* Marina murmura.

Ele concordou. Assinou o contrato, e eles tomaram todas as precauções possíveis...

Isso eu posso confirmar, diz Bruce Geldenhuys, o sócio de Manie. É um sujeito mais velho com um bigodão de guidão de bicicleta e uma cara tristonha, muito sério e de voz suave. Ele hoje veio até a fazenda especialmente para falar desse assunto, para garantir que estão todos ali pensando igual. Tudo que a Escamópolis menos quer agora é ser processada pela família. A gente estava com os antiofídicos certos, foi tudo feito direitinho. Ele teve uma reação ruim, não tinha como evitar.

Uma reação ruim a uma picada de naja, Anton diz. Não tão imprevisível assim, né? Pra começo de conversa, o que é que o meu pai estava fazendo naquela jaula de vidro? Testando a sua fé em público, e fracassando, claro, mas pra quê? Pra arrecadar dinheiro pra igreja! Tentando bater o recorde de quem viveu mais tempo entre serpentes! Patrocine um homem de fé verdadeira enquanto ele luta com Satã num ninho de víboras! Igualzinho Daniel na cova dos leões! Uma ideia doida, alucinada, tudo, uma manobra mesquinha e estúpida pra apoiar um ministro fajuto. O meu pai nunca ia ter pensado sozinho numa coisa dessas.

Aí você não está errado, Bruce diz, pegando meio que o sentido geral da coisa toda. Tudo bem jogarem a culpa no *dominee*, se é isso que eles querem. No fundo eles até que têm razão, o coitadinho do Manie foi manipulado...

Bom, Dean diz pouco à vontade, mas ele não foi obrigado, né?

Melhor você superar isso aí, Astrid diz. Está falando com Anton, porque percebe que tem uma coisa que ele não sabe. Está legalmente combinado que Alwyn Simmers vai fazer o enterro.

Como assim?

Ele vai enterrar o Pai.

Anton não se assusta fácil, mas essa perplexidade repentina é como um choque. Ah, não.

Mas vai, sim.

Ah, não. Mas não vai. Por cima do meu cadáver, com o perdão da má palavra, é que aquele xamã *Voortrekker* vai enterrar o meu pai.

Mas agora está todo mundo olhando para ele, e pensando alguma coisa sem dizer.

O quê? ele diz? O quê?

Hmm, diz Dean infeliz. Tem mais. Você precisa conversar com a advogada.

Que advogada?

O advogado da família se aposentou recentemente e a filha dele assumiu o escritório. Cherise Coutts está com seus trinta e muitos anos, com algo da beleza passada de um sapo-boi, difícil de ignorar. Está aqui também para prestar sua homenagem, o seu pai e Manie aprontaram das suas por muito tempo, mas também porque Marina Laubscher exigiu a presença dela no dia de hoje, para transmitir uma importante mensagem.

Que mensagem é essa?

Bom, ela diz. Eu sei muito bem que você é a última pessoa que há de precisar de uma explicação da longa desavença familiar...

Não é uma desavença. Um desacordo, digamos. Lá na época do enterro da minha mãe.

Desavença, desacordo, ela diz. Pode chamar como quiser.

Ela e o complicado filho mais velho se recolheram ao escritório de Manie, logo ao lado da sala. O cômodo é pequeno e uma escrivaninha de madeira ocupa muito do seu espaço, então eles ficam meio espremidos num canto. Cada movimento dela é sublinhado por um leve tintinar de braceletes e de pérolas e ao som dessa sibilante trilha sonora ela extrai uns documentos de uma pasta preta com cara de profissional e lhes ajeita as bordas batendo as folhas no colo, usando as pontinhas das unhas pintadas de verde. Uma página em particular, que ostenta na parte de baixo a convoluta assinatura do Pai, parece ser o documento relevante para este momento.

O joelho de Anton deriva para o dela e ele puxa a perna de supetão. Desculpa. Percebe um desejo rançoso, reflexo, que se expande dentro de si. Algo de intrigante na arrogância indolente dela e nos olhos que parecem seixos frios por trás dos óculos de leitura enfeitados com strass. Além disso, ela parece estar gostando um pouquinho da notícia que está prestes a dar, minúscula fresta de crueldade na sua armadura profissional, e ele fica perversamente tocado por essa sensação. Pode me machucar, querida, que eu aguento.

Ela lê o documento em voz alta, num tom monótono, depois tira os óculos e larga a folha de papel. Olha curiosa para ele.

Mas. Nem. Fodendo.

A escolha é sua, claro, ela diz. Desde que você entenda que, se recusar, não vai herdar nada do seu pai. As instruções são claríssimas no que diz respeito a isso.

Isso é tão mesquinho. E será que não é ilegal?

Fui eu mesma que redigi o documento. Eu posso lhe garantir que está tudo dentro da lei. É a herança do seu pai, ele pode determinar as condições que quiser.

Ele se levanta de um salto, como se fosse sair dali, mas acaba só andando pelo limitado espaço livre restante, um trajeto curto em torno da escrivaninha até a porta, indo e vindo, movido pela chama de inominadas ansiedades que lhe percorrem as veias, em busca de uma saída.

Ela fica olhando para ele, intrigada com a sua angústia. Eu não estou entendendo, finalmente diz. Peça desculpas e pronto. São só palavras. Por que isso é tão importante?

Você é advogada. Devia saber que as palavras são tudo.

Num tribunal, talvez, mas não é o caso aqui. Ninguém vai nem te ouvir.

Ele para de andar de um lado para outro e olha fixamente para ela. Sua voz quando emerge tem algo de distante, de estrangulado, atravessando camadas e mais camadas de resistência. Você por acaso tem alguma ideia... mas ele não consegue concluir, a frase se estreita e some. Como exprimir a fome voraz e implacável de... de quê? Você nem sabe o que quer, Anton.

Em vez disso ele conta nos dedos as acusações. Primeiro, o terreno da igreja dele. Depois, ele vai enterrar o meu pai. Aí você me diz que ele é um dos beneficiários do espólio. E agora eu tenho que me humilhar diante dele. Será que existe algum lugar onde esse sujeito não tenha posto essas mãozinhas ambiciosas e insaciáveis?

Tudo isso é a vontade do seu pai.

A vontade manipulada do meu pai! Aposto com você que até o meu castigo foi pensado por aquele ladrão. Ele senta de novo, abruptamente, na sua poltrona, que exala uma cusparada de pó pelas costuras. Não tem como. Desculpa.

Por mais que as coisas estivessem complicadas entre vocês, ela diz, o seu pai nunca desistiu de você. Posso fumar aqui? Ela vai até a janela, insere um mentolado numa longa piteira de porcelana e acende, fica ali soltando baforadas e olhando enviesado para ele. Ele podia ter te cortado completamente, mas queria que você tivesse uma chance.

De me rebaixar.

Se você encara assim.

Como eu encaro, e como é. A noção de pecado e de castigo do meu pai veio da Bíblia, vai por mim, eu estava lá. Ele sabia o que estava fazendo. Eu tenho que me degradar antes de receber perdão. Fazer eu me ajoelhar diante daquele canalha! Não, não, isso já seria passar dos limites.

O canalha a que ele se refere é Alwyn Simmers, que hoje em dia não anda nada mal, desde que saiu em carreira solo. O Senhor foi bom com ele nos últimos tempos, e ele tem um belo de um rebanho que paga o dízimo direitinho. A gordura agora lhe cai confortavelmente, enchendo bem seu novo terno cor de carvão, transbordando por punhos e colarinho. Seu cabelo também ficou bonito grisalho, pelo menos é o que Laetitia lhe diz, ela que o penteia carinhosamente toda manhã. É claro que ele não pode ver por conta própria. Seus olhos agora já não servem para nada, ou para tão pouco que ele é quase cego, só uma ou outra sombra se movendo nas trevas. Investiu nuns óculos novos com lentes quase pretas, uma armação grandona e quadrada que ele gosta de sentir com os dedos. Isso para não falar da sua mais preciosa aquisição recente, um relógio de pulso falante.

Bip bip, o relógio diz. São onze horas e trinta minutos.

Mil perdões, ele diz ao seu visitante. Eu devia ter desligado.

Anton está fascinado e chocado, tudo nesse sujeito é grotesco aos seus olhos, e nada mais grotesco que aquele relógio enorme, feio e falante. Ele quer que o relógio fale de novo, mas vai ter de esperar quinze minutos.

Estão sentados na sala de estar da nova residência do ministro, um quarto ensolarado com face norte em Muckleneuk que dá para um jardim de pedras. Alwyn e a sua esposa, perdão, irmã, não foi pra insinuar nada, há muito tempo abandonaram os aposentos úmidos dos fundos da Igreja Reformada Holandesa, agora que Deus quis que lhe coubesse a prosperidade. Muita coisa mudou. Ele não se chama mais de *dominee*, agora é *pastoor*, e sua mercadoria é uma linha menos dura de salvação, que oferece aos seus clientes, ops, quer dizer, ao seu rebanho, numa situação em que saem todos ganhando. O ministro nunca deu importância a bens materiais e propriedades, quaisquer que sejam, mas puxa vida, como a vida fica mais confortável com isso tudo.

Ele também se sente muito confortável com a cena que se desenrola. Sabe por que Anton está aqui, foi avisado antes, e a sua vingança tem um gostinho doce que ele está determinado a aproveitar.

Só três colheres de açúcar hoje, ele diz a Laetitia, que está servindo o chá.

Quando termina de mexer, ela se retira para que os dois possam conversar. Mas só vai até a poltrona ao lado da porta, caso sua presença venha a ser necessária. Fica com os joelhos bem apertadinhos, tomando goles rápidos e furtivos, como um pássaro dando bicadas.

Eu estou aqui para pedir desculpas, Anton lhe diz.

Por quê, meu rapaz?

(Você sabe muito bem por quê.) Por ter falado daquele jeito com o senhor há nove anos. Eu não estava num bom momento. Falei só por falar.

Anton teve que ensaiar, chegando ao ponto de treinar no espelho uma expressão neutra, apesar de isso parecer supérfluo, diante dos fatos. Seus dentes, expostos num sorriso sutil, estão trincados, contendo o que ele sente de verdade.

Ag, não, o *dominee/pastoor* decide por fim, isso foi há muito tempo.

Mesmo assim.

Deus tudo perdoa, ele declara, brevemente se confundindo com seu criador. Nem pense mais nisso.

Certo. Anton acha ótimo assim, apesar de suspeitar que vai passar algum tempo ainda pensando nisso tudo. Mantendo-se de costas para a irmã, ele faz uma careta contorcida, temendo um pouco que os óculos pretos sejam uma armadilha, mas o *pastoor* nem se altera.

O pai ama o filho pródigo, ele diz, mais que o obediente.

Sempre me pareceu uma injustiça. Mas o mundo é assim.

O Senhor jamais é injusto! Venha, Andrew, reze comigo.

Andrew/Anton/pródigo não consegue chegar ao ponto de se ajoelhar como faz o ministro, mas chega a se dobrar um pouco na cadeira, tentando parecer suplicante. Fica o tempo todo de olhos abertos, encarando o tapete laranja, enquanto o Todo-Poderoso lá no céu recebe os agradecimentos por ter devolvido o cordeiro perdido ao redil, por amolecer corações duros e transformar a raiva em humildade etc. etc., e por dentro Anton sofre, ele está sofrendo. Fogo e gelo ao mesmo tempo. Você fala com a língua fendida e eu também. Eu não estou perdido nem amolecido nem sou humilde. O meu coração ainda está duro no que se refere a vocês, não pais números um e dois. Mais duro que nunca. Eu sou o lobo, não o cordeiro. Nunca esqueça.

Bip bip. São onze horas e quarenta e cinco minutos.

Ag, desculpa, meu amigo, o ministro diz, no meio da oração. Eu devia ter desligado isso aqui.

E pouco depois Anton está ao volante do Mercedes do pai, se afastando velozmente do seu pequeno ato de rendição. Pronto, feito, e a advogada tinha razão, capitular é fácil. Um gosto de bile. Não, na verdade gosto nenhum, porque fraqueza não tem sabor.

É tudo pelo dinheiro. Uma abstração que te molda o destino. Cédulas com números, cada uma delas uma promissória críptica e não a coisa em si, mas os números denotam o poder que você tem, e jamais serão suficientes. O poder talvez tivesse te salvado, Anton, tirado você do país e tornado possíveis as suas aspirações. Não é tarde demais para se redimir, por mais que ainda possa demorar um tanto para os números voltarem a subir. Enquanto isso, você tem que fincar pé, investigar, não desistir.

Ele para num caixa automático, sem grandes esperanças, mas por incrível que pareça ela colocou dinheiro na sua conta. Dois mil rands. Não muito, mas também não pouco. Por que ela é sempre tão boa? Lágrimas fracas lhe vêm aos olhos, até que lhe ocorre que desta vez ela pode estar pagando para ele ficar longe. Genuflexão mental para ela mesmo assim enquanto mete as notas encardidas na carteira. Eu te dou a minha gratidão, mesmo que não te dê meu corpo. Tenho que te ligar depois quando tiver coragem. Mas na verdade é em Desirée que ele está pensando.

Mais uma parada, ou não. Ele chega até a estacionar bem na frente da Funerária Winkler Bros, onde neste mesmíssimo momento o Pai está sendo preparado para o enterro. Disseram que hoje seria um bom dia para ir ver o seu pai, se ele quisesse. Não sabe responder a essa pergunta. Será que eu quero um último momento a sós com o meu falecido pai? Que vantagem haveria para mim ou para ele? Nem agora, sentado diante do imóvel baixo de tijolos, que parece mais uma repartição pública que uma funerária, ele consegue saber.

E então sabe, e liga o motor. O som, mesmo diminuindo, ressoa no cômodo próximo em que Fred Winkler, o mais velho dos três irmãos, já está há algumas horas trabalhando em Manie. A parte básica está feita, orifícios limpos e tapados, para evitar vazamentos. Você libera muita coisa na hora agá, do mesmo jeito que entrou no mundo você sai, incontinente e gritalhão, mas não conte pra ninguém. Parte das provas que precisam ser lavadas, para ocultar o crime. Que crime é esse? O crime da morte. Bobagem, Fred, não tem crime, você está fornecendo um serviço, só isso. Seu falecido pai, igualmente Fred Winkler, que ensinou o ofício a ele e aos irmãos, ser agente funerário é meio que uma coisa da família, quem é que entraria nessa se não fosse assim, o seu pai lhe disse há muitos anos, Você tem que deixar todos eles com uma cara serena. É isso que a família quer ver, que a pessoa que eles amavam está em paz. Asneira. O que eles querem mesmo ver é que a pessoa que eles amavam está viva. Querem acreditar que Manie está só dormindo. É a família que quer ficar em paz.

Você faz o que pode. Muitas cartas na manga, encher uma bochecha encavada com algodão, prender partes frouxas com cola. Tudo prestidigitação. Ele é o sensível, podia ter sido pintor, ou talvez homossexual, mas em vez disso usa seus pincéis de maquiagem em cadáveres, impressionante o que você pode esconder com pó e pigmento. Isso sem falar dos perfumes que ele usa, frascos genéricos de fragrâncias que guarda no armarinho do espelho na parede. As pessoas fedem quando estão vivas, mas depois piora muito, e no caso de Manie tem algo especialmente errado com aquela perna. A perna é onde a cobra picou, e a coisa está feia. Sorte que não foi no rosto. Não dá pra fazer muita coisa ali, fora cortar a perna da calça daquele lado e esconder. Desde que ele caiba no caixão.

O receptáculo final de Manie ainda não foi escolhido, embora esse delicado processo esteja se desenrolando agora no escritório, a dois tijolos de distância, onde as duas filhas do falecido conversam com o irmão mais novo. Suarento e rechonchudo, com um cabelo louro que está ficando ralo, espremidinho dentro das calças, Vernon Winkler está mostrando a elas todo o catálogo, na verdade um fichário com argolas de metal que prendem plásticos com impressões matriciais e fotografias instantâneas baratas.

Não gostei desses acessórios, Astrid diz. Você achou o quê, Amor?

Ela suspira. E faz diferença?

Os acessórios? diz Vernon. A senhorita está falando das flores? Não vão ser essas. Vocês vão ter que escolher em outro catálogo.

Não as flores. As alças. Eu não gostei dessas alças baratas de plástico.

Astrid está enfurecida, mas triste demais para demonstrar sua fúria. Embora o Pai tivesse um seguro funeral, ela está injuriada com o preço que esses criminosos com cara de solenidade estão cobrando pelo que, verdade nua e crua, é só uma caixa de madeira. Ela não quer estar aqui, nesse escritório sem graça pisando num carpete cinza, um tipo de caixa também, com uma mesa e um telefone no cantinho. O telefone toca o tempo todo, tem sempre um morto fresquinho que precisa ser enterrado, o sofrimento nunca acaba, e a bem da verdade, em duas outras cadeiras de espaldar reto das que ficam agrupadas em conjuntos aleatórios contra as paredes vazias, um jovem casal está sentado de mãos dadas, chorando de maneira inconsolável.

Nós podemos trocar as alças, Vernon Winkler diz. Está de saco cheio da irmã mais velha e chiliquenta, mas bem animadinho com a caçula bonita, gosta das mulheres mais quietas, quase pode imaginar, só que melhor não, não mesmo, não aqui, e não com esta calça. Já passou por uma vergonha dessas em público.

No fim, depois de todo o bafafá, Astrid opta pelo caixão topo de linha Ubuntu, muito popular hoje em dia, uma marca que combina com os tempos atuais. Segundo a descrição no catálogo ele tem o brilho quente do mogno filipino bem envernizado e ostenta dimensões generosas que combinam com a natureza abundante e ampla da África. Apresenta um padrão tradicional de miçangas zulu no centro do estofamento da tampa, enquanto que seu interior é confortavelmente acolchoado, e colorido com a delicada paleta da savana. As alças basculantes de prata, de produção local, são também muito atraentes.

Menos atraente é a atitude da mais novinha, que mal abriu a boca durante toda a conversa. Sério, Astrid trouxe a menina para dar opinião. Senão pra quê?

Desculpa, Amor diz. Eu não tenho grandes opiniões sobre coisas tipo alças.

Ela não quer ser sarcástica, e na verdade ignora o funcionamento mais detalhado do mundo, mas Astrid diz, que pena que você acha que o meu universo é uma mesquinharia, mas alguém sempre tem que escolher as alças.

Amor reflete sobre essa frase. Eu não acho que o seu universo seja uma mesquinharia, acaba dizendo.

Isso é no carro, o Honda pequenininho de Astrid, na volta para a fazenda. Saindo da cidade, trânsito lento. O clima entre as duas ficou mais tranquilo, Radio 702 tocando uns violões, uns dedilhados no fundo. O dia foi pesado demais para Astrid, as crianças tocando o horror desde o nascer do sol, Dean lhe dando nos nervos também e agora essa saga do caixão. Mas não é só o dia de hoje, nem os últimos dias, o negócio é que faz já um tempinho que ela não está bem. Faz anos.

Na verdade, ela diz com uma voz diferente, eu é que acho que o meu universo é uma mesquinharia.

Amor espera.

Não sei como é que eu vim parar onde eu estou, Astrid diz.

Por que ela está confessando isso tudo para a irmã mais nova, de quem nem gosta? Amor tem alguma coisa que faz as pessoas sentirem que têm esse direito. Aquilo que nela antigamente parecia vazio e imbecil, quase um déficit neurológico, agora parece o contrário, silêncio e atenção, um tipo de inteligência. Ela é alguém a quem você pode contar as suas coisas.

A gente não usou camisinha e eu engravidei e em vez de fazer a coisa mais ajuizada fui direto com o Dean pro tabelião e *plof*, lá se foi o resto da minha vida. Igual a Mãe! Eu não pensei no que estava fazendo, só fui lá e fiz. O meu corpo que fez, dá pra dizer. A minha cabeça estava em outro lugar. Agora eu tenho dois filhos e estou pregada e não consigo mais me sentir jovem nem bonita.

Ela fecha a cara. Por que esse enrosco ali na frente? Aperta a buzina. Eu adoro o Dean, ela diz. Assim, eu gosto dele. Não é que eu não goste. Mas a gente é muito diferente.

Amor faz que sim com a cabeça, pensativa. (Você quer abandonar o Dean.

Ah, não, não! Eu jamais ia conseguir fazer uma coisa dessas.) Astrid contempla seu futuro do outro lado do parabrisa, enquanto o semáforo muda. Mas ter um caso, isso eu tive, ela diz, quase sussurrando.

Amor assente com a cabeça de novo. Com quem?

O sujeito que veio instalar o nosso alarme.

Impossível não rir quando você imagina a cena. Sério?

É, sério. Astrid ri também, aliviada pela inesperada tranquilidade que lhe veio ao falar do seu pecado. E ela, no fundo, pensa mesmo nesses termos, que foi um pecado, e gostaria de ser absolvida. O sujeito da empresa de vigilância com quem ela teve esse caso, Jake Moody, é católico, e ela ficou encantada quando ele descreveu como a confissão lavava suas transgressões e suas falhas. Até essa aqui? ela quis saber. Sim, ele lhe disse, até essa, mas não ainda.

O negócio, ela se pega dizendo, o negócio é que ele simplesmente é tão diferente do Dean. De tudo quanto é jeito! Até o nome... é um nome de homem, sabe como? E tão adequado. Ele é *moody*, temperamental, morria de ciúme de mim, eu sinto falta desse ciúme dele...

O negócio, ela diz a Amor, é que eu não superei essa história. Eu ando pensando em ligar pra ele.

Mas aí ela já falou demais e Astrid de repente sente a cabeça leve e tapa a boca com um gesto súbito. Como é que isso foi acontecer? A irmã dela não é sacerdote!

Você não me saia dizendo essas coisas por aí, ela sibila por entre os dedos. Nadinha do que eu te disse, pra ninguém!

Claro que não, Amor diz. Por que é que eu ia abrir a boca?

Dá para ver que ela está falando sério e Astrid fica brevemente mais calma, mas logo depois que elas chegam a casa sente uma necessidade de se retirar para o banheiro e se purgar do seu tumulto interior. Hoje ela está mesmo é querendo se virar do avesso. Coitada da Astrid, toda equivocada! Não tem como você vomitar a ideia que mais te dói, especificamente o fato de que você e a sua irmã de alguma maneira trocaram de lugar, e Amor está numa trajetória que por direito devia ser sua.

Só que não. Não é como Amor enxerga, pelo menos. Pois ela também tem as suas dorezinhas, que a desgastam, ainda que não fale disso, ou que ninguém pergunte, e elas tendem a aparecer quando ela está sozinha. No topo do *koppie* logo depois, por exemplo, sentada numa pedra. Seu lugar preferido, o cenário da sua fragilização. Por que é que ela não para de voltar ali?

Veja pelos olhos dela. O quadro todo lhe parece muito menor do que ela lembra, o próprio *koppie* bem mais baixo, a árvore queimada mero feixe de gravetos mortos. O teto da casa dos Lombard é uma forma geométrica lá embaixo, quase imperceptível.

E no entanto as cores a perfuram, como se tivessem pontas, e o céu é imenso e inconfundível. Abaixo dela, é a fazenda que se estende infinita para colinas e montes e campos, fundindo-se a um horizonte distante e marrom, e ela sente de verdade que o mundo é grande, muito grande. Ela mesma já viu um pedaço. O interior parece estar igual, mas as leis empilhadas sobre ele, as leis invisíveis e poderosas que as pessoas criam e depois soltam enviesadas sobre a terra, apertando bem, essas leis estão todas mudando agora. Ela sente, quase como se fosse parte do quadro que enxerga, que voltou ao mesmo lugar, que no entanto não é mais o mesmo lugar.

A família não moveu uma palha, é claro, no que se refere à promessa que o Pai fez à mãe deles. Ninguém falou no assunto desde a morte da Mãe, fora a própria Amor, e isso não durou muito. Está pensando no problema neste exato momento, e quer muito falar do assunto. Acredita, ou talvez só deseje, que exista uma cláusula no testamento do Pai para deixar isso tudo resolvido. Mas o melhor seria eles conseguirem chegar a um acordo sobre a forma de agir antes da leitura do testamento.

Na sala de jantar naquela noite, todo mundo em volta da mesa comendo, é um momento óbvio, e ela está prestes a fazer a pergunta, as palavras na verdade já estão na sua boca, suas sílabas individuais totalmente inocentes (Será que a Salome pode ficar com a casa dela agora?)... e olha, a cena vista de fora é tão simpática, a sala tomada por uma luz amistosa, o fogo aceso na lareira e a família reunida para a sua refeição... Que mal pode fazer uma pergunta como essa? Solte a frase na sala quentinha, talvez a resposta te deixe surpresa.

Catapimba! O impacto é o de um soco leve, liberando um grito coletivo de medo e de alívio, todos se virando ao mesmo tempo. A pergunta de Amor cai no chão, impronunciada. Mas não, não foi isso que fez o barulho. Outra coisa, outra coisa bem concreta, deu uma trombada feia contra o vidro lá fora.

O que é isso? grita Dean, apavorado. Morcego? Não, um pássaro, esses pombos são umas antas, observa Ockie. Foi o espírito da minha mãe, Astrid pensa, irracionalmente. Por que é que ela estava voando por aí de noite? Marina quer saber. A luz do *stoep* deve ter atraído.

Uma pombinha, e não um pombo grande, está caída de costas no piso, em meio a uma minúscula nevasca de plumas. Fino fio de sangue lhe vaza de uma narina. Criatura pequena, pequena sua morte. Uma garra se enrijece e convulsiona. O corpo diminuto fica frio.

Que pena, vai lá enterrar o bichinho, Astrid diz ao marido. Ela quer que aquilo suma da sua frente. Dean sai obediente e ergue a ave com nojinho, pela ponta de uma asa. Procura um túmulo adequado e encontra um lugar num canteiro de flores abandonado embaixo de uma acácia. Cava uma cova com as mãos e põe o bicho lá dentro. Cobre de novo. Fica ali de pé um minuto, perdido na lembrança da morte do pai, lá quando ele ainda era menino. Foi a ave que o fez pensar. Uma coisa leva à outra. Todos os acontecimentos conectados de certa forma, pelo menos na memória.

A ave jaz na sua pequena sepultura, logo abaixo da superfície da terra, mas só por algumas horas antes de ser desenterrada por um chacal, um dos dois que se estabeleceram perto do *koppie*. Eles ficaram muito mais corajosos desde que Tojo morreu e quando a casa fica silenciosa se esgueiram para procurar comida. A pombinha é uma dádiva, o cheiro forte daquele sangue surgindo da terra, apenas a ponta de uma asa maculada de um odor humano. Os dois chacais rasgam o animal com gritos agudos, tagarelas, até que Astrid não aguenta mais e de supetão abre uma janela aos berros mandando parar.

Eles somem na paisagem escura, cerzindo uma rota de sombra em sombra, seguindo uma trilha que eles mesmos bateram pela base do *koppie*. O terreno para eles é luminoso e o ar está coalhado de mensagens. Rastros e rotas e eventos distantes. Perto das torres elétricas eles se detêm, alertados pelo zunido da corrente nos cabos lá do alto, e erguem a cabeça para soltar trêmulos uivos em resposta.

Salome os escuta da sua casa, mil desculpas, a casa dos Lombard, e logo fecha a porta. É sensível a sinais e portentos, e para ela o uivo dos chacais é como um mau agouro. Algum tipo de espírito torturado à solta. E com aquele seu movimento líquido e esquivo, escorrendo de um lugar para o outro, eles parecem mesmo desprovidos de matéria e seus estranhos chilreios, algo vindo do além-mundo.

Trotam pelo fundo do vale na direção da autoestrada, ao norte. Mas param muito antes de chegar, no limite final do seu território. É necessário renovar as suas marcas, empregando sucos corporais, delinear a fronteira. Daqui para lá somos nós. Escrito em mijo e merda, visceralmente assinado.

Agora andam rumo ao leste, em busca de outro posto avançado onde seu autógrafo já desbotou. Mas são detidos logo depois de começarem a andar, por uma perturbação que ocorreu depois de sua última passagem por aqui, quase exatamente vinte e quatro horas atrás.

O solo foi rasgado, no ponto que cheira a osso. A terra exala odores quando aberta, indetectáveis pelo nariz humano mas para o *Canis mesomelas*, ah, ela fala em línguas. A chaga é larga e fresca, e o cheiro dos escavadores está também aqui, as bordas metálicas de suas garras, assim como o seu suor, sua saliva e seu sangue, embora eles já tenham partido. Talvez isso aqui seja uma tentativa de cavar uma toca. Talvez eles voltem para terminar.

Eles voltam na manhã seguinte. Dois rapazes de macacão, carregando pás. Sua respiração, vapor visível no ar gelado. Ainda é cedo, mal nasceu o sol, e as sombras das lápides se alongam sobre o solo. Os chacais já foram embora há muito tempo e outras criaturas ocuparam seus lugares.

Uma lagarta ondula sobre uma folha.

Um suricato se infiltra pela grama, como um fio de fumaça.

Um besouro se espeta, para um instante, retoma.

Lukas e Andile cavam sem parar. Uma pessoa não é uma ave e não pode simplesmente ser jogada em cova rasa, onde um chacal arrisca conseguir chegar. Mas um buraco de mais de sete palmos e do tamanho de um adulto dá um trabalhão para cavar, ainda mais quando geou e a terra está dura. Embora o frio lhes seja como metal no esqueleto, os dois respiram com dificuldade e perspiram, e agradecem a oportunidade de fazer uma pausa quando chega Alwyn Simmers.

Ele chegou para sentir, bem literalmente, como é o lugar onde vai conduzir a cerimônia. Tudo bem quando é na igreja, nada que não seja plano e manso, não há como tropeçar. Mas aqui a céu aberto a história é bem outra. E Manie pediu um culto da Igreja Reformada Holandesa, o que meio que passa uma rasteira no *pastoor*, porque ele já esqueceu os procedimentos calvinistas.

Lukas e Andile se apoiam nas pás, dentro da cova semipronta, e ficam olhando com indisfarçada curiosidade enquanto o Toyota Corolla pena para subir a estrada de terra e estaciona perto do portão de ferro forjado do cemitério da família. Quem dirige é um homem de cara efeminada que, quando sai do carro, acaba revelando ser na verdade uma mulher masculinizada. Está com uma blusa branca e uma saia marrom longa que paira sobre significativas panturrilhas e sapatos sem salto, sobre os quais ela corre para ajudar o pobre, cego, mal-humorado ministro a vir à luz.

O outro braço, Laetitia! Ele respira pesado. Quantas vezes eu vou ter que te dizer?

Desculpa, Alwyn, desculpa...

É um constante refrão entre eles, admoestação e pedido de desculpas, e cada um deles parece adorar o seu papel, e odiar ao mesmo tempo. Nesse caso, irmão e irmã são meramente nomes colocados sobre uma baralha muito mais complexa. E assim eles claudicam, emaranhados um ao outro, pelo terreno irregular, atravessando os portões enferrujados e passando entre lápides, caindo de lado e se desfazendo, as lápides, veja bem, não os dois, por mais que lá à sua maneira eles também estejam caindo de lado e se desfazendo. Onde é que a gente está? grita Alwyn Simmers. Quase lá, Laetitia Simmers responde.

De dentro do buraco retangular, Lukas e Andile ficam vendo os dois se aproximarem.

A gente já chegou?

Já, Alwyn, agora a gente chegou.

É aqui que eu vou ficar?

Isso, é aqui que você fica.

Ele fareja o ar, virando a cabeça de um lado para o outro, como um monarca que inspeciona os seus domínios. Quem está aí? ele grita de repente, sentindo uma presença perto do joelho.

É a gente, *Baas.*

A gente quem?

Andile e Lukas, *Baas.*

Andile é quem fala, Lukas jamais usaria a palavra *baas,* chefe, ou não usaria mais. Tem um ar reservado e altivo, ou talvez seja desdém, que parece de alguma maneira olhar os dois brancos de cima, ainda que esteja semissubmerso na terra. Enquanto Andile faz que sim com a cabeça e sorri submisso, se pudesse ele se enterrava inteiro.

Vamos pra casa, Laetitia. Eu já vi o que tinha pra ver.

Certo, Alwyn, ela responde dócil, embora atravesse sua mente o perverso desejo de lhe dizer outras palavras, Como assim, Alwyn, você não enxerga nada. Com frequência ela tem impulsos cruéis, mas os contém com toda a força, menos os que se referem a ela mesma. Pois sob as mangas e a saia, ambas compridas, Laetitia leva alguns ferimentos autoinfligidos.

Os dois brancos entram no carro e vão embora, os dois negros seguem cavando. Sério, esse interlúdio não serviu para nada, a gente podia ter passado sem ele, e no entanto ele se repete invertido quatro dias depois, quando o Corolla retorna trazendo irmão e irmã. Mas dessa vez eles têm um carro fúnebre atrás, um Volvo preto, com seu design original alterado. Veio atrás deles desde a cidade e agora chega balouçante e cambaleante pela estradinha de terra, trazendo nos fundos o cadáver de Manie Swart em seu caixão Ubuntu.

O nome da funerária, Serviços Fúnebres Winkler Bros, está impresso com uma fonte branca sem personalidade nas portas traseiras do veículo, e o próprio Fred está ao volante, um homem que parece bem mais velho do que é, completamente calvo aos trinta e sete, com as rugas lhe caindo pelo rosto em sincronia com o bigodão. O seu colete e a cueca estão apertados demais, o que se reflete num minúsculo cenho cerrado entre os olhos. Por cima dessas peças, ele usa o seu terno preto padrão, sujeitinho sem um pingo de criatividade, apesar de fazer um tempinho que o terno não vai à lavanderia e de os vapores do seu próprio suor, de outros dias, mais quentes, irem subindo até as narinas de Fred enquanto ele dirige, o que faz com que elas se alarguem.

Há também, ou ele imagina que exista, um tênue traço de apodrecimento no ar, que vaza do caixão ali atrás. Não pode ser, a tampa está bem fechada, mas ele continua sentindo um cheirinho. Talvez algum resíduo nas mãos? Ele quer que esse enterro na fazenda corra bem, sabe que isso faz diferença para Alwyn Simmers, cuja igreja frequenta. Na verdade ele faz bastante coisa para o *pastoor*, dá quase pra dizer que eles têm um acordo, em benefício mútuo. *Deo volente*, claro, mas pode apostar que o Senhor entende, Ele não se opõe a que você ganhe um dinheirinho em nome d'Ele, desde que a sua alma mais profunda seja pura.

Fred Winkler às vezes sente a sua alma pendurada bem dentro dele, como uma estalactite. Não, mais frouxa e mais trêmula, que nem morcego numa caverna. Será que eu um dia, na luz granulada de algum crepúsculo, hei de me libertar e sair voando? Por algum motivo ele acha que não.

Estaciona ao lado do cemitério. Meio cedo, mas já tem gente. Alwyn Simmers e a sua irmã peculiar já encostaram perto dali.

Dia mais lindo, o ministro observa, erguendo o rosto para o céu. Sente a luz do sol e a friagem que recua, mas na verdade não está pensando no clima. Está angustiado com o que tem pela frente, porque pode ser complicadinho. Essa família. O Senhor mandou essa família para me testar. Aquele problema todo com o filho faz tantos anos, como é que ele se chama mesmo, e agora eles querem me culpar pela morte do pai também. Não é culpa minha se a fé do sujeito não era suficiente. Só tenho que passar pelas próximas horas sem escândalos. Ele acha que acertou o tom do discurso, numa de manter aquele pessoal no seu lugar. Tem que fazer eles obedecerem. O dinheiro traz à tona os aspectos mais repulsivos da natureza humana, ele já viu isso inúmeras vezes, para sua imensa tristeza. Coisa tão trágica, e desnecessária. Em verdade vos digo, os homens ergueram um altar para Mamon.

A sua melancolia já ia quase ficando agradável quando Marina Laubscher aterrissa, pérolas falsas vibrando. Está tão agitada que ele não consegue entender o que ela quer. Ou consegue, mas não acredita que ouviu direito.

Você pode repetir?

Eu quero que eles abram o caixão.

Mas por quê?

Eu quero ter certeza de que é o meu irmão ali dentro.

Mas claro que é o seu irmão, ele grita, num nível de histeria que de repente está à altura do dela. Irmão de quem é que ia ser?

Mas ela não vai se deixar convencer, hoje não. Desde a morte de Manie algo dentro dela parece desequilibrado, e encontrou seu objetivo num artigo da Huisgenoot que ela leu na semana passada enquanto usava o banheiro, sobre uma funerária mequetrefe da periferia de Joanesburgo onde descobriram pilhas de corpos em decomposição num armazém. Ela não entendeu tudo, alguma coisa de eles usarem e reusarem os mesmos caixões, e em muitos casos, dizia o artigo, a pessoa errada foi enviada para o enterro e em alguns casos dois corpos acabaram metidos num único caixão. O artigo a incomodou na época, a ponto de ela acabar constipada, mas desde a morte de Manie não consegue pensar em outra coisa. E se não for o irmão dela ali dentro? E se tiver mais alguém ali com ele?

Ele está sozinho, Fred Winkler afirma, com o bigode eriçado. Fui eu mesmo que fechei hoje de manhã. (Ficou olhando o Jabulani fechar, na verdade.)

Bom, abra de novo.

Não sei se eu trouxe a chave de fenda certa. Eu estava achando que era uma cerimônia com caixão fechado.

E é, mas eu tenho que ver com os meus próprios olhos. Abra já!

Faça o que ela está dizendo, o marido dela aconselha ao fundo, soando como um refém. Ele só quer que a ceninha acabe.

Você está com a chave de fenda? Alwyn Simmers pergunta para o ar.

Fred remexe na parte detrás do rabecão, no compartimento onde guarda as ferramentas. Está quase sem ar de tão agitado, já com a certeza de que vai ser julgado culpado, culpado, culpado, mas aleluia, o instrumento correto está à mão.

Vai de uma vez, o *Pastoor* Simmers lhe diz. Não deixe mais ninguém ver, Jesus amado.

A blasfêmia escapa, como uma pelota de ranho, tarde demais para ele conter. Todo mundo finge que não ouviu, especialmente o próprio ministro. Fred Winkler não ergue os olhos, atentíssimo aos parafusos que vai desatarraxando, anti-horário, fazendo o tempo voltar. Jesus fez Lázaro voltar dentre os mortos. Será que ele estava fedendo? Sei não. E ali está, mais do que claramente, um odorzinho adocicado que sai do caixão. Mais do que perceptível no espaço apertado e estofado dos fundos do carro. E ainda pior quando a tampa sai. Não pense em comida, especialmente comida passada da validade, começando a se liquefazer e apodrecer. Por favor não vomite, não aqui. Não tem como disfarçar aqui. Segure a respiração e se concentre, como quem olha por um túnel, no que se revela. O rosto, e mais nada, e não deixe isso virar outra coisa, olhos fechados, boca entreaberta, de perfil. O formato está certo, mas tem alguma coisa com a coloração. E o tamanho...

Ele estava com uma aparência bem ruim, Fred diz rápido. Bem pior que isso. Eu mexi bastante nele. Mas ele inchou e as veias ficaram meio esquisitas. (Vocês deviam ver era a perna.)

É nesse momento que os gêmeos de Astrid passam pela traseira aberta do rabecão e veem o corpo do avô/de alguém que não é o avô deitado ali dentro. O pleno conhecimento da morte se abate sobre Neil e Jessica de Wet, que ficam travados de espanto, antes que Astrid cate os dois e os arraste dali, e que o incidente afunde quase imediatamente na desordem generalizada. Feche, Marina ordena ao sujeito da funerária, com aquele bigode ridículo, e ele fica mais é feliz de obedecer.

Marina está definitivamente insatisfeita com a aparência do irmão, se é que foi mesmo o Manie que ela viu. Parecia, mais ou menos, mas também não. Quanto mais ela pensa, mais lhe parece possível ter acabado de olhar para um desconhecido todo inchado ali dentro da caixa.

Abra de novo!

Ela voltou estrepitosa, menos de cinco minutos depois de ter saído dali. Fred Winkler acabou de começar a pôr o último parafuso, e o mau hálito da cova finalmente desapareceu.

Ag, não, Marina, *jissus*, poxa, mas não mesmo!

Passou do limite para Ockie. Ele está completa, total e cemporcentomente por aqui com a *kak* da família Swart! Querer abrir o caixão de novo! Desde que o seu cunhado morreu daquele jeito pra lá de idiota ele não reconhece mais a esposa.

Neste momento, ela também não sabe quem é ele. Fazia anos que ele não gritava, ainda mais com ela, que de repente o enxerga sob uma nova luz. Meu marido! Mais da metade da minha vida nesse casamento!

Desculpa, Ockie, eu não estou bem hoje.

Tudo bem, pinguinzinha, ele diz, imediatamente delicado. Tomou as suas gotinhas?

Fred Winkler aperta o último parafuso. Certo grau de sanidade se reinstaura. Ele está suando mesmo no frio do inverno, como uma pessoa doente, o que talvez ele seja mesmo.

Ainda não é um homem livre. Só quando o caixão for finalmente colocado na terra é que ele vai poder ir embora. Tem de ficar ali de pé durante todo o interminável ritual, de bexiga cheia e pressionada pela cueca justa demais, enquanto o *pastoor*, que tecnicamente voltou a ser *dominee* por hoje, pronuncia um dos seus discursos mais empolados, cheio de doirados elogios ao caráter e à fé de Manie Swart.

Naquele canto apertado do cemitério, todo mundo de pé, os presentes formaram por conta própria três fileiras que cercam o ministro. O círculo interno é a família e o segundo se compõe de amigos e conhecidos diversos, quase todos, a bem da verdade, gente que Manie conhecia da igreja. Isso inclui uma senhora mais velha e bem pesadinha chamada Lorraine, muito fã de permanentes e cardigãs, que foi sua discreta companheira nos últimos cinco ou seis anos. E está chorando hoje, de saudade de Manie, claro, mas também porque ele sempre jurou que ia ficar com ela de papel passado mas nunca tomou a iniciativa, e agora? Vamos lhe dar este breve momento aqui, porque logo ela vai se despedir deste lugar e das outras vidas amontoadas nele, sem grandes compensações por sua estada, fora uma pequena herança, a ser mencionada novamente na hora certa.

Atrás deles, um passo atrás, fica um punhadinho de trabalhadores da fazenda que, no espírito dos tempos mais expansivos que vive esta terra, tiveram permissão para entrar no cemitério da própria família. Não para serem enterrados aqui, no entanto, não, claro que não! Este lugar é somente para o sangue da família. Não existe um local onde se enterrem os trabalhadores da fazenda, que não têm ligação com a terra, no fundo, são passageiros, mesmo os que moraram aqui por anos e anos. No fim, eles somem com o vento.

Algumas mortes são naturais, Alwyn Simmers lhes diz. Mas quando alguém morre por acidente, pode parecer que houve uma injustiça. Que algo deve ser corrigido. Dirige um olhar fixo e cego à sua plateia. Pode ser difícil aceitar que mesmo os acidentes fazem parte dos desígnios do nosso Pai Celestial.

Acidente nenhum aqui. Nenhum. Exatamente como a queda de Adão e Eva também não foi um acidente. Não esqueçamos que Satã adotou a forma de uma serpente, lá no Jardim do Éden. Ele provocou a queda das primeiras pessoas deste mundo e nos mandou, descendentes que somos, para o exílio. Mas mesmo isso é parte dos desígnios do Senhor, irmãos e irmãs. Pois já que Satã vai acabar perdendo neste grandioso jogo, ele também está apenas fazendo a sua parte. No fim, no último dos fins, todos os acidentes terão seu sentido!

O ministro cego encontrou o seu ritmo retórico, com sua bela voz se enroscando entre os cupinzeiros e os tufos de grama. Sempre foi bom de bico, tem lá um jeito de falar meio cantado. Há momentos verdadeiramente inspirados em que ele se vê tomado por algo que o ultrapassa, outra pessoa ao volante. Que por favor seja o Senhor Jesus, mas às vezes ele teme que não seja. Num breve lapso de probidade há quarenta anos, Alwyn Simmers e sua irmã cometeram o pecado da fornicação, um com o outro, infelizmente, e embora nenhum deles tenha jamais tocado no assunto, ele por vezes sente um ímpeto de confessar o ato em voz alta no púlpito. Em dias como o de hoje teme chegar de fato a confessar. Mas não, continue contando a outra história, aquela com que todo mundo aqui concordou, você sabe qual, da salvação e do ânimo e da renovação e do perdão, se formos cristãos de verdade jamais haveremos de comer nossas irmãs, não vai nem passar pela nossa cabeça.

Bip bip. São dez horas e trinta minutos.

Ag, desculpa, poxa, o ministro diz, eu sempre esqueço de desligar isso aqui.

Todo mundo ri e muda um pouco a posição do corpo, concentração que se dissipa. O *dominee* também se perdeu. Pretendia encerrar falando da imensa generosidade de Manie, mesmo na morte, mas o fio da meada não está mais ali. Hora de concluir, então. Pula para uma piadinha que tinha planejado usar no final, mas se atrapalha com a última frase, de modo que se segue um silêncio abafado, perdido. Junta as mãos e lembra a todos que eles ainda podem contribuir com o fundo que Manie criou em vida, apesar de a parte em-nome-dele agora não valer mais.

Todas as víboras, *ag*, verbas vão para caridades que trabalham nas partes mais negras deste mundo.

Agora o ritual acabou, os gestos necessários foram feitos, e a aglomeração pode se desfazer novamente, de maneira ainda mais insegura por isso tudo estar se dando no *veld*, a céu aberto. Você sente de verdade o quanto é pequeno ali embaixo do céu claro e imenso do inverno, sem camadas de proteção entre você e o universo, enquanto ruma rapidinho para o portão. E Fred Winkler finalmente pode mijar. Ele trota para mais longe e dá as costas para o cemitério e as pessoas que vão saindo, esquece que elas estão ali. Que alívio! Nada une mais completamente um homem à terra que um arco umbilical de urina quente e amarela. Por um breve momento existe uma única sensação, de se deixar esvair, até que chega a hora de sacudir gotinhas.

Quando ele retorna ao rabecão, os últimos enlutados estão desaparecendo pela estradinha de terra e os dois negros já vão enchendo a cova. Ele acena com a cabeça para os dois enquanto passa a trote e um deles responde. Dia, *Baas*. Que trabalhinho esquisito esse meu, reflete Fred, ao subir de novo no seu veículo, não sem uma dose de pena de si próprio. Eu preparo as pessoas para elas desaparecerem. E o meu trabalho todo desaparece com elas.

Depois que o carro escuro e comprido foi embora, Andile e Lukas retomam sua lida. Bem mais fácil encher um buraco que cavar, mas ainda é puxado, o homem é condenado a viver do suor do seu rosto, pelo menos alguns homens. E algumas mulheres. É bem assim, parece, ou é aquilo em que todo mundo por aqui aparentemente acredita. Está esperando o quê, uma revolução? Quando terminam, eles achatam bem a terra com as pás e sentam ao pé de uma acácia para dividir um cigarro.

Lukas se despede de Andile e segue a trilha batida até a casa dos Lombard. Onde eu moro. Uma casinha toda torta, alguma coisa desaprumada bem no meio. Três cômodos, piso de concreto, vidraças quebradas. Dois degraus levam à porta da entrada. Passar pelo limiar. Oi? A sua própria voz que retorna. A mãe dele não está. Ela quase nunca está. Cuidando dos filhos de outra mulher, a branca, lá do outro lado do morro. Deixando ele sozinho nos três cômodos geminados, cheio de tempo e de silêncio, grãozinhos de poeira girando à luz do sol.

Ele cata o balde, vai pegar água na bomba. Se lava com um *lappie* logo ao lado da porta dos fundos, usando apenas uma cueca vermelha esfarrapada. Depois se agacha, secando ao sol. Seu corpo escuro e esguio é marcado por músculos, uma cicatriz cor-de-rosa em zigue-zague pelas costas. Alguma história particular ali, não conheço ele assim tão bem para poder perguntar.

Veste roupas elegantes de sair, pronto para a cidade. Passa muito tempo avaliando sua expressão num caco de espelho. Não enxerga a raiva e o orgulho, ou a solitária sensação de injustiça. Mas apenas admira o seu lábio, que está se tornando sensual e pendente, e os longos cílios curvos em seus olhos.

Está a caminho de Atteridgeville, o gueto vizinho, para visitar uma moça sua conhecida. No que põe o pé na trilha, animado e perfumado, a sua rota se desvia do contorno do gramado que fica atrás da casa da fazenda, onde os brancos estão reunidos. Alguma espécie de festa de despedida para o falecido. Lukas sabe o nome dele, claro, mas o nome parece separado da pessoa que designa, que por sua vez parece menos um ser humano que uma força.

O filho da força sai da casa quando ele está passando por ali. Oi, Lukas. Opa, Anton. Incerteza quanto aos termos de tratamento, agora que a vida adulta chegou.

Que é que você anda aprontando?

Trabalhando aqui na fazenda.

Eu achava que você queria estudar? Universidade?

Não, não deu. Eu me encrenquei na escola, fui expulso, não me formei. Ele dá de ombros e sorri satisfeito.

Então você voltou pra cá, pra trabalhar? Peralá.... onde é que você tá indo agora?

Pra cidade.

Como é que você vai chegar lá?

Eu vou a pé até a estrada. Aí pego uma carona.

Anton está segurando o copo do que pode ser uísque e se inclina para a frente como se quisesse ouvir melhor. O calorzinho o deixou benevolente e otimista, louco para resolver os problemas dos outros. Deixa eu te dar uma carona, ele diz. Eu queria conversar com você.

Não, tá bão assim.

Eu vou te dar uma carona, meu amigo. Espera um minutinho.

Ele entra na casa e revira o primeiro andar em busca da chave, coisa que demora mais do que deveria. Quando localiza a dita e volta para o gramado, o seu copo está quase vazio e Lukas já se foi. Olha ele lá na frente, minúscula figura na estradinha. Tá certo, quissifoda então. Anton ergue um brinde a ele, bebe tudo e arremessa o copo com força para o *veld*. Um único tinido mais ali, brevemente satisfatório.

Não quer voltar para o grupo que está no gramado. Anda pensando em Desirée e querendo ter tido colhão de convidá-la para o enterro. Tudo bem que é uma ideia esquisita, não um grande destaque social, no fim das contas, mas um convite difícil de recusar, o que é o sentido da coisa toda, na verdade.

Enfim, tarde demais para isso agora e foi até vantagem, você não está na sua melhor forma, não é verdade, Anton, bêbado e todo virado para dentro, não é uma ideia brilhante conversar com alguém, muitíssimo menos com a ex-namorada que você desertou sem dizer uma palavra e cujo coração pelo que dizem você estilhaçou. Fora isso, ãh, não é uma boa ir conversar com aquele pessoalzinho estoico todo trabalhado na oração ali nos fundos.

Laetitia Simmers e outros voluntários da igreja dispuseram chá e sanduíches ali no pátio, enquanto os convidados ficam andando pela grama. Vista de cima, uma cena toda de chapéus e penteados e carecas, circulando em alta velocidade. A própria Laetitia está coordenando a situação, agitada dentro do seu vestido de crimplene por trás das longas mesas apoiadas em cavaletes, com um bule, servindo. Chá é a sua especialidade, e por entre os vapores ela dirige um sorriso frio ao irmão, que se censura perto das clívias. Bip bip, bem no ponto alto do discurso!

A essa altura Anton já está no quarto de Manie, dando uma olhada. Antes até do sal de iníquas lágrimas, eis-me aqui, eis a questão, xeretando as coisas dele. Dinheiro enfiado embaixo das meias. Esse eu embolso, muito obrigado. Gostei também da cara daquele aparelho de barbear ali. Mas Jesus, o que será aquele objeto inexplicável?

Remove o enigmático artefato de perto da cama do pai. Revira, xereta, cheira um vago aroma antigo de coisa queimada. Um pedaço de casco, algum réptil, provavelmente um jabuti. O Pai sempre foi obcecado pelos de sangue frio, não tão bom com os mamíferos, muito menos com os humanos. Ele larga o pedaço de casco e é só então que vê a carabina. Mossberg com ação de bombeamento, herdada do *Oupa*, ninguém mais podia pôr a mão, se bem que ninguém queria mesmo, troço grosseiro, feio, sem graça. Tesouro da família, supostamente.

Pega, segura, sente o peso e a substância. Real. E como. Quando toma posse da arma de um homem, você toma posse do próprio homem também. Lei da fronteira. Ah que asneira, Anton, quem é que escreve esses pensamentos pra você? Mas ele está empolgado com a arma, algo nele ficou eletrificado e amedrontado. Pau-de-fogo faz mágica, faz baruio igual trovão, faz morrer de morte matada.

Mira, pela janela, a figura distante do *Dominee* Simmers no jardim. Bum! Ver o seu salto de costas até cair no canteiro de flores, esperneando. Não, deixe que viva. A arma nem está carregada, mas ele lembra onde viu uma caixa de munição ainda ontem. No seu próprio quarto, no meio da porcariada toda.

Vai agora até lá e carrega a arma, bem como viu o Pai fazer. Catranq. E bem nesse momento ouve chegar uma gritaria e uma confusão lá do pátio. Corre até a janela e mal pode acreditar no que vê, uma tropa de babuínos chegando bem quando ele pegou a arma, tão improvável que até parece sonho, mas não esqueça que toda coincidência é improvável, Anton, essa é precisamente a natureza das coincidências. Enfim, não há como questionar que eles estão ali, aqueles vândalos descabelados e agressivos, se servindo dos sanduíches. No enterro do meu pai!

Nós nos erguemos do estado de natureza até a cultura, mas se você não lutar para manter esse poleiro elevado, a natureza te puxa de volta pra baixo. Primeira vez que ele segura uma arma desde o tempo do exército. Primeira vez que dispara, talvez. Desde aquele dia que por um acordo que fez consigo mesmo ele não contempla, e não vai ser agora. Muito embora o choque daquele poder, o coice e o baque do poder, sejam imediatamente familiares e arrebatadores. A ponto de ele repetir, e repetir, correndo. Bum! E Bum de novo! O barulho se expande em anéis concêntricos, como o gigantesco raio do meu alcance.

Os babuínos sumiram faz tempo. Correram doidos para todo lado no primeiro tiro, muito embora ele tenha errado/apontado para o alto. Berros e desespero, depois silêncio. Anton agora está longe da casa, a céu aberto, no *veld*. Uma satisfação tão profunda naquela calma, pisando estralejante a sua própria terra. Sua fúria, como um vendaval quente que o atravessa. Pode ter certeza que eu estou em casa.

O grupinho reunido no quintal dos fundos está abalado. E não é de estranhar, primeiro os babuínos, depois os tiros de carabina. Um gostinho de caos em tudo por aqui. Logo alguns dos convidados pedem licença e depois o filete vira um rio. Não muito depois de Anton puxar o gatilho, todos os visitantes já se foram.

Agora o pátio vazio parece estranhamente maior que antes, e os dejetos espalhados por ali parecem ganhar mais significado. As únicas figuras que ficaram são Laetitia e outra senhorinha branca, recolhendo a louça. Ah, e não vamos esquecer Salome, lavando pratos e xícaras na pia da cozinha. Ela está com a sua roupa domingueira, que usou no enterro, pois também estava lá, por que é que isso não foi mencionado antes, sim, ela estava presente, quase mas não exatamente lá na frente, de pé atrás da família.

E a família está ainda aqui também, claro, ninguém muito a fim de voltar tão cedo para casa. A casa da fazenda é grande, cabe todo mundo, e é a primeira vez em vários anos que os três rebentos se reúnem. É assim que o sentimentalismo aparece mesmo em meio ao luto. Vejam como a morte nos uniu! Apesar de também ser verdade que a advogada vai aparecer amanhã na hora do almoço para ler o testamento de Manie junto com eles, o que também pode ser um motivo para eles irem ficando.

Cherise Coutts usa um casaco e um chapéu de pele sintética nesta tarde, e deve precisar, porque mesmo neste cintilante dia de inverno ela veio com um carro esportivo conversível, parte de um recente acordo de divórcio que a deixou sozinha mas bem alimentada. Assume aquela que é obviamente sua posição natural, à cabeceira da mesa da sala de jantar, e depois de se despir da sua camada mais externa, entrega seu cartão de uma maneira meio desinteressada a todos que o merecem, entre unhas hoje pintadas de dourado. Doutora Cherise A. Coutts, Bacharela em Direito, Universidade de Pretória.

Ela está aqui para lhes explicar o conteúdo do testamento de Manie, coisa que é bem direta. Só dois dos herdeiros não puderam estar presentes, e ambos pedem desculpas. Um é o *Dominee*, mil desculpas, o *Pastoor* Simmers, cujos compromissos eclesiásticos o impediram de vir, e a outra é Srta. Lorraine Louw, que sente que não lhe cabe estar aqui. Murmúrios de contestações insinceras, Ela era a namorada do Pai, Claro que a gente sabia, Todo mundo aqui é civilizado, mas quando ficam sabendo que ela vai receber uma quantia em dinheiro, não tão pequena, eles todos ficam quietos.

Manie, eles descobrem, tem investimentos e propriedades por toda parte, não era só Escamópolis que pagava as suas contas, apesar de o parque continuar a gerar uma renda surpreendente todo mês. Mas prestem atenção, aqui é que a coisa fica séria. Um. Os lucros procedentes de tudo isso são controlados por um conselho que tem somente um integrante, esta que ora vos fala. Dois. A renda derivada do parque de répteis, bem como dos outros vários investimentos de Manie, lista completa em anexo, será paga igualitariamente a todos os beneficiários com frequência mensal. Três. Os beneficiários são a Primeira Assembleia da

Revelação no Highveld, doravante igreja de Manie, assim como sua irmã Marina Laubscher, e seus três filhos, todos presentes aqui, e felizmente Anton está entre eles, depois de ter removido o pequeno, hmm, obstáculo que poderia tê-lo desqualificado.

Quatro. A fazenda propriamente dita, que engloba não apenas a casa em que todos estão neste momento, incluindo o terreno em que foi construída, mas também as diversas outras propriedades/terras imediatamente contíguas que foram adquiridas no decorrer dos últimos trinta anos, não é parte dos bens geridos pelo conselho. Manie pretendia que ela permanecesse intacta, como lar/refúgio/base para os supracitados três filhos, contanto que algum deles quisesse morar aqui. Parte alguma dessas propriedades pode ser vendida exceto em caso de emergência financeira, com a aprovação unânime e por escrito dos três filhos.

A Srta. Coutts, cuja atitude profissional lembra bastante o tédio, alinha direitinho as páginas com aquelas unhas douradas sensacionais. A essa altura todo mundo percebeu as unhas. Essa mulher tem poderes! Olha para eles com desdém, como se estivesse mirando do alto de um despenhadeiro. Perguntas?

Amor, que parece semiadormecida, consegue se pôr lentamente ereta para fazer uma única pergunta. Hmm, e a Salome?

Como assim?

A Salome, que trabalha na fazenda.

Até este momento, todos os presentes mantiveram uma expressão quase abobada. Mas agora um tremor percorre o grupo, como um diapasão percutido contra a borda da cena.

Aquela história de novo, Astrid diz. Você ainda está nessa?

Isso foi resolvido faz um tempão, *Tannie* Marina diz. A gente não vai voltar atrás agora.

Amor sacode a cabeça. Isso nunca foi resolvido. Quando a minha mãe morreu, não era possível dar a posse da terra para a Salome. Mas as leis mudaram e agora dá.

Dá, Astrid diz. Mas ela não vai receber. Não seja burra.

Nenhuma menção a ela no testamento do meu pai?

E por que teria? *Tannie* Marina explode. Sente muita vontade de beliscar a sobrinha, mas ela já está grande demais para isso, infelizmente.

Menção a quem? a advogada diz. Acho que eu me perdi aqui.

A minha mãe queria que a Salome ganhasse a casa onde ela mora e o terreno da casa. O meu pai prometeu que ia fazer isso, mas ela nunca ganhou.

Cherise Coutts folheia dramaticamente os documentos que tem à sua frente, apesar de provavelmente ter sido ela mesma a redatora. Enquanto isso, *Tannie* Marina mete a mão no decote para pegar um lencinho, que desdobra como um origami, e no qual verte lágrimas pérfidas. Eu não quero saber o que você acha, ela lhes diz, enquanto enxuga os olhos. Tenha você os princípios que tiver, você tem que ficar do lado dos seus! Não fica muito claro o que ela quer dizer com isso, pelo menos não para quem está ali presente, embora ela ostente um ar de amargurada satisfação, como se tivesse dado a última palavra. Guarda o lencinho onde o encontrou, e com ele toda a emoção visível, enterrado bem no meio dos seios. Vem querer dar terra pra empregada! Onde já se viu!

Enfim, a Doutora Cherise A. Coutts, Bacharela em Direito, diz. Não há menção aqui. Eu não tenho informações sobre isso.

Olha lá, *Tannie* Marina diz, como se isso resolvesse a questão.

Está na hora, Ockie diz, e num segundo estão todos de pé e já rumando para a porta. Já fazia alguns minutos havia uma comichão e uma tensão naquela direção. A reunião começou tarde e durou mais do que devia, o que significa que a gente pode perder o pontapé inicial em Ellis Park se não correr.

África do Sul! O nome antes era motivo de vergonha, mas agora seu sentido mudou. Somos realmente uma nação que desafia a gravidade. Estamos disputando a final da Copa do Mundo hoje em Joanesburgo e o país inteiro está se sentindo meio deslumbrado. Boks contra All Blacks, os olhos de outras nações cravados firmemente em nós. Desde a uma da tarde as ruas estão quase vazias, o pessoal andou estocando cerveja e por toda parte os rostos estão banhados por um brilho fluorescente. Em salas e cozinhas e quintais, em restaurantes e bares e praças, gente olhando apenas para o jogo. Até quem não gosta de rugby, por sei lá qual problema de caráter, está assistindo ao jogo hoje.

Na fazenda está igualzinho. Nas casinhas dos trabalhadores, um aparelho preto e branco foi instalado em cima de uma caixa e a imagem tremula aos trancos diante de uma plateia reunida ali. E lá na casa dos Lombard, Salome contempla a disputa em curso com o cenho franzido. Ela não conhece as regras, aquilo tudo é barulho e exibicionismo para ela, mas de alguma maneira é atraente. Olhando pela porta aberta atrás dela, um pé aqui, um pé no cômodo ao lado, até Lukas presta atenção, contrafeito, mãos metidas nos bolsos.

Na casa principal, o estado de espírito reinante é uma embriagante mistura de depressão e empolgação, que leva à náusea. E o álcool também não ajuda. E o jogo é tão tenso e emocionante que sozinho já te faria cravar as unhas na mobília. Os nossos garotos firmes na defesa, sem deixar passar aquela montanha que é o Jonah Lomu, mas também não estamos marcando nenhum *try*, a coisa vai só na base de *drop goals*, um pontinho pra cá, um pontinho pra lá, grãos de vitória e de derrota. Por trás do esforço há determinação e músculos em perfeita união, empenho e gemidos e gritos mas também um grande anseio, apesar de toda a força envolvida, o rugby ainda acaba sendo uma exibição espiritual, e quando você já está na prorrogação, e cada centímetro e cada segundo têm importância, meu amigo, nem dá para explicar. E aí Joel Stransky! E somos nós! E nada, nunca, nunca mais vai ser melhor que este momento, com todo mundo pulando e se abraçando, desconhecidos comemorando na rua, carros buzinando e piscando os faróis.

Mas aí acaba ficando melhor ainda. Quando Mandela aparece com a sua camisa verde dos Springboks para entregar a taça a François Pienaar, bom, não é pouca coisa. Isso é religião. O bôer parrudo e o velho terrorista trocando um aperto de mãos. Quem diria. Pelo amor. Mais de uma pessoa lembra do momento em que Mandela saiu da cadeia, punho erguido, faz poucos anos, e ninguém sabia com que cara ele estaria. Agora a cara dele está por tudo, velhinho, cordial, sério mas piedoso, ou sorrindo largo para todos nós como o Papai Noel, como está fazendo agora. Difícil não derramar uma lágrima pela nossa terra tão linda. Somos todos incríveis neste momento.

Mas cadê Amor?

Não sei, ela estava por aqui ainda agorinha...

Quem faz a pergunta, quem responde, tudo se perdeu, se é que a pergunta chegou a ser feita. Mas certamente é verdade que Amor não está por ali no grande momento, ela saiu de fininho e foi a algum lugar. Pensando bem, será que ela chegou a estar ali?

Bom, deixa ela então. Se não quer participar disso tudo.

É definitivamente Astrid quem diz isso, ou talvez *Tannie* Marina, elas são quase a mesma pessoa ultimamente, e nem são as únicas a ter essa opinião. Deixa ela, se não quer participar disso tudo. Está claro para todos, não só as tiazinhas ali presentes, que por mais que tenha mudado em outras coisas, Amor ainda se mantém distante, separada. Sempre foi uma menina incomum, mil desculpas, mulher incomum.

Ela está sentada lá em cima agora, pensando na reunião que acabou de acontecer, no que foi dito e não dito, e no seu lugar em tudo isso. A situação parece não ter centro e é difícil separar uma coisa da outra, e ela acaba se sentindo presa em pequenas dúvidas, todas precisando de uma resposta. Ouve chamarem seu nome entre os gritos e assovios que acontecem no térreo, e vem um alvoroço parecido lá das casinhas dos trabalhadores não longe dali, mas toda a cacofonia da comemoração está longe dela, como alguém falando numa língua estranha.

Hoje é uma noite em que festas começaram a surgir por todo canto, e o som dessa alegria chega lá do gueto, mas aqui na fazenda parece errado comemorar demais. Não assim tão em cima. Beber é uma coisa, mas vamos deixar a música num volume baixo, por respeito. Porém o ambiente continua alegre, sem sombra de dúvida, pelo menos por algumas horas. E de manhã, claro, quando o país todinho acorda de ressaca, como uma fratura exposta no cérebro, não é diferente com os Swart, que estão cheios de ganância e de luto, além de álcool. Uma atmosfera peçonhenta, indisposta, escurece a casa toda, algo entre melancolia e tédio, por mais que o dia tenha uma transparência vítrea, com uma brisa fresca soprando.

Isso aqui agora é o lugar de quem? A resposta não é mais clara. Entre as diversas pessoas que passaram a noite, resta agora uma sensação generalizada de inquietude, uma necessidade incômoda de seguir em frente. Um espírito de agitação pisca pelos cantos da casa. Com todos os rituais realizados, por que nós ainda estamos aqui?

Despedidas no térreo e então a família finalmente segue em direções diferentes. Foram atraídos todos por um poderoso aspirador, que agora se reverte e os expele novamente, Astrid e Dean com os gêmeos de volta à sua casa em Arcadia, *Tannie* Marina e *Oom* Ockie para a sua em Menlo Park, e apenas Amor e Anton ficando na fazenda. O marco zero da morte começou a encolher atrás deles, ninguém consegue viver muito tempo com emoções intensas, é exaustivo demais, e tudo que pode ser descrito pode também ser tornado inofensivo. Vai chegar o tempo em que a trágica saída de cena de Manie vai se transformar numa divertida anedota familiar, Você acredita numa coisa dessas, o palhação do nosso pai achou que ia contar com a proteção de Deus se fosse morar numa jaula de vidro cheia de cobras venenosas, mas ho ho, ele estava errado.

A cobra que picou Manie é uma fêmea jovem da espécie e neste momento está exposta no seu tanque no parque de répteis. Olha só o horror gordo e escamoso daquilo ali, entupida de veneno, uma bainha rígida cheia de matéria viscosa, e se estivesse de bobeira estendida em alguma trilha do interior iam matar o bicho de pancada só por ser o que é.

Por que ela ainda está viva? Astrid quer saber.

Ir ali foi ideia da Astrid. Os três rebentos numa visita ao trabalho de Manie. Algum tipo de exercício para fortalecer os laços de família, além de uma homenagem ao Pai. Isso é duas semanas depois do enterro e Astrid está se sentindo cada vez mais culpada. Ela nunca fez muita coisa pelo pai, nunca lhe deu o devido valor! Quer compensar isso tudo, em caso de futuros castigos, mas não sabe exatamente como.

Bruce Geldenhuys, que era o sócio de Manie em Escamópolis, é o guia da visita. Ele solta uma lastimosa baforada, estreita o espaço entre as sobrancelhas e diz, Bom, é uma cobra.

Uma cobra que matou uma pessoa, Astrid diz. Se um cachorro faz uma coisa dessas eles não sacrificam?

Ja, mas, peralá. Bruce é um sujeito impassível, não se deixa abalar por afetações e imaginações. Não é um cachorro, é uma cobra. Todo mundo espera que uma cobra pique. E todo mundo sabe que elas são venenosas. Que culpa ela tem de ser uma naja?

Ou um rato, ou uma barata, ou um germe. Você é o que é, mesmo que a ratitude seja o seu destino. Não tem saída. Se o que te cabe é ser odiado por trás de um vidro, então ódio é o que te espera, e nos olhos que agora estão fixados nela, olhos de Anton e das suas duas irmãs, há tanto respeito quanto repugnância. Tudo que é odiado é também temido, grandes consolos. Não é de admirar que ela se contorça um pouco enquanto eles olham, e depois deslize gosmenta para dormir atrás de uma pedra.

O passeio ficou curiosamente morno. Os três filhos da família Swart andando pelo parque de répteis, vendo tanques de criaturas de cascos duros e de sangue frio. Sério, isso aqui banca a nossa vida? Mas banca, sim, o parque sempre foi um grande sucesso, desde a inauguração. Neste exato momento mais dois ônibus estão estacionando ali na frente, vomitando grupos multirraciais de criancinhas num passeio da escola. Como isso tudo te enche de esperança e de depressão.

Querem um cafezinho? Bruce diz quando passam pela cantina. Ele se sente pouco à vontade com a prole de Manie e nem tenta disfarçar, então quando eles recusam seu alívio também é nítido. Se despede deles na entrada. Bom ver vocês, voltem quando quiserem. Estou sempre aqui. Quem mandou não estudar.

E aí eles já estão voltando à fazenda, Anton ao volante do Mercedes. Ele vem dirigindo o carro desde que chegou e a essa altura já é quase seu dono por um acordo tácito. Pensando em demitir o Lexington, não tem mais motivo para bancar esse gasto. Pensando também, apesar de ser uma ideia horrenda, em expulsar os trabalhadores da fazenda. Eles que vão morar no gueto, e venham todo dia trabalhar. Com as novas leis que protegem os inquilinos e as ocupações, todo cuidado é pouco, não dá pra deixar eles pensarem que são donos da terra. Muita coisa a se resolver na fazenda, o Pai estava ficando meio molenga, e se for só ele morando ali com a Amor, nem adianta imaginar quem é que vai ficar com todas as responsabilidades.

Conte os postes de telefone e no terceiro já vai dar pra falar. Um, dois, três.

Eu decidi ir embora, Amor diz.

Voltar pra Londres? Astrid diz toda animada.

Não, eu vou pra Durban amanhã.

Amanhã? Durban? Como assim, de férias?

Não, morar lá.

Morar? Seus irmãos olham espantados para ela. E por acaso ela já esteve lá? E pelo menos conhece alguém em Durban?

A minha amiga Susan está lá. Ela trabalha de enfermeira. Depois de um tempo, ela acrescenta, Acho que eu vou tentar também.

O quê? Enfermagem? Astrid solta um gritinho de espanto. Mas você não pode ficar cuidando dos outros!

Por que não?

Astrid se debate sozinha, até uma lembrança muito antiga lhe dar uma resposta. Você mal consegue se cuidar!

Eu cuido de mim mesma há anos.

Leva um segundinho para Anton localizar a pergunta correta. Por quê, ele diz, você precisa fazer uma coisa dessas? Dava pra você ficar aqui na fazenda, receber uma renda mensal do espólio do Pai...

É, dava mesmo, Amor diz. Eu até pensei nisso. Mas eu tenho que ir.

Bem simples, bem direta. Ela tem uma intenção e comunicou essa intenção. Amanhã vai para Durban, justo Durban, para virar enfermeira.

Veremos. Assim, Anton diz, você pode voltar quando quiser.

Posso. Ela concorda com a cabeça, mas está olhando para fora.

Astrid não abre a boca, mas umas legendas miudinhas e maldosas ficam piscando dentro dela. Grande novidade, ela se acha melhor que a gente. Bom, vá com Deus, se não quer ser parte disso tudo.

No dia seguinte Anton a leva para a estação, de onde saem os ônibus intermunicipais. Ela coloca a mochila no porta-malas e senta ao lado do irmão e eles saem dali juntos, mais ou menos em sincronia, atravessando a paisagem. Sem grandes conversas. Amor desce para abrir e fechar o portão e eles seguem em frente, em direção à cidade, em algum ponto médio da pálida tarde de inverno.

É uma propriedade que não vale nada, ele diz de repente.

Ela sabe imediatamente do que ele está falando, como se estivessem retomando uma conversa antiga. Se não vale nada, por que não dar pra ela?

Porque o Pai não queria?

Mas a Mãe queria. E ele prometeu.

É o que você diz. Ninguém mais ouviu essa promessa.

Mas eu ouvi, Anton.

Os pneus desenrolam sibilantes a estrada que atrás deles vai rebocando o cenário.

Você acha que a situação da Salome é tão ruim assim? ele diz finalmente.

Não é das melhores.

Ela tem uma casa. Pode morar ali até morrer. A gente pode oficializar isso tudo. Mandar fazer um documento, dizendo que ela tem direito de ficar ali a vida toda. Isso resolve?

Não. Ela sacode a cabeça. Fascinada com o quanto ele é inflexível, enquanto ele vê a mesma coisa nela.

A gente pode fazer a mesma coisa com o emprego dela. Uma garantia de trabalho até a velhice, com uma aposentadoria, além de um teto. Hein? Tem muita gente por aí que não tem isso tudo.

Eu sei.

E mesmo com a gente fazendo tudo isso, nada garante que vá fazer diferença. Eu vi aquele filho dela, o Lukas, um dia desses. Você sabe que o Pai pagou a escola dele, porque diziam que o menino era inteligente, mas no fim das contas ele nem terminou o ensino médio. Arranjou algum problema lá e largou tudo. Está trabalhando na fazenda.

Ela concorda com a cabeça. É, eu fiquei sabendo.

Você entende, ele diz, que nem sempre as pessoas aceitam o que você dá. Nem toda chance é uma oportunidade. Às vezes uma chance é só perda de tempo.

É, ela diz. Mas promessa é dívida.

O ônibus já está esperando na estação, motor ligado. Outros passageiros já estão fazendo fila, todos eles, aos olhos de Anton, marcados por uma aura comum, de sujeira e desespero e falta de grana. Só quem está na pior e em dificuldades viaja de ônibus e ele inesperadamente sente pena da irmã caçula quando desce do carro para se despedir.

Toma, ele diz. Fica com isso aqui. Segurando algumas cédulas.

Não, obrigada. Tá tudo bem. Mas, de repente, ela acaba lhe dando um abraço bem forte, e ele se vê se entregando ao abraço. O primeiro contato dos dois em anos.

Anton está se sentindo expansivo, tomou uma taça de vinho antes de sair de casa e finalmente teve coragem de ligar para Desirée. E até achou as palavras certas, que lhe caíram da ponta da melíflua língua, como vinha pensando nela desde que chegou, e naqueles anos perdidos todinhos também. Nunca falou com ela, nem uma única vez, em todo o longo período que passou como desertor, de tanto que esperava espinhos e vituperações, e merecia também, mas na verdade ela ficou feliz, mais do que feliz, de ouvir a voz dele. Ele não podia dar uma passadinha na casa dela? Podia, pode, vai, é só se despedir de Amor, e o orvalho almiscarado desse reencontro já lhe umedece o corpo.

Sentindo-se tonto e generoso quando finalmente encerram o abraço, ele diz à irmã, Sabe, a gente pode dar algum jeito nisso da casa da Salome.

Sério?

Claro, ele diz, sorrindo. Isso aqui é a África do Sul, terra de milagres. A gente pode pensar em alguma coisa.

Os últimos passageiros estão subindo no ônibus, o motorista se prepara para partir. Ela hesita, mas ele a estimula com um aceno. Não esqueça que você pode voltar quando quiser, e sempre que você quiser!

Ela olha para ele pelos vidros escuros do ônibus que lentamente se afasta. Figura singular, debruçada no espaço, com uma mão erguida. Quando ele dá as costas, o seu gesto é rápido, e a cidade se fecha sobre ele como um rio sujo e marrom.

Ela se acomoda melhor no banco, feliz pela primeira vez desde a aterrissagem. Salome vai ficar com a casa dela. Um pedregulho rolou da boca de uma caverna. Rala luz do sol atravessa o vidro e lhe aquece o corpo, os morros secos e louros da cidade passam por ela em lenta cascata. Adeus, rodoviária, adeus, monumento Voortrekker! As rodas aos solavancos sob ela, como um coração gigante que bate no meio de tudo. Salome vai ficar com a casa dela. Amor fecha os olhos.

ASTRID

Na volta do hospital ela encontra um recado impaciente de Astrid na secretária eletrônica. Ah como eu queria que você arranjasse um celular que nem as pessoas normais. Me liga, eu preciso te dizer um negócio.

Amor percebe pelo tom de voz da irmã que o negócio em questão não é urgente. É alguma coisa fútil ou presunçosa, e por mais que seja importante para Astrid, Amor agora não tem força para lidar com isso. Depois. Essa conversa vai ficar pra depois.

Tem um certo momento do dia que ela tenta guardar para si própria, a horinha ou duas que vem depois que o seu plantão acabou. De manhã ou de noite, o ritual é o mesmo. Ela enche a banheira e acende uma vela na beirada. Aí tira o uniforme, peça por peça, sempre cuidando para fazer tudo na ordem certa, porque se errar a sequência tem que se vestir de novo e voltar para o começo. Deitada ali na água quente, enquanto a luz ambiente vai mudando, ela muitas vezes consegue esquecer quem é por um tempo. Ou ficar sendo quem é de uma maneira tão completa que faz todo o resto cessar, inclusive o dia longo e difícil que ficou para trás. Mas hoje é uma noite inquieta, algo foi sacudido no coração do mundo.

Susan chega depois. Uma mulher pesada de cabelo preto e curto, talvez. A essa altura Amor saiu do banho e está fazendo o jantar, de roupão. Elas se beijam, sem muito calor.

Enquanto estão comendo à mesa da cozinha, Astrid liga de novo. Tons rabugentos no cômodo ao lado. Onde é que você está, cacete? Fiquei ligando o dia todo. Me liga, eu tenho que te dizer uma coisa.

Você não vai atender? Susan diz.

Amor sacode a cabeça. Um peso mesmo no menor gesto. Eu ligo pra ela depois.

O que aconteceu?

Não sei.

Perdeu outro paciente?

Foi. Mas nada fora do comum, né? Não se você trabalha na ala do HIV.

Não, Susan diz. Aí não é tão fora do comum.

Pega a mão de Amor e fica segurando enquanto elas comem. Não falam mais, porém, é como se uma conversa estivesse acontecendo, uma conversa que já tiveram muitas vezes. Susan chegou a trabalhar com Amor na mesma ala mas desistiu há uns anos, porque ficava deprimida. Hoje é consultora de saúde numa grande empresa. Ela não acha que o emprego de Amor lhe faça bem, não entende por que ela continua ali, mesmo quando o custo disso parece tão óbvio.

As conversas delas já estão quase todas no passado. Chegaram a esse ponto das coisas e as duas sabem e não falam disso também. Mas ainda há muita maciez em duas mãos unidas no tampo de uma mesa.

A mesa fica numa casa modesta, de dois quartos, na região de Durban chamada Berea. É a casa de Susan. O imóvel tem uma aparência de coisa fixa, permanente, a aparência da vida que contém. Na sala, onde Amor vai se sentar logo depois para retornar a ligação da irmã, o sofá é velho, bem usado, e as suas almofadas estão gastas. O mesmo vale para o tapete e para as páginas dos livros nas prateleiras da estante. Mas nada nesta sala é de Amor, a aparente permanência também é emprestada. Ela não pensava nisso antes mas ultimamente tem pensado, cada vez mais.

Astrid atende imediatamente, ato reflexo. Onde é que você estava? Eu fiquei te ligando sem parar...

Eu estava trabalhando, Amor diz.

Astrid bufa alto. Desde que casou com um homem rico, ela acha de mau gosto a ideia de trabalhar, especialmente quando se trata de um emprego formal. Cuidar da casa e criar uma família já é difícil, mas é por isso que a gente tem criados, pra ajudar. Mas Astrid acha que foi a sua irmã caçula quem escolheu uma vida de criada, e para quê? Para se castigar?

Enfim, ela diz, eu queria te falar da posse.

Da o quê?

Da posse do presidente Mbeki. Eu mencionei tem semanas já, você não lembra, que a gente recebeu um convite? Você esquece tudo.

Ah, sim, eu lembro, Amor diz, apesar de ter apagado aquilo completamente até agora.

Jake, o marido de Astrid, é sócio de um político conhecido, não temos por que dizer nomes aqui, não há por que sermos indiscretos, mas é um sujeito famoso, poderoso, e negro, óbvio, que é o que conta hoje em dia. Foi mera sorte, eles são vizinhos num condomínio fechado e os dois viram ali uma chance de ganhar dinheiro, e estão ganhando. A dar com o pau, rola uma grana preta nisso de companhias de segurança hoje em dia, com a criminalidade em alta. E se foi essa relação comercial que garantiu o convite de Astrid e Jake, o que é que tem, o mundo é assim, e não só aqui, tudo depende de quem te indica.

O dia mais empolgante da vida de Astrid! Ela quer falar para Amor, como tem falado para todo mundo, das pessoas que estavam nos Union Buildings, com aquelas roupas, e aqueles chapéus! Gente famosa, cara. Aquele ator, não lembro o nome agora mas você ia saber quem era se visse, e o Fidel Castro e o Gaddafi! Na maioria eram só umas manchas vistas de longe, mas eles tinham lá umas telas gigantes de televisão e nelas eles apareciam bem grandões.

A posse foi marcada para coincidir com o dia exato dos dez anos de democracia na África do Sul, e dava para ver isso nas pessoas, uma mistura de raças tão feliz, tão tranquila, todo mundo tão... sei lá, meio que tão lubrificado, tão lisinho. Porque, assim, sinceridade, aquilo ali é gente que tem motivo pra gostar da vida que leva. Todo mundo rico, mas que diferença faz, desde que eles estejam do lado certo? A festança toda foi tão comovente, tão inspiradora, com a música ao vivo e as berrantes cores africanas e o sobrevoo dos caças, e claro que o partido merece, acabaram de ganhar com uma maioria avassaladora, eles podem se dar ao direito de estar satisfeitos.

Eu, pessoalmente, nem sei o que achar do Mbeki. Parece que ele só tem duas expressões faciais, você já percebeu? Uma meio de cara de tacho, e a outra quando ele ergue as sobrancelhas e faz cara de surpresa.

Pela janela da sala, Amor enxerga o minúsculo quintal estreito, misterioso no seu farfalhar escuro, e mais além as luzes da cidade e do porto. A noite é calma, fria e limpa, nada de umidade no ar. Perfeito clima de outono. Melhor época do ano neste canto do mundo.

Ele fez um belo discurso, Astrid diz. Eu tenho que admitir que dei uma desligada depois de um tempo, mas ele é superbom nessa coisa de mensagem de esperança.

E os corais e as bandas e as festas durante o espetáculo todo... uma atmosfera tão alegre, Pretoria nunca esteve tão relaxada, você nem ia reconhecer...

Mas aí tem o seguinte. A voz de Astrid fica mais baixa e marcada, exatamente como se estivesse ao seu lado, aproximando a cabeça de você para sussurrar. Num dos eventos, um jantar no State Theatre, ela tinha visto Mbeki de pertinho. E ela tem que admitir, apesar daquele negócio das sobrancelhas, que ele é um sujeito bonito. E ela acha, tem quase certeza, Astrid diz à irmã, que ele reparou nela.

Quê?

O Mbeki. Ele me deu uma olhada assim de, ah, de um metro de distância. E teve um, sei lá, um tipo de eletricidade ali entre a gente.

Ah, Amor diz.

Acho que ele queria pedir o meu número, Astrid diz. Não dava, com todo mundo em volta. Talvez até a mulher dele estivesse ali. Mas acho que ele queria.

Bom, Amor diz. Você está na crista da onda mesmo, hein. Não sabe mais o que dizer, porque devia sentir inveja de Astrid, mas não sente.

Mas Astrid já percebeu que a sua historinha não impressionou e está fazendo barulhinhos de fim de conversa. Não sei por que eu me dei ao trabalho, a minha irmã não tem nem ideia disso de status social. Não tem ideia de muita coisa, na verdade. Sempre foi assim, se bem que antes eu achava que era fingimento.

Susan já está dormindo quando Amor passa pelo quarto para ir ao banheiro, senão ela ia lhe falar da conversa com Astrid. Ou talvez não. Não tem mais contado tudo a Susan, nem sempre ajuda. Mas ainda é um consolo, um consolo profundo, tranquilo, ficar deitada ao lado da sua companheira na escuridão morna, um braço em volta dela e um coração humano batendo na sua mão. Já não faz muita diferença que não é mais a Susan em particular quem você está abraçando. Só um corpo e uma presença. Sem solidão.

Porque de manhã você tem que levantar e vestir o uniforme, peça por peça, na ordem certa, e voltar para o hospital. Para a ala do hospital em que você trabalha. Onde todo dia, literalmente todo dia, tem cada vez mais gente doente e moribunda, de cujas necessidades você tem que tratar, de cujas necessidades você não pode tratar, porque o sujeito com duas expressões faciais, que pode ou não ter ficado com vontade de pedir o telefone da sua irmã, nem acha que eles estejam doentes de verdade.

Susan tem razão, aquilo não faz bem a ela. E ela tem razão, Amor sente uma atração por esse trabalho, algo de compulsivo em como ela vai atrás do sofrimento e tenta amenizar. Porque não dá, nesta batalha aqui, não dá pra você vencer. Então você se empala, repetidamente, numa estaca que estará sempre lá, aconteça o que acontecer? Você quer se fazer mal?

Talvez seja isso. Talvez seja uma forma de eu me castigar.

Mas na hora que isso sai da sua boca, Astrid já sabe que não é verdade. Ajoelhada no confessionário pela primeira vez em um semestre, e perdeu a habilidade de dizer a verdade.

Faz um ano, mais ou menos, que ela tem um caso com o sócio de Jake, o político que agora mais do que nunca há de continuar anônimo, não tem por que sermos indiscretos, e aliás ela suspeita que foi essa ligação, e não as conexões profissionais, que lhes descolou o convite para os Union Buildings. Mas e daí de novo, se você parar pra pensar, é assim que o sistema funciona, troca de favores, e a vida anda muito boa para Jake e Astrid Moody ultimamente. Sério, o marido dela devia agradecer por ela ter esse caso, isso se ele um dia descobrir.

Só que não foi por isso que ela entrou nessa, claro! A verdade é que Astrid acha o sujeito, o político, no caso, quase insuportavelmente sexy, as narinas dela tremelicam quando ele se aproxima, seu corpo quer se abrir pela metade para ele. E nunca foi assim com um negro! Não para ela, pelo menos. Pelo contrário, na real, Astrid nunca achava os negros atraentes, mas anda percebendo que eles começaram a adotar uma postura mais confiante, que usam roupas e penteados no estilo deles, e ela tem que admitir, aquilo tem lá o seu efeito. Fora que eles não têm preconceitos contra mulheres mais cheinhas que já perderam o viço da juventude, e se dispõem a flertar com ela.

Mesmo assim, a ideia de dar um beijo num deles já era demais, não dava, até esse cara aparecer. Ele é fora do comum, te faz ver o mundo de outro jeito, a sensação daqueles músculos deslizando sob a pele escura e lisa, o peso daquele olhar de pálpebras pesadas. Como ele diz o seu nome meio erradinho, como se fosse oxítono. O pau, tão sólido de se ver, não rosado e quebrável como o pênis dos brancos. O Rolex de ouro na mesa de cabeceira. A textura fina e macia da sua língua.

Você precisa parar com isso. Você me deu a sua palavra!

Eu sei que preciso, ela diz. Depois se apressa a acrescentar, Mas por quê?

Por quê? Isso lá é pergunta? Você não vê o quanto já caiu?

Caí de onde, padre? Ela não está discutindo, e gosta do tom elevado que ele adota, uma linguagem tão ornamentada quanto os detalhes da igreja dele.

Da vereda dos justos, o sacerdote diz, e suspira. Astrid. Astrid. Eu achava que você tinha abandonado isso tudo seis meses atrás, depois da nossa conversa.

Verdade, padre.

Não dá para ver o padre atrás da tela, a não ser por uma presença meio flutuante, então a voz dele é tudo, mas ela já o conhece tão bem que consegue pegar a mudança de tom que acontece agora. O tom íntimo. Foi o padre Batty que supervisionou a sua conversão e seu posterior casamento com Jake, e a proximidade dos dois não diminuiu com o tempo. Fora que ela esteve aqui há seis meses para confessar tudo a ele, o caso e as suas sórdidas repercussões, e ele tinha feito ela prometer que ia pôr um fim naquilo. Ela quis, sua promessa foi sincera, mas não fez, não passou nem perto de fazer. Não estava pronta para aquele passo, afinal. Então ficou longe da igreja desde aquele dia, para evitar exatamente a cena que agora se desenrola, com as suas tortuosas borlas de culpabilidade. Um erro ter vindo!

Ela só está ali porque contou a Amor que foi à cerimônia de posse e percebeu que a sua irmã não aprovava aquilo tudo. Aprovação é coisa muito importante para Astrid, e ela anda incomodada pensando que Deus pode não estar aprovando ultimamente.

Tanto você quanto Jake se abriram comigo sobre as dificuldades que estão vivendo, o padre Batty diz. Você abriu o seu coração comigo e me disse o que tinha dado errado. Antes ainda, quando você estava com, com o...

Dean, ela diz, atravessada por nova onda de culpa. Que agora mora em Ballito com a sua nova esposa, Charmaine. Coitadinho, as coisas que eu fiz com ele. Foram os meus anos perdidos, padre.

E mesmo assim olha onde você está agora, repetindo tudo.

Mas não é a mesma coisa! Ela pensa no que é diferente, o que traz uma outra preocupação. O senhor acha que é um pecado mais grave, padre, cometer adultério com um negro?

O padre Batty tem opiniões complicadas e contraditórias a respeito desta integrante em particular da sua paróquia. Passou muitas horas com ela, mais do que os convertidos normalmente exigem, mas ela também é mais carente que a média. Na verdade, Timothy Batty já chegou a pensar mesmo antes deste momento que as carências de Astrid são como uma fornalha que consome tudo que você jogar lá dentro e aí exige mais. Decide que uma abordagem severa é o mais indicado, para apagar o incêndio.

Adultério com qualquer um é pecado mortal! Isso foi discutido nas suas aulas de catequese, por que é que eu preciso te lembrar? Você me prometeu que não ia repetir esse tipo de comportamento. Era um sinal do quanto o seu casamento era fraco, você disse. Eu receio que seja um sinal do quanto você é fraca, na verdade.

Por fim, Astrid começa a chorar. Sempre um momento de purificação. Em termos de temperamento, Astrid não teve dificuldades para adotar o catolicismo, ou o contrário, sua conversão pareceu natural. Sua nova fé, que ela sente ser uma espécie de capa de chuva que vestiu sobre a sua personalidade, não impede que ela aja movida por seus temores e desejos, mas lhe proporciona uma maneira de lavar tudo isso depois. Vai receber sua penitência e o relógio cármico vai voltar de novo ao zero e ela vai jurar ao padre que vai seguir as instruções, que esta foi a última vez, a última vez que seguiu o mau caminho, e vai ser extremamente sincera ao dizer tudo isso.

Mas hoje o padre Batty não vai engolir essa. Não adianta, esse ciclo eterno de arrependimento e repetição. Você tem que parar com isso, hoje mesmo!

Eu entendi, padre.

Mesmo? Eu te disse da última vez que você tinha que acabar com tudo antes de poder comungar.

Eu não comunguei ainda.

E isso te deixa orgulhosa, então? Timothy Batty tem seus sessenta anos e está nesse metiê, mil desculpas, nessa vocação desde que era rapaz. A essa altura as suas descobertas morais há muito tempo se enrijeceram em hábitos duros, rotineiros. Ele não dá muita bola para as fraquezas do caráter de Astrid, mas dá bola para o fato de ela ter escapado ao seu alcance. A sua última confissão foi há seis meses e ela não retornou mais suas ligações e agora é a hora de demonstrar força. Nada de penitência para você hoje.

Mas eu confessei!

Não é uma confissão verdadeira, porque você ainda está em estado de pecado. Você não se arrependeu.

Mas eu me arrependi, padre, só que eu sou fraca. A pequena cabine fica repentinamente muito abafada, Astrid não consegue respirar, quer fugir dali. Eu vou terminar, padre, ela diz, na esperança de apressar tudo por ali para poder se mandar.

Veremos. O padre Batty é pálido e sardentinho, mas a sua imaginação tem áreas mais coloridas. Ele por vezes imaginou Astrid, sempre uma experiência mais agradável que a realidade, ainda que o padre goste de mulheres mais cheias, sinal de uma saúde boa e vigorosa. Jamais tocaria nela, não de verdade, não com a mão. Mas o sujeito pode ter seus sonhos. Deus enxerga dentro do seu coração, ele lhe diz pesaroso. Nunca duvide disso. Você pode se iludir, mas nunca vai iludir o Senhor.

Eu não quero iludir o Senhor!

Bom. Muito bom. Agora vá pensar no que você fez e ajeite as coisas no seu casamento. Remova essa mancha da sua vida e, quando estiver pronta, volte para receber a absolvição.

Ela emerge do confessionário incomodada, muito pior do que quando entrou. Sem penitência para diminuir o peso desse fardo! Ela sabe que tem que terminar o caso mas não acredita que vá conseguir, um dilema humano bem comum, não só em questões românticas. Não devia ter ido falar com o padre, não antes de estar pronta. Quem é que vai saber o que ela queria quando entrou ali, mas certeza que não era esse resultado. Agora ela está em crise.

Ainda tem umas horas antes de ir pegar as crianças na escola, e para se dar algum consolo enquanto isso Astrid decide ir até o Menlyn. Ela sempre vive os seus momentos menos infelizes num shopping. A densidade das lojas apertadinhas umas contra as outras e as massas de corpos em lenta turbulência, como o movimento de uma luminária de lava, lhe servem como invólucro e apoio. Nada de terrível pode acontecer com você ali dentro. Se bem que uma vez ela viu um sujeito ter uma convulsão, ou quem sabe até um ataque cardíaco, na seção de ração para pets do mercado. Imagina só, a última visão que você teve deste mundo, um saco de ração de cachorro! Mas ainda assim, é onde ela se sente mais segura.

Os temores de Astrid não diminuíram com o tempo. Arrisca eles terem piorado. Quando os negros tomaram o controle do país ela achou que ia ter um treco, as pessoas começaram a estocar comida e comprar armas, parecia o fim do mundo. E aí nada aconteceu e todo mundo foi voltando ao normal, só que era mais bacana agora porque tinha perdão e não tinha mais boicote. Não é uma grande maravilha você viver preocupada com a sua segurança, claro, mas o lado bom é que os negócios do Jake vão cada vez melhor. Melhor do que nunca. E em casa, como não poderia deixar de ser, eles têm os mais caros mecanismos de segurança.

Ela empurra o carrinho cheio até o estacionamento e empilha as sacolas no porta-malas. Pletora e abundância! Às vezes inventa motivos para ir às compras, de tão agradável que é a sensação, mas é sempre invadida por um quê de decepção quando aquilo acaba e você dá ré para sair da sua vaga e tem que ficar na fila para sair do estacionamento. Com uma mentinha batendo gostoso contra os dentes, ela sai do shopping e entra na próxima fila de carros, esperando no sinal.

É raro Astrid estar num estado que não seja de alerta, mas ainda está constrangida pelo que aconteceu no confessionário e acabou deixando de prestar atenção. É a única explicação para o fato de que um homem, um desconhecido, tenha conseguido de repente entrar no carro e sentar ao lado dela. Ela olha para ele atônita. Apesar do rosto todo furado e vincado, ele está bem-vestido, está calmo. Está até sorrindo, como se estivesse esperando que ela viesse pegá-lo. E aí, ele lhe diz à guisa de cumprimento, mostrando uma arma.

Quem é você? ela pergunta. O que é que você quer?

As perguntas não são absurdas, ainda que em certo sentido Astrid tenha passado a vida toda esperando por este homem.

O meu nome é Lindile, ele diz. Eu quero que você dirija.

O nome dele é Lindile, mas é apenas um dos seus nomes, ele também é conhecido como D2 e Matador, é esse tipo de pessoa. No momento ele não mora longe daqui, mas já morou em vários lugares, não fica muito tempo em lugar algum, aterrissa por um período e flutua novamente, percorre e sobrevoa identidades e cidades, ou elas é que passam por ele, como correntes de ar. Nada de permanente nele, nada que dure.

O medo finalmente chegou a Astrid, a certeza de que o que não tem como acontecer está de fato acontecendo. Com ela.

Anda, diz Lindile, e ela toca o carro.

Ele não quer saber dessa branca histérica, ela é só o meio para ele ter o que deseja, ou seja, o BMW que dirige. Chegou um pedido para um carro exatamente assim, até a cor está certinha, cinza metálico, e ela por acaso está ao volante. Nada pessoal. Mas se continuar berrando e tagarelando desse jeito, coisa que não é nada nova para ele, ela pode acabar virando um risco e aí ele não vai ser mais tão educado. Aperta a arma contra o corpo dela, diz que nada vai acontecer desde que ela faça o que ele mandar. Ele sabe que é o que ela quer ouvir e quase imediatamente ela se acalma um pouco.

Ele a obriga a seguir até uma ruela deserta e então a manda sair do carro. O que é que você vai fazer comigo? ela grita. Cala a boca, ele diz. Só me escute. Por que será que as pessoas sempre querem saber o que vai acontecer com elas? Tanta impaciência. Ela está com umas joias bem caras, um colar, par de brincos, a aliança, e ele a libera desse fardo, junto com o celular, um Sony Ericsson, bacana, antes de metê-la no porta-malas. Precisa tirar as sacolas de compras para abrir espaço, deixa tudo na beira da rua. Tanta comida, pena, que desperdício. Ela se enrosca como um bebê no espaço escuro lá dentro. É sempre assim.

Ele gosta de guiar aquele carro, gosta do fato de ser pesadão, mas tão leve de dirigir. Os brancos é que sabem viver! Ele andou bebendo cerveja e fumando *dagga* com Mandrix desde hoje cedo, até ficar como está agora, chapado e empolgado ao mesmo tempo, uma sensação de plenitude turbulenta que lhe percorre o corpo. Ele pode transbordar daqui a pouco. Tem uma mulher que ele gostaria de visitar, não muito longe daqui, talvez desse pra dar uma passadinha agora, sua mente o puxa naquela direção, até que as batidas e os gemidos no porta-malas o fazem cair em si novamente, e lembrar o que está fazendo. Ainda não fez. Alguém pode ter visto ele entrar no carro, podem estar atrás dele agora mesmo. Ele tem que fazer a entrega, receber a grana, zarpar.

Nada que ele já não tenha feito na vida. Cada vez fica mais fácil não sentir mais nada. Mas ele ainda tem seus arrepios nos momentos críticos, é uma fraqueza da sua natureza que ele precisa controlar, e quando a mulher está finalmente encarando o cano da arma e vendo encolher o diâmetro da sua vida, quem ele xinga tão cruelmente é ele mesmo, e não ela. Anda, covarde, vamos, vamos! Mas muda abruptamente de tom quando percebe outra coisa que ainda não tinha visto.

Me dá, diz com uma voz diferente.

O quê?

A pulseira, dá aqui, dá aqui.

Ela mal consegue tirar, de tanto que treme. Uma coisinha bonita, feita de contas azuis e brancas, mas sem valor quando você examina de perto. Uma decepção. Ele mete aquilo num bolso. Bate que bate. Chega. Quase fica com pena dela, mas não. Sem testemunhas. Desculpa, ele diz. E aí está acabado, súbita e estrondosamente, e ela também.

Ele está na lateral de um estacionamento imenso no meio do nada, um lugar que já conhecia. Lá no alto, em branco como o futuro, uma tela abandonada de drive-in, desbotada por anos de chuvas. Tudo está acastanhadamente coberto por uma pátina de poeira e as roupas coloridas da mulher se destacam naquela paisagem uniforme como tinta derramada. Ela está contra a parede do que um dia foi o guichê do caixa e ele a empurra com o bico do sapato para ficar mais à sombra. Então volta para o carro e some dali. O momento mais perigoso, tão perto do acerto final. Não é hora de ser visto.

Ele entrega o carro para as pessoas que fizeram a encomenda, ficando com os outros bônus para si próprio, e pega a sua grana, uma soma considerável para ele. Depois de um trampo ele gosta de ir beber num boteco que fica ali perto. O álcool lhe devolve o barato que já ia sumindo e em algum ponto da densa neblina em que se transforma aquela tarde longa ele mete a mão no bolso e encontra a pulseira que pegou. Aí o rosto da mulher retorna com força, surgindo no horizonte da sua mente como a lua cheia. Coitadinha da Astrid! Ainda que não saiba o nome dela, algo de seu terror vazou para ele, que precisa acabar com aquilo, pisotear, antes que o treco crie raízes. Não olhe para trás.

Dá a pulseira a uma mulher que conhece e que às vezes troca sexo por badulaques. Mas quando ela coloca no pulso e mexe a mão para exibir aquelas cores, azul branco azul, ele de repente perde o interesse por ela e vai embora. De olho no futuro, ou pelo menos no chão logo à frente, Lindile/D2/Matador desce a rua cambaleante, sai de cena sem deixar mais nada para trás.

Deixando Astrid para trás. Hoje de manhã ela estava viva, puxando ar e soltando ar, bombeando sangue e incubando ideias, uma criatura dotada de intenções e de um leve caso de eczema na parte interna do braço, com um jantar marcado com amigos. Nada muito diferente de você, talvez. Agora ela é uma pilha de cabelos e de roupas ao pé de uma parede. Já vai se desfazendo. Difícil discernir que seja algo muito humano, até você olhar direito.

O velho olha direito, até entender. Esfarrapado em termos de roupas, meio torto em termos de postura. Não é por acaso que ele está aqui, neste *drive-in* abandonado, com seus postes solitários espetados em fileiras pelo asfalto. É onde ele mora, no guichê do caixa, ou o que um dia foi o guichê. Ele se acomodou ali, ah, faz talvez um ano, ou será que já são dois, o tempo é uma coisa tão amorfa para ele.

Depois de alguns instantes, bate o pânico. E se botarem a culpa nele? Eles vivem fazendo dessas, com umas coisas de que ele nem sabe. A única providência possível, até onde ele possa entender, é achar um branco para avisar.

Tem um hotel barato na saída da cidade com uma lojinha de bebidas onde ele de vez em quando faz alguma compra, e a gerenta que está ao balcão ouve sua história cada vez mais assustada. Certeza que era branca? Ai meu Deus! Ela liga para a polícia e logo dois de seus representantes, os rapazes de azul, a fina flor da África do Sul, os Detetives Olyphant e Hunter, chegam para falar com ele.

Todo mundo sabe o que se segue, as perguntas, as anotações, ir de carro até a cena da morte, onde mais anotações são feitas, além de medições e fotografias. Mesmo ali, no meio do nada, é impossível impedir que se forme um grupinho, alguns jornalistas e uns curiosos lá das fazendas vizinhas.

Olyphant e Hunter fazem o que podem para manter os curiosos afastados. É uma dupla séria, e até por isso mais engraçada, pelo menos se você percebe o contraste das dimensões dos dois, como se tivessem sido colocados juntos pelo efeito cômico. Eles têm um ar de rigor, apesar de que, como outros integrantes das forças da lei, eles já se viram forçados a melhorar os seus rendimentos de maneiras criativas e vez por outra pisaram no lado negro das coisas. Mas não tem por que entrarmos nisso aqui, mal tem relação com este caso, não devia nem ter sido mencionado.

Hoje, na questão da branca assassinada, Astrid Charlene Moody, um assunto que tem grandes chances de chamar atenção, os dois detetives são muito corretos. Mas quando terminaram de interrogar minuciosamente o velho amedrontado que encontrou o corpo, cujo desconforto espiritual só fez aumentar, eles se veem perdidos e reduzidos ao registro de detalhes, quase exclusivamente na forma de números. Matemática de novo! Tantos metros daqui até ali, o ângulo é tal que, provavelmente um sapato tamanho masculino, tiro à queima-roupa. É fato que as cifras contam lá uma certa verdade, mas é fácil fazer com que voltem pelo mesmo caminho, p. ex.

1. Idade: Olyphant 53/Hunter 38
2. Anos na ativa: 34/12
3. Cintura: 48/34
4. QI: 144/115
5. Número de casamentos: 1/3
6. Número de filhos: 0/6

Etc. etc. mas apesar dessas diferenças todas, eles passaram muitos dias um com o outro e não raro acontece de as pessoas ficarem borradas nessas circunstâncias. Em certos casamentos, por exemplo, você já deve ter visto isso, ou talvez até participado disso, os contornos ficam esfumados, as cores se misturam.

Anton percebe já de cara. Vocês dois, ele diz. Tipo Dupont e Dupond. Não, não é bem isso. Mais tipo Vladimir e Estragon. Vocês sabem.

Felizmente, para ele, eles não sabem. Só olham para ele com uma cara fechada. Qual que é o problema desse cara? Fazendo piadinha numa hora dessas! E no necrotério! O que ele acha que ele é, policial?

Mas, sério, o que é que vocês estão fazendo aqui? Vieram me prender?

Nós só queremos falar com o senhor, Sr. Swart. Mas primeiro vá fazer a identificação.

Não há motivo para eles irem junto, tem que ser um momento privado para o parente ou conhecido próximo. Então eles ficam esperando do lado de fora, no saguão, com seus tristes vasos de plantas e o piso de madeira escura, enfiados em duas poltronas idênticas.

O marido também está lá, derrubado como um bêbado, o rosto nas mãos. Jake Moody tem quarenta e um anos de idade e é dono de uma empresa de segurança privada, em sociedade com um político conhecido, os dois detetives já determinaram. Grandalhão, trincado e esculpido, deve viver na academia, mas agora ele mal parece existir, de tão chocado que está. Sabe que a esposa está morta, sente no estômago. Foi por isso que pediu que Anton fosse em seu lugar fazer a identificação.

Anton acompanha o homem do jaleco branco, cujo crachá diz que ele é Savage, por um longo corredor frio que leva a uma porta de metal. Parece coisa de romance, Anton reflete em voz alta, mas a ideia não parece perturbar Savage. Ele dá um passo ao lado para Anton poder entrar primeiro, muito educado. Mas bem quando você espera fileiras de gavetas de aço, cada uma com seu cadáver refrigerado, eles a deixaram preparada para o exame numa mesa bem no meio do ambiente. Coberta por um lençol, claro.

Você já viu uma pessoa morta? Savage lhe pergunta, do outro lado da mesa. Seu tom de voz não demonstra prazer, mas não se deixe enganar, Savage tem lá suas preferências.

Não. Quer dizer, vi, sim.

Decida.

Uma vez eu matei uma pessoa, ele se vê confessando a esse total desconhecido, cujo rosto, já bem enfezado, parece se contrair ainda mais ao ouvir. Eu atirei numa mulher quando estava no exército. (Mas e isso conta?)

Há anos ele não pensa mais nela. Mas de repente ela está bem à sua frente, caindo ao receber o impacto da bala, morrendo de novo. Ele se vê, absurdamente, chorando, logo antes de Savage puxar a cortina. Quer dizer, o lençol.

Minha irmã. Deitada ali. Morta. Inconfundível. Assombroso. Sim.

Perdão?

Sim, ele diz de novo, com dificuldade para produzir aquela sílaba. Sim, é ela.

Demonstrando um mínimo de relutância, Savage puxa de novo o lençol. Escreve alguma coisa num papel. Assine aqui. E aqui, por favor. Anton ainda está chorando e uma das suas lágrimas borra a página. Por que isso é tão constrangedor? Mas é, é sim. Savage seca o ponto úmido, delicadíssimo, com a manga.

Esses momentos não são fáceis, ele diz.

Anton se contorce. Ah, essa foi boa! Fazia anos que eu não ria assim, como se estivesse tendo uma cãibra. Antes era fácil. A arte perdida da hilaridade. Ah, Savage, ele diz, quando finalmente se recupera, você é uma figura.

Savage ficou ofendido, ou no mínimo desorientado, e segue num passo duro pelo corredor. Os mortos são tão mais previsíveis que os vivos, com seus humores e estados de espírito. A fala humana contém enigmas sem resposta, e ele nem é o único que acha isso, ainda que nem todo mundo deseje o silêncio por causa disso.

Um dos detetives tem que assinar o formulário de Savage, enquanto o outro fica observando a conversa entre o irmão e o marido da mulher. Confirmação de identidade, o burocrático versus o pessoal. Jake demora um pouco para erguer o olhar e então Anton lhe acena com a cabeça. Só isso, mas a mensagem foi transmitida e segue-se um longo uivo trêmulo. Nada fora do comum nisso tudo.

Quando as coisas se acalmam novamente, o detetive Olyphant vai direto ao assunto. Não adianta falar com o marido, o sujeito está um trapo, então ele se concentra no outro, o irmão. Ninguém teria motivos para querer a morte da sua irmã? Ela não tinha inimigos?

Não que eu saiba. Se bem que, acrescenta depois de um instante, todo mundo tem inimigos.

Tem?

O senhor não acha?

Quem são os seus inimigos, Sr. Swart?

Ah. Ele faz um gesto frouxo com a mão, indicando o mundo em geral. Seu nome é legião.

Esse aqui é esquisito, dá para ver. Fale o que falar, ele é sempre enigmático. Nenhum dos detetives entende metade do que ele quer dizer. Chora que nem criança, aí se abre que nem guarda-chuva. E por que será que ele achou que ia ser preso? Será que está envolvido?

Eu achei que tinha sido um sequestro-relâmpago? ele diz agora, impaciente. Por causa do carro?

A gente só quer garantir. Às vezes tem mais coisa por trás desses sequestros.

Sério?

Ja, diz o detetive Olyphant. O senhor ia ficar surpreso.

Mas Anton quase não consegue mais se surpreender, ou só de vez em quando e nesses casos normalmente é ele mesmo quem causa a sua surpresa. Os dois detetives, também, já viram tudo isso antes. Este assassinato? Esse aqui não é nada. Você devia ter visto o que eu vi ainda na semana passada. Rapaz, cada coisa. Qualquer motivo basta. Às vezes parece que os sul-africanos se matam por prazer, ou por trocados, ou qualquer briguinha. Tiro e faca e estrangulamento e fogo e veneno e sufocamento e afogamento e pancada/mulheres e maridos se eliminando/ pais dando cabo dos filhos ou vice-versa/desconhecidos acabando com desconhecidos. Cadáveres descartados sem mais nem menos como embalagens amassadas que não servem mais para nada. Cada um deles uma vida, ou foi uma vida, e de cada um deles anéis concêntricos de dor se difundem para todos os lados, talvez para sempre.

Anton tem que ajudar Jake a ficar de pé quando anda, de tão fraco que o coitado está. Difícil apoiar o sujeito, ele é enorme, pesado e inerte, como uma carcaça. Nunca foram próximos, os dois, então essa repentina intimidade física não é natural. Dá pra sentir os pelos duros do antebraço dele. Vai com calma, quase chegando. Abrir a porta do carro para ele, ajudar a entrar. Opa, cuidado com os dedos.

Anton dá a volta para o lado do motorista, senta. Jake pediu essa carona hoje, pensando exatamente neste estado de coisas. Não sei se dou conta sozinho. Sinal do quanto ele está amedrontado, até para pedir.

Posso te deixar em algum lugar?

Hein?

Assim, Anton diz, antes de eu te deixar em casa. Quer falar com um médico, de repente?

Jake reflete um pouco, sua testa imensa se enruga com o esforço. Mesmo largado inerte ali no banco o topo da cabeça dele está encostado no teto, mas ele ainda parece pequeno hoje, de alguma maneira. Acaba dizendo, A igreja.

A igreja?

É. Se desse pra você passar na igreja. Eu queria conversar com o padre.

Anton está surpreso, mas Jake também. Ele não comunga nem se confessa há anos e essa necessidade de procurar ajuda espiritual lhe veio do meio do nada. No seu ramo há muita gente de conduta dúbia, e ele até emprega algumas dessas pessoas. Ele se considera um cara durão e não tem nada de inocente, teve que cauterizar o lado sensível de sua natureza, que caso contrário o deixaria na mão. Ele malha três vezes por semana e é faixa preta de caratê e curte assistir a Charles Bronson e Clint Eastwood fazendo papel de vigilantes. Está com sorte, vagabundo? *Go ahead, make my day.*

Então ele não se reconhece no sujeito que neste momento está dobrado em dois e chorando aos soluços diante do padre Batty. Quem seria aquele camaradinha ali, virado do avesso, enxugando o nariz com um lencinho e choramingando que isso foi castigo? Aiaiai, parece que sou eu.

Lá do seu jeito, o padre também está chocado. No fundo, se você for ver bem, ele foi a última pessoa a conversar com ela, fora o assassino. Isso lhe dá arrepios.

O que aconteceu com a sua esposa foi maldade. E não um castigo!

Mas parece pessoal. Pois apesar da corpulência e dos músculos inflados, Jake contém um núcleo mole, onde há muito tempo guarda a certeza de que está amaldiçoado, não importa o que aconteça. Para começo de conversa, faz tempo que ele suspeita que o divórcio de Astrid foi uma ofensa contra Deus, mesmo que os votos daquele primeiro casamento não fossem considerados sagrados, e que cedo ou tarde os dois teriam que pagar. No que se refere a isso, ele nunca perdeu a fé.

Eu não tenho a menor dúvida, o padre Batty diz, de que ela está nos braços do Redentor neste exato momento. Esse tipo de garantia cheia de segurança é uma coisa que lhe vem com facilidade, sempre foi, mesmo jovem ele já tinha uma noção insuportável de autoridade espiritual, mas hoje ele está falando para evitar uma ideia desagradável que o ronda.

O senhor lembra que ela não nasceu católica. Ela virou católica por minha causa.

Você quer dizer porque Deus a escolheu para isso. Mas, por um caminho ou por outro, ela encontrou o seu rumo. O padre ainda está lidando com a ideia desagradável, que não para de crescer. É difícil de acreditar que eu estive com ela logo antes.

Como assim?

Ontem de manhã, ela veio falar comigo.

Isso soou como uma novidade incrível para Jake. Sobre o quê?

Ah, o padre diz, como quem acorda. Ela veio se confessar. Fazia tempo. Seis meses. Veja, ele acrescenta, que você ficou mais tempo sem vir.

O que foi que ela disse?

Isso eu não posso te dizer, Jake. Você sabe que o confessionário é um lugar privado. E, acima de tudo, é o local da ideia desagradável. Que ele decidiu que ela sairia dali sem penitência, uma hora antes de morrer! Será que o peso da alma dela está sobre mim? Não me pressionem. Mas vai contar a favor dela, ele decide em voz alta, o fato de que ela estava tentando lidar com os seus pecados naquele momento. O Senhor terá piedade dela!

Pecados?

Nós todos temos nossos pecados, ele acrescenta apressado, para fazer a conversa andar. Claro!

É um consolo muito grande, Jake diz, saber que ela recebeu a absolvição antes de...

Não exatamente, não é verdade, não. É um tópico que o bom padre preferia evitar, bem melhor para todos os envolvidos, mas agora é tarde.

O senhor disse que ela se confessou. O senhor não deu a absolvição?

Não, ela precisava... resolver um probleminha antes. Mas eu não posso te dizer mais nada, Jake. Já falei demais.

Essa conversa está acontecendo no jardim dos fundos da igreja. Não, mais provável que seja dentro da própria igreja, num dos bancos dos fiéis, com a luz suave que passa pelos vitrais fazendo o rosto de Jake ter um brilho bruxuleante, o que faz com que ele se sinta atordoado e um tanto tonto quando emerge pouco depois. Não se sente o mesmo, não mesmo. Mas então ele é quem, se não ele mesmo? Jake, ou o impostor que usa esse nome, desce cabisbaixo os degraus da entrada até chegar aonde seu cunhado espera por ele, sentado no capô do carro.

Te fez bem? Anton pergunta no que eles voltam para a estrada. Querendo ou não, a curiosidade que sente é verdadeira. Conversar com o padre. Te fez algum bem?

Parece que a pergunta nem chega a Jake. Seus olhos fitam alguma outra coisa, que não está ali. Depois de um tempo ele responde distraído. Na manhã do dia em que ela morreu a Astrid se confessou com ele.

Confessou o quê?

Não sei. Ele não quis dizer.

Os dois ficam um tempinho examinando esse fato de ângulos diferentes. Já faz alguns anos que Anton está em terapia e só consegue entender dessa maneira a ideia da confissão. Mas ao seu lado, à distância do movimento de um cotovelo, a percepção do seu cunhado é bem outra. Tem alguma coisa acontecendo com o Jake. Parece que ele está num longo túnel, onde os sons tremulam em ondas e o mundo real é um círculo luminoso bem lá na frente. A única certeza é a de ter estado errado sobre absolutamente tudo até aqui.

Ele mora num condomínio fechado lá em Faerie Glen, construído em volta de um campo de golfe de oito buracos. Depois de se identificar e passar pelo portão, você se vê num idílico sonho residencial de casas em tons pastel e ruas amenas, que contornam uma e outra praça cercada de árvores, tudo nostalgicamente evocando alguma coisa, mas talvez alguma coisa que nunca aconteceu. A casa de Jake fica bem na borda, grudada na cerca. Anton estaciona na frente e corre para ajudar, mas não é mais necessário. Seu cunhado desce sozinho e já está andando normal.

Muito obrigado, ele diz, com uma voz mortiça. Estende a mão, que Anton aperta, gesto bizarro num momento como este, mas o sujeito não está legal.

Você está legal? ele diz. Assim, quer que eu entre com você?

Não.

Tá. Ele fica aliviado, mas tem que se conter para não fazer uma pergunta das mais indelicadas logo antes de entrar no carro. Sai caro pra fabricar essas barras de segurança das janelas? É o que ele quase pergunta a Jake. Imagina só, numa hora dessas.

Mas Anton também não está legal. Ver a irmã estendida ali na mesa, morta. Começa a chorar de novo, um breve aguaceiro quente, no caminho até a fazenda. Pegando as ruas menos frequentadas desde a casa de Jake, evitando a cidade. Longos trechos solitários, em meio às lágrimas.

Sempre achei que eu é que iria desse jeito. E ainda tem chance. Ele precisa trocar algumas das barras das janelas da fazenda, era daí que vinha a pergunta. As coisas andaram engrossando feio. Uma grande invasão de terras do lado leste, o que fica mais perto do gueto, cortaram as cercas e ergueram barracos, tudo na frente de todo mundo. Mais um ou outro incidente, um armazém invadido numa noite, desconhecidos reunidos para rezar no *koppie*. Intrusos no terreno. Teve que chamar a polícia para tirar o pessoal dali, e houve ameaças de violência. A gente vem te pegar, chefia. Pode esperar. Dedo cruzando a garganta. Depois disso ele mandou revisarem a carabina do Pai, só para garantir. Saiu para o *veld* e deu uns tiros para treinar, para não perder a manha. Pensando em mandar instalar uma cerca elétrica. Tenho que falar com o Jake pra ver isso, mas na hora certa.

Quando chega à casa e desliga o motor, o som distante e apagado dos hinos vem da igreja aos seus ouvidos, até aqui. *Guide me O Thou Great Redeemer / Pilgrim through this barren land.* Todo santo dia. O frescor agradável da tarde é perfeito, mas agora vem subindo um frio mais intenso, do centro da terra ou eu é que pirei? A porta da frente está escancarada. Sempre chamando a atenção dela, sempre sendo ignorado. Mas hoje ele consegue imaginar como seria entrar e encontrá-la...

Só que ela não está, seu carro sumiu. Aposto que foi de novo àquela aula de meditação, logo hoje. Parece vício. Ele anda incomodado com o tempo que ela dedica a esse garoto, um rapazinho boa-pinta local, de Rustenburg, chamado Mario ou Marco ou alguma coisa assim, ainda na casa dos vinte anos, que foi passar um ano na Índia pra se encontrar e fazer umas coisas espirituais nos *ashrams*, me volta com um nome novo, Moti ou Muti, ridículo, que ganhou de um guru, parece que quer dizer pérola, e tudo quanto é dona de casa à toa, sem ter mais o que fazer, fica encantada com a sabedoria dele, ou de repente só com o fato de que ele dá essas aulas de tanguinha. Assim, qualé, hora do *Livro da Selva*. Dá aula de meditação e de yoga e sabe lá mais o quê, vai ver ele desperta a serpente tântrica adormecida na base da coluna vertebral das moças, e tudo lá na cidade, no tal Centro Quimera Humana. Sem truque, mera humana.

Um intruso entraria como Anton entra agora, espreitando pela porta aberta, parando no hall de entrada para apurar os ouvidos. O único som vem de um rádio na cozinha, algum tipo de coro gospel africano. Salome lavando a louça. Ou talvez, pra dar uma variada, lustrando uns enfeites de bronze na mesa. É, ela está esfregando o metal opaco, até ele desistir e começar a brilhar. *Salaam*, Salome. Onde anda a minha linda esposa? Nem responda. Putaqueuspa, será que ela não podia, quem sabe, talvez, só hoje, ter ficado em casa? Por mim? Ela sabia aonde ele estava indo, sabia a tarefa que o esperava. Mas não, e não, e não de novo. Tem sido o seu refrão há um tempo.

Ele vai até o armário das bebidas na sala de estar, enche um copo de Jack Daniel's, vira um gole gordo, enche de novo. Não é coisa de todo dia, veja bem, longe disso, que tipo de pessoa você acha que eu sou? Ainda nem escureceu lá fora. Mas quem é que pode jogar a primeira pedra? O que ele já viveu hoje, o que ainda vem pela frente.

Salome primeiro. Ele ainda não lhe disse nada, nadinha. Está velha, seu coração pode estar fraco, mas ele também a vê como uma criança, alguém que precisa de proteção. É uma criança velha, com um coração fraco.

Salome, ele diz. Eu tenho uma péssima notícia.

O bronze tine alegre, enquanto palavras viajam rumo ao cérebro e lá florescem em imagens, e algumas dessas imagens podem ser difíceis de suportar. É, são as imagens mentais que mais torturam as pessoas, como talvez você já saiba. Nos últimos tempos Astrid não era de grandes amores, talvez nunca tenha sido, mas é uma das três crianças brancas que Salome criou como se fossem suas, e isso transparece no seu rosto. Teria que sentar, se já não estivesse sentada.

Ele engole o uísque, deixa tudo mais fácil. Por que você não tira o resto do dia de folga?

Ela concorda com a cabeça. Não é mais jovem, perto dos sessenta. Mais carne que osso hoje em dia, e de passo arrastado. Faz tempo isso, mas especialmente nesse fim de tarde/noitinha, com o lastro pesado das imagens que tem na mente. Vai, por favor, vai, ele acha o sofrimento dela insuportável. Ela contorna lenta o *koppie* e vai para a sua casa, quer dizer, a casa dos Lombard, sem dúvida para rezar por Astrid, se podemos nos pautar pelo passado. O que o deixa ali sozinho para um refil, um reabastecimento, um reagrupamento. Um certo horror nisso de ser o mensageiro, você sempre fica maculado pela mensagem. Um brinde a você, Anton, portador de sofrimento. Uma já foi, agora só falta a outra.

Amor só ligou uma vez depois de chegar a Durban anos atrás. Ele vinha pensando em entrar em contato com ela desde aquele tempo mas só depois de resolver certas coisas, e essas coisas não foram resolvidas. A sua apatia nessa questão foi ganhando personalidade própria, virando determinação. Nesse tempo ele teve notícias da irmã mais nova através de Astrid, que logicamente considerava seu dever de ressentida se manter em contato e transmitir pequenas informações, primeiro da enfermagem, e depois o anúncio de que ela tinha juntado os trapinhos com uma mulher. Nenhuma surpresa numa coisa nem na outra, não aos olhos dele. Até meio comovente, visto de longe. De perto, um pé no saco.

Ele sabe o nome do hospital onde ela trabalha, nada mais. Não, diz à recepcionista que atende, eu não sei em que ala ela está. Você não tem como achar o nome dela no sistema? Minutinho, a recepcionista diz, eu vou transferir, e ela passa a ligação para a única ala que, *Ja*, dava pra imaginar. O martírio dela não tem fim. Posso falar com a minha irmã, Irmã? Você deve conhecer ela como Santa Amor.

Oi?

Amor Swart, por favor.

Só um minuto.

O mensageiro aguarda, vagas ondas de sons hospitalares rebentando no seu ouvido. E depois a voz de Amor, inconfundível, mesmo depois de tanto tempo. Alô?

Oi, ele diz. Sou eu.

Anton?

Isso. Escuta, desculpa, mas eu tenho que te dar uma má notícia.

A voz dele se materializa no ar, vinda de muito longe, de um ponto do passado, e apenas para ela, no posto de enfermagem, com seus azulejos brancos e frios como o espanto. Amor, de uniforme. Parada ali, sem se mexer.

Depois ele reabastece o copo. Melhor do que ele temia, apesar de estar com as mãos tremendo um pouco. Fica agradecido quando as pessoas sofrem o que têm que sofrer nos bastidores, invisíveis. Já é duro você ter que lidar com a sua própria vida, e isso é só o tormento de cada dia. E por falar nisso, lá vem ela finalmente, a minha linda esposa, saída agorinha mesmo da meditação. A sincronia é perfeita, fora que, hmm, ele deve ter perdido uma hora ou duas pelo caminho, já é noite lá fora. Depois, antes, tudo a mesma coisa no fim, Foi bem lindo, docinho? Recebeu umas vibrações positivas lá do Mowgli?

Ela olha fixamente para ele. Você está bêbado?

Um pouquinho. Sóbrio eu não estou. Só um tiquinho. Pra acalmar, se você pensar que eu acabei de olhar pro rosto da minha irmã assassinada.

Ela cobre a cara com as mãos e a raiva dele se esgota, ou vira uma outra coisa, uma espécie de apetite desesperado. Ele agarra a esposa, ela devolve o abraço, num instante eles estão se beijando, lábios e línguas e dentes, como se quisessem se morder e se mastigar. Mesmo se deixando levar por aquilo ele sabe que essa fome repentina é decorrência do que viu na mesa de metal de manhã, deseja a mulher porque ela está tão viva, com aquela expressão borrada e perturbada, cabelo se soltando, membros quentes e fortes. A grande pergunta é, Por que ela sente desejo por ele agora? Toma lá, dá cá, troca de murros, violência zumbindo sob a pele. Fazia tempo que não se tocavam.

Até que o corpo a corpo se encerra. Não. Não. Pare. Isso não está certo. Ela se afasta dele. Sempre é ela que se afasta. O que é que a gente está fazendo? Desculpa, mas eu não vou conseguir. Não agora, depois da Astrid...

Tá, ele diz, a raiva retornando imediatamente. Esquece.

Mas ninguém poderia te culpar por pensar, se você entrasse sem querer no quarto deles neste momento, que os dois estão naufragados na esteira de um lampejo branco e incandescente de amor. Semidespidos e semiembrulhados nos lençóis, respiração pesada. Ainda são um casal bonito, apesar de definitivamente não serem mais jovens. O rosto dele em especial com algo de pétreo, e aquilo ali na testa dele é uma cicatriz antiga?

Desirée é uma criatura de um tipo mais delicado e um dia há de ter sido verdadeiramente linda, nem faz tanto tempo. Mas o tédio e a petulância lhe corromperam o rosto, delineando uma pequena ruga cerrada entre os olhos, um biquinho mal--humorado no lábio inferior. Ela está se contraindo a um certo núcleo amargo, tornou-se insatisfeita, ainda que nem sempre saiba com o quê.

Às vezes é a fazenda que a decepciona. Quando casou, ela imaginou ficar pintando aquarelas nas colinas e cavalgando por vastas planícies. Sonhos vagos e glamourosos desse tipo. Não esperava que os dias aqui fossem tão compridos e vazios, com tanto nada o tempo todo. Você tem que ficar inventando motivos pra ir de carro até a cidade ou a Rustenburg, algum lugar com um tantinho de vida e de acontecimentos e cor. Gente pra conversar com você! Ela fazia as unhas e o cabelo toda semana, mas isso gerava crises imensas no casamento. Não tem dinheiro pra essas bobagens, ele diz, mas olha ele, as coisas em que ele gasta. Literalmente jogando fora. Pelo menos ela sai com alguma coisa pra mostrar! Por mais que precise admitir que anda mais feliz desde que descobriu as aulas de meditação no Centro Quimera Humana. Moti mudou de nome e tem dias que ela queria mudar também. Um nome diferente pode fazer você se sentir diferente por dentro.

Às vezes é a África do Sul que a decepciona. Quem teria imaginado que o papai, que todo mundo respeitava e temia, teria que ir lá na Comissão de Verdade e Reconciliação pra admitir ter feito aquelas coisas horrorosas e necessárias? O problema com este país, na opinião dela, é que tem gente que não esquece o passado.

Tudo bem que agora isso acabou, faz anos já, e hoje em dia em geral é o marido dela que não corresponde às expectativas. Anton antes era tão charmoso e bonito e engraçado, todo mundo falava do futuro fabuloso que ele tinha pela frente, mas a única pessoa que ainda acredita nisso é o Anton. Aquele palavrório todo sobre o que um dia ele vai fazer com a fazenda/consigo/com a vida, a grana que ele vai ganhar, vá lá saber como porque ele nunca trabalha de verdade, só fica escrevendo aquele romance, que ninguém pode nem olhar e que de repente nem existe, se bem que dá pra ouvir ele batendinho naquela máquina por trás da porta trancada... enquanto ela fica andando por um milhão de cômodos vazios, vendo o gesso descascar das paredes e as aranhas tecerem teias pelos cantos. Assim, ela, eu, Desirée, você consegue imaginar uma coisa dessas? Uma bonequinha ainda ontem, adorada por todos os meninos, você podia ter escolhido quem quisesse, então como é que foi acabar desse jeito? Não deu atenção aos conselhos de Maman e agora é tarde demais para recomeçar, mal dá tempo de fazer você mesma uma bonequinha antes de os ovários fecharem para balanço. Mas até nesse departamento, ha ha ha, tentando sem parar e por enquanto nada. Ela simplesmente sabe que o problema é com o marido, mas ele se nega a fazer um exame, e não ajuda nada que vira e mexe é ela quem nem quer mais encostar nele.

Ela tira as mãos dele do seu corpo, então se vira para ficar deitada de costas. Fica ali, olhando para o teto. Pensando em tatuar uma linha no contorno dos olhos e dos lábios, para facilitar na hora da maquiagem. Umas amigas dela andam fazendo isso.

Aliás, ele diz, eu dei a noite de folga pra Salome. Ela ficou muito transtornada com a coisa da Astrid.

Transtornada? Faça-me o favor. Ela morre é de preguiça, a velhota.

Ela não é de ferro, docinho. E faz parte da nossa história...

História? Sério, você tinha era que se livrar dela. Ela é lerda. Você devia arranjar uma bem novinha...

Ela trabalha aqui há milênios, ele diz. Desde que ela era bem novinha.

Ja, tá bom. Foi-se, esse tempo.

Excitado por essa frieza, ele começa a mordiscar o pescoço dela. Ora, vamos. Se solte um pouco. Mas ela o afasta e se levanta, abotoando a blusa. Argh, por favor pare com isso, você está todo suado. Eu estava supercentrada quando cheguei em casa, agora olha no que deu.

Anton no banheiro que fica embaixo da escada, tentando arrancar fora a virilha. Quando vai chegando ao clímax, seu rosto vermelho lhe surge refletido no espelho oval todo manchado que fica acima da pia, precisa de mais uma demão de selador, isso há de resolver as manchinhas. Interessante como o ego pode se dividir em segmentos, orgasmo e observação ao mesmo tempo, a lente que vê o próprio ente. Nenhum dos dois sou eu, mas os dois podem ser. Lava as mãos depois numa névoa renovada de fadiga e repulsa por si próprio, desejando não ter feito o que fez. Queria não ter feito isso. Mas você fez. Quase na mesma hora sente o desejo novamente ir se acendendo morno por dentro. É, está na hora, não é verdade, de abandonar esse desiderato, não, a Desirée, seja lá qual for o nome dela, abandonar.

Uma distante iluminação lhe passa pelo rosto, vinda de um carro lá na estrada, que encostou num trecho livre de vegetação para dar a volta. Neste exato momento está dando a ré, um grande Jeep Cherokee, e quem é que está ao volante se não o seu cunhado, Jake Moody. Ele não vai parar, pelo menos não pra uma visitinha, só vai ficar ali o tempo suficiente para mudar de rota e voltar para o outro lado, para a cidade.

Ele está desse jeito no carro há horas, porque não suporta a ideia de ficar sozinho em casa. Eu sou um viúvo. Fica pensando, sem parar, nesta mesma frase, eu sou um viúvo, testando a estranheza da palavra, da condição que ela denota. Os dois filhos de Astrid já foram levados pelo pai, e a casa num só dia foi transformada, de lugar ativo e barulhento que era, numa casca oca, apertada. Os cômodos da casa, esvaziados do seu elemento mais familiar, parecem ecoar, mas o mais ruidoso de todos é o cômodo que fica dentro da cabeça dele. Foi para aquietar esse espaço que ele se pôs ao volante. E ficou ali, enquanto o sol se punha e as luzes se acendiam, e a noite foi se infiltrando por tudo.

E aqui ainda está ele, dirigindo, dirigindo. Negro rio de estrada, correndo sem fim. Ele segue certas rotas que se cruzam e recruzam, como o nó que tem no estômago. Passa pelo meio da cidade, por Paul Kruger no seu pedestal de pedra, depois segue rumo norte sobre a escarpa, mas dá meia-volta para passar pelos Union Buildings, acesos como uma festa, com a cidade fervendo logo abaixo na sua panela escura. Passa uma fileira de embaixadas como joias numa corrente, todas bem guardadas e imaculadas, antes que a vida real recomece sob a forma de mato marrom à beira do asfalto e jacarandás perdendo as folhas. Os contornos de tudo começando a ficar queimados e quebradiços.

Na periferia leste da cidade, as casas são poucas e minúsculas, meras centelhas de luz entre vastos campos negros de milho, farfalhando e esfregando suas mãos calejadas. Ele vira para o sul na direção das regiões mais novas, extensas colônias lunares ainda em construção, subúrbios-satélites para a faminta classe média, já murados embora casas e ruas mal estejam prontas. Outra escarpa o leva de volta a áreas mais bem estabelecidas, onde o cimento já secou faz tempo e os gramados são bem aparados, algumas casas de tão grandes parecem hotéis, ou amplos transatlânticos que singram logo ao lado dele, chamejantes. Todas elas fortificadas até o talo, com muros e portões gigantes, e alguns dos seguranças privados de bobeira ali na frente são empregados de Jake, ele sabe por causa das fardas.

Passando uma filigrana de árvores seminuas até chegar a Fountains Circle, onde você roda uma, duas, três vezes antes de subitamente se decidir e seguir na direção que vem te atraindo a noite toda, como o norte magnético numa bússola. Esse tempo todo andando de carro sem rumo foi um prelúdio, uma espiral que se estreitava e convergia para um único lugar, ou seja, onde você começou, ainda hoje cedo, embora aquela visita pareça jazer do outro lado de um vale escuro e profundo.

Estaciona numa vaga que fica bem na frente da igreja. Uma construção imodesta, iluminada por baixo, para enfatizar o quanto é infinito o seu trajeto rumo ao alto, rumo ao Paraíso. Nada vivo por aqui, fora um sem-teto que se vira na sua cama feita de papelão na entrada. Jake sai do carro e contorna a igreja com passo pesado até chegar à casa do padre nos fundos. A esperançosa lâmpada cor de coração que queima sobre a porta fica um pouco prejudicada pelo portão de segurança e pela cerca elétrica, que pisca logo ao lado em lampejos azuis. Uma lagartixa infeliz sendo frita no arame? Vai ver que Deus não dá bola para répteis.

Aperta o botão do interfone. Espera um minuto, e repete. E repete.

O padre Batty está troncho de sono. Quem é?

Sou eu, padre.

Eu quem?

Jake Moody, padre. Desculpa incomodar o senhor.

É uma hora da manhã, Jake.

Eu sei, sinto muito, mas eu tenho que conversar com o senhor.

O padre Batty foi despertado de um prazeroso sonho com mulheres de seios fartos e não está feliz com essas cobranças madrugueiras da sua compaixão, mas deixa ele entrar, rosto composto no que é uma imitação bem decente de preocupação. Venha aqui até a sala. Jake o acompanha até um cômodo amplo com um piano, flores artificiais e uma coleção de pequenos ornamentos, melhor nem tentar descrever. Sem energia para dar nome aos objetos, muito menos observar.

Desculpa, ele diz de novo. Eu sei que é supertarde.

Senta.

Os dois se sentam, Jake no sofá e o padre numa poltrona vizinha. O padre Batty se enrolou num roupão com estampa de *batik*, presente de um dos seus paroquianos, que fez uma visita ao Extremo Oriente, mas o seu pijama listrado de tigrinho aparece por baixo, isso sem falar das canelas ossudas e de veias azuis que pairam sobre chinelinhos felpudos. Jake jamais poderá vê-lo como antes, embora o vice-versa também seja válido.

O que é que está te incomodando? o sacerdote pergunta.

Padre, tudo bem que o confessionário é um local sagrado ou sei lá o que o senhor falou, mas não dá pra abrir uma exceção nesse caso?

O quê? A mente do padre parece um pneu careca, tentando rodar na areia. Do que é que você está falando?

Eu preciso saber o que ela confessou pro senhor.

Ah, isso. Ele não devia ter aberto a boca. Eu não posso te dizer, Jake.

Padre, eu estou implorando.

E não é que o desgraçado está se ajoelhando, enfiando a cara no seu colo? Precisa ser empurrado, arrancado dali, para enfim desistir, e deixa uma mancha molhada.

Não, o padre Batty grita. Por favor! Como se fosse ele o suplicante. Escuta, cara, você tem que se recompor. Você tem que se controlar.

Não consigo. Eu venho tentando, mas simplesmente não consigo. Jake se levanta furiosamente, mas volta a se sentar. Eu preciso, ele diz, eu preciso saber.

O padre solta um suspiro. Devia ser uma situação complicada, mas ela de repente fica simples. É muito tarde/cedo, ele está cansado demais para discutir, e o coitado ali está sofrendo. Além disso, o próprio padre precisa usar o banheiro e isso pode dar uma apressada nas coisas. Às vezes você tem que ser humano.

A sua esposa estava tendo um caso, ele diz.

Pronto. Falei. Ele disse aquelas palavras e elas ficam pairando um momento no ar, antes de o outro ouvir. Dá para ver a mudança no rosto dele quando cai a ficha. Não parece mais estar magoado, parece enfurecido. Deus que me perdoe, o padre diz, ou talvez apenas pense, mas às vezes a verdade é o melhor remédio.

Um caso? Jake fica olhando a palavra de fora, como um objeto peculiar. Com quem?

Não, isso eu não sei. Infelizmente eu preciso...

Por favor, padre. Meia resposta não é resposta. Me diga o nome do sujeito.

Eu não posso te dizer, pela simples razão de que eu não sei. Ela confessou o caso, mas não me disse o nome. Isso é a verdade, pelo sangue sagrado de Cristo, e agora você tem que ir pra casa, dormir.

Jake sofre um vazamento de raiva, ele visivelmente diminui. Quando o outro se põe de pé ele o faz também. A paz vem com a aceitação, o padre lhe diz enquanto o conduz/empurra até a porta.

Como é que eu posso aceitar o que eu não sei?

O camarada tem lá sua razão, pensa Timothy Batty, quando finalmente retorna pelo corredor. Você tem que conhecer a verdade antes de poder se submeter a ela. Mas claro que a verdade pode te matar. A conversa deixou o padre tão transtornado que ele mal consegue chegar a tempo ao banheiro. Não há de ser a atividade preferida de ninguém, mas é bem mais difícil quando o intestino está turbulento. Esquisito as pessoas quase nunca falarem desse ato, sendo uma coisa de todo dia. O cérebro gostaria de negar, apesar das verdades fundamentais que vão sendo enunciadas lá embaixo. Personagem nenhum de romance faz o que ele está fazendo agora, ou seja, abrir as nádegas para melhor deixar escapar o que o atormenta. Está aí um jeito de confirmar que você não é ficção. Será que Jesus defecou alguma vez? Intrigante. Será que ele tinha ânus? Não se você for pelo Santo Livro, se bem que não dá pra você comer um monte de pão e de peixe sem sofrer as consequências na saída. Mas que vergonha,

Timothy, essas ideias são uma blasfêmia. Como assim? Sei lá, mas pode apostar que são.

Perdoai aquela mulher desorientada, Pai, ela desejava a penitência. E perdoai a mim por ter negado isso a ela. Mas será que ele, no fundo, cometeu um crime quando a confissão da mulher não podia ser ouvida de verdade? Será que ele, Timothy Batty, não teve razão ao mandá-la embora? Isso ocorre tarde ao padre, quando está pegando o papel higiênico, mas ele decide que Deus o perdoou. Eu falei por amor! E com o marido também. Aquele coitado estava sofrendo e eu lhe disse a verdade, o que não pode ser pecado. Obrigado, Pai, por este alívio. Assim um padre se ajoelha ante um pai, um dentro do outro como bonecas russas. Ou empilhadinhos, talvez, pais e padres pra todo lado, padres e pais até o fim.

Enquanto Jake Moody, na frente da igreja, está sentado ao volante do carro. Não, ele ainda não foi embora. Um sujeito imenso, cor de cobre, com uma prega fixa entre os olhos. Parece estar pensando, mas em quê? Ele não tem aonde ir, vai ver que é esse o problema.

Depois desse longo período imóvel, ele abruptamente se agita. O homem sem-teto ali na porta da igreja vê ele dar partida e sair com o carro, sem convicção. Alguma coisa errada ali. O sem-teto tem o poder de perceber entidades de outras dimensões e fica incomodado com o que viu preso àquele cara.

Este tem sido o seu canto há alguns meses, este pedacinho de terra, além de uma fileira de lojas e restaurantes a umas quadras dali. Eu não tenho como te provar, mas antigamente ele tinha um emprego bem remunerado e uma identidade que lhe garantiam a atenção e o respeito dos outros. Até tudo ir por água abaixo. Mas não faz mal, nem ele parece dar bola, o tempo é um rio que leva o mundo na enxurrada. Com a casa e tudo/ todos que ela continha, o sem-teto perdeu também o seu nome. Sua família e seus amigos estão longe, tanto no tempo quanto no espaço, e ninguém está ali para lhe apontar a direção correta, nem para lhe dizer quem ele é quando as coisas ficam incertas, mas como ele fica obsessivamente cantando o primeiro verso de *Blowin' in the Wind*, vamos chamá-lo de Bob. Vai saber, pode até ser o nome dele de verdade.

Bob só dorme aos trancos e acorda antes de o sol nascer, quando os passarinhos começam a trilar. Ele urina no arbusto da igreja antes de dobrar seu papelão e guardar num canteiro de flores. Tem uma torneira perto da igreja onde ele se lava de manhã antes de seguir para as ruas para observar o lento começo do dia.

Quando a cidade já acordou de verdade, ele desce as duas quadras até as lojas, onde pode receber alguns trocados. Tem uma mulher boazinha que trabalha no supermercado e que às vezes lhe dá umas frutas passadas para comer, e de um jeito ou de outro sempre tem os cestos de lixo para ele revirar. Está com fome, sempre e perpetuamente faminto, e nem sempre por comida.

O tempo corre diferente para quem está excluído do mundo. Passa como o trânsito em certos momentos do dia, ou como uma certa sombra que caminha lenta pelo chão, ou como o seu próprio corpo, que te mostra as suas necessidades. Parece ir escorrendo devagar, mas os dias piscam velozes e logo o seu rosto mudou, não é mais exatamente seu. Ou talvez seja mais você do que antes, também é possível.

Bob observa intrigado seu reflexo na janela de um restaurante, até ser distraído por um movimento oscilante e repetitivo do outro lado do vidro. O gerente, que o espanta dali. Some daqui, sujeitinho sujo, nojento! O gerente está cercado de entidades malévolas e Bob, que imediatamente se transforma no reflexo, sai cambaleante.

Desce a rua com o seu passo incerto, procurando cigarros descartados. Não encontra, mas acaba pegando um bilhete de loteria com cara de novo, que acabou de cair. Leva o papelzinho ao café da esquina para ver se deu sorte, difícil não criar alguma esperança, mas esta aqui não é uma história desse tipo. Não, é a palavra que ele mais ouviu na vida, e ouve de novo agora. Não. Nada pra você. Não. Para compensar, quando vai saindo ele passa a mão num docinho que está na prateleira e é visto pelo dono, coberto de entidades parasíticas que, todas, começam a berrar suas acusações com vozes agudas, não humanas. Mastigando laboriosamente, ele sobe animado uma ruela lateral, talvez para escapar, mas é detido logo depois pela polícia, não fica claro se foram chamados ou se por acaso atravessaram o caminho dele. Dois, num furgão. Cadê os teus documentos?

A história de sempre, em poucos minutos ele está na parte detrás do carro, acompanhado por um outro miserável com cheiro de mijado, grade aramada entre eles e o mundo. Há algumas entidades ectoplásmicas menores pelo chão, felizmente inofensivas, e aquela estranha congregação, os visíveis e os invisíveis, são levados para um passeio sem rumo por algumas horas, com diversos panoramas urbanos passando pela janela, antes de chegarem à delegacia.

Celas são todas iguais, as paredes com seus nomes e datas, orações e palavrões entalhados, uma única janela minúscula, gradeada, bem no alto. E se o tempo corre diferente para os sem-teto, aqui simplesmente não corre. Ele se estica numa das camas e consegue dormir. Sonha estar em outro lugar, pedaços do passado misturados com vidas que não são exatamente a sua, e dessa forma ele por um tempo escapa do confinamento.

Retorna a ele quando recebe a comida à noite, e de novo na manhã seguinte. Um prato de mingau e um pão. Melhor que o seu normal lá na rua. Depois do café da manhã dizem para ele esvaziar os bolsos. Tiram tudo que ele tem, sessenta e dois rands e quarenta centavos, que dizem que vão confiscar como multa, e aí o levam até a porta. Cintila o princípio da noite lá fora. Eu queria o recibo, ele diz.

Oi? diz o policial.

Aquela multa que eu paguei. Eu queria o recibo.

Some daqui, o policial diz, senão eu te prendo de novo.

Ele some dali, num passo quase saltitante. Noite nada terrível, nos anais das noites ruins, e Bob entende do riscado, e como. Tem uma bela caminhada pela frente, de volta à igreja que considera sua casa, mas não há por que seguirmos com ele e, no fundo, nunca houve. Por que ele está tapando a nossa vista, esse sujeitinho maltrapilho, craquento, que exige piedade e emprega um nome que não lhe pertence, como foi que ele fez a gente perder tempo com essas histórias? Ele é muito insistente nisso de chamar atenção, que coisa mais feia, que cara egoísta. Não dê mais bola pra ele.

Melhor deixar o camarada no meio do caminho. Digamos que ele sobe uma ruazinha tranquila do subúrbio, passa por uma casinha tranquila do subúrbio, na qual seria fácil deixar de ver uma plaquinha de bronze que anuncia os serviços de uma psicoterapeuta. É uma mulher de seus sessenta anos, cabelo curto e platinado e de aparência impecável, caderninho equilibrado no colo. Neste momento ela fala com um dos seus clientes mais interessantes, um homem de trinta e muitos anos com alguns problemas renitentes. Ele teve que lidar com uma tragédia horrorosa esta semana mas nem esse evento ele consegue enxergar por um prisma que não seja o da mágoa narcísica de sempre, ou seja, o seu casamento fracassado.

Se é pra ser franco, ele está dizendo agora, falando da esposa, eu já amei ela, pelo menos acho que amei, o sexo é uma coisa que não deixa você enxergar as coisas com clareza, mas acho que amei lá no começo. Com o tempo, a culpa, os deveres e a obrigação foram tomando controle.

Hmmm. Ouça o que você está dizendo, otário. Nem as suas dores são originais. Ela anota alguma coisa. Ele tenta ver o que ela escreveu, mas ela está inclinando o caderno para ele não conseguir. Inadequado? É isso que ela pensa de mim? Também podia ser Impotente... As duas coisas seriam verdade, vez por outra. Mas eu não quero falar dos meus defeitos, muito menos com a minha terapeuta. Prefiro impressionar, se possível. Ele quer que ela o ache desejável.

Estão sentados um de frente para o outro num cômodo mobiliado com elegância que dá para o jardim dos fundos da casa dela, aves trinando um refrão. Deixando a culpa de lado, ela diz, dever e obrigação não são coisas que você assume num casamento? Responsabilidades da vida adulta. Será que a sua culpa não vem de você achar que deixa a desejar nesses quesitos?

Não, ele diz. Eu me sinto culpado porque quero deixar ela.

E quer?

Não sei. Quero. Às vezes.

O dever e a obrigação são mútuos, ela diz. Parece que você acha que a sua esposa não cumpriu a parte dela.

É. Não. E ela precisa? Ele não consegue pensar nisso, não quer pensar nisso, apesar de ter sido ele quem mencionou o assunto. A verdade é que para ele o casamento tem sido a ideia de duas pessoas que se juntam para criar uma terceira, uma presença extra e cabotina que trabalha contra os dois, criando problemas, subvertendo as boas intenções que ele tinha. Mas isso tudo é complicado demais, quando neste exato momento a sua raiva vem de algo simples. Aquela merda daquela aula de meditação está comendo ele por dentro quando a Desirée devia era estar de luto, com ele. Sua primeira sessão de terapia desde a morte de Astrid e como foi que a gente acabou parando aqui? Eu quero falar da minha irmã.

Mas é claro. É uma coisa terrível de você aceitar.

Ãh, ele diz. Na verdade eu estava falando da outra irmã.

Ela baixa o caderno e o observa interessada. Você tem outra irmã?

Tenho, claro. Eu devo ter falado dela.

Mas não falou, nessa montoeira de sessões ele nunca mencionou o nome dela, sinal ou de quanto ela é desimportante, ou talvez do contrário, do quanto ela tem peso na vida dele. Nunca me dei conta. Estranho, isso de certas cegueiras serem reveladoras. Mas dá pra ver pelo nível da ansiedade que ela provoca o quanto a sua chegada iminente o deixa perturbado.

Por que isso é tão incômodo? Afinal ela é sua irmã. Não é uma desconhecida.

Sim, mas não é bem isso? A gente se conhece, e tem todo um passado.

Me explique.

Mas não tem o que explicar. Quando ele se concentra na questão, nem sabe mais qual é o tal passado. Só coisas normais de família, tensões entre irmãos. Por que ele está tão transtornado? A única coisa que consegue dizer, no fim, é que parece que os dois estão em lados diferentes.

Lados diferentes do quê?

Eis a questão. Uma barreira, um abismo, uma fresta cada vez mais larga. Mas que barreira é essa, e por onde ela se estende, isso já é outro problema. Que não tem resposta, não nele, não hoje. Ele só sabe é que a ideia de ver a sua irmã caçula é algo inquietante e incômodo, e que não pode ser evitado.

Amor vem para o enterro. Disse que lhe dava carona do aeroporto, porque ela, surpresa das surpresas, ainda não tem carteira de motorista. Tudo bem que ela também deve estar ansiosa. Marcou uma estadia de apenas duas noites, para assistir às duas Missas, a Vigília e o Réquiem, e já na manhã do dia seguinte pretende voltar a Durban. Não posso perder mais dias de trabalho, ela diz, mas qual é, isso não é motivo. Ela também não quer estar aqui, nem um diazinho a mais do que o necessário.

O voo dela atrasou, o que lhe dá uma hora a mais para roer as unhas. Fica andando à toa pela imensidão que é o novo aeroporto, um projeto gigante que é a menina dos olhos do governo atual, olha como nós somos cosmopolitas e esbanjadores. Tem que admitir que fica impressionado, por mais que tenha lá os seus pontos cegos mais alucinados o Mbeki não tem ideias nem sexo. Sem nexo, droga. Mas o espanto do camarada tem seus limites no que se refere a aeroportos, alguma coisa naqueles saguões sem graça e impessoais deixa quem está ali dentro menos humano talvez. Pelo menos se você vê de longe.

Só reconhece Amor no último momento, quando ela vem até ele. Cabelo diferente, bem mais curto que da última vez, e está começando a ficar grisalho do lado, mas essa não é a grande mudança. Ele lembra dela como uma mulher linda, o choque que ela causou, mas esse frescor já murchou bastante. Não é mais tão jovem. Nenhum de nós. O botão do *dimmer* diminuindo bem devagar. Trinta e um anos de idade. Ainda não é de se jogar fora, mas vai chegando perto. Só mais uma pessoa no aeroporto.

Oi, maninha. / Oi, Anton. E aí segue-se o minúsculo silêncio em que o irmão mais velho e a mais nova se olham, atravessando aquele novo e estranho espaço vago. Astrid foi sempre a cola, de alguma maneira. Então que língua a gente fala agora? Ela não esboça um gesto em que fosse tocá-lo, ele também não. Um acordo tácito entre os dois, quase prévio. Apesar de continuarem algo amistosos lá daquele jeito reservado.

Ela só trouxe uma mochilinha como bagagem de mão. Pouco lastro. Tão pouco que ela quase não entrou no avião de manhã. Susan foi quem a deixou no aeroporto de Durban e ela ficou parada no mesmo lugar por vários minutos, subitamente sem saber se o próximo passo era possível de verdade. Mas claro que era, e é, porque eis aqui Amor, sentada ao lado de Anton no Mercedes, ambos a caminho da fazenda.

Quase a noite toda temendo este exato momento, o longo trajeto e como preencher o tempo. Não há saída ali dentro do carro, você fica preso ou na conversa ou no silêncio, as duas únicas opções. Ele já tinha deixado pronta uma frasezinha tola, engraçadinha e que fazia pouco dele mesmo, o tipo de asneira que funciona bem num bar, já bem usada, para quebrar o gelo. Mas claro que ela não é uma pessoa que ele acabou de conhecer, e nenhum dos dois está bêbado e além de tudo, até onde ele sabe, ela nem tem senso de humor, então ele desiste logo da ceninha e vai direto ao que interessa.

Tem umas coisas que a gente precisa resolver, maninha. A advogada da família tentou falar com você, acho que acabou desistindo, algum problema com os pagamentos mensais do espólio do Pai, parece que eles não têm os seus dados bancários?

Eles estão guardando tudo numa outra conta enquanto isso, mas pelamor, você está perdendo grana, só os juros já iam te dar uma bela mão, não faz sentido você ficar se escondendo.

Eu sei, ela diz. Eu recebi os recados.

A advogada diz que você não responde.

É verdade. Desculpa.

Bom, de repente é melhor mesmo. Tem outra coisa que eu preciso te perguntar, que a gente pode resolver ao mesmo tempo.

O quê?

Pode ser que eu tenha que vender um lote. Um pedacinho da fazenda, se você concordar. Eu tenho um monte de contas pra pagar, os juros e os impostos não param de subir, a manutenção é um inferno... mas isso não é importante agora, a gente pode conversar depois.

Já quase deu com a língua nos dentes, cedo demais para aquele pedidozinho. Muda de assunto, para a situação do país em geral, curiosa mistura de otimismo e apreensão. O que descreve também a sua situação pessoal, no fundo. Ou no mínimo como ele sente a sua situação, especialmente agora. Em parte está matraqueando por estar nervoso, mas também ficou surpreso com o quanto gostou de ver a irmã, e por como é fácil conversar com ela. É o quanto ela ouve. Nunca percebi antes. Faz você querer oferecer alguma coisa, uma confidência que marque você como uma pessoa especial. Cada vez sobram menos dessas nos últimos anos, na medida em que você vai caindo num merecidíssimo clichê. Uma única ambição ainda sobrevive, que tenha alguma chance de ser a sua redenção.

Eu ando escrevendo um romance, ele lhe diz.

Sério?

Bom, até agora são bem poucas páginas e o resto é mais de anotações. Mas se tem uma coisa de que eu tenho certeza é que eu vou até o fim com isso. Podem dizer que eu me dei mal em tudo mais, eu nem discordo. Mas vou deixar um livro no mundo, no mínimo. Nem que seja ruim. Ele ouve o que disse e fica vermelhíssimo.

Ela está olhando para ele com curiosidade, cabeça posta de lado. Eu não acho que você se deu mal.

Bom, você sempre foi boazinha, ele diz. O seu tom é sarcástico, mas ele percebe que o que diz é verdade. Bondade, é esse o barato dela. A sei-lá-o-quê dela, a sua qualidade.

Como é que chama?

Ainda não tem nome. O título provavelmente vai ser a última coisa a aparecer. Agora ele já nem sente vergonha, e se vê numa conversa franca com ela sobre o romance, de um jeito que não aconteceu, digamos, com a sua esposa. Sobre o começo de tudo há poucos anos, quase num frenesi, de madrugada. Sobre como se dedicou ao livro desde então, todo dia quase, às vezes por horas a fio. Como mesmo quando não está trabalhando, mas só sentado pensando no livro, ele se tornou um refúgio.

Refúgio de quê?

Da vida, ele diz, e ri daquele seu jeito de sempre, se sacudindo todo a ponto de chegar a chorar.

Nos últimos anos Amor não leu muitos romances. Parou de gostar há um tempo, depois de uns anos trabalhando no hospital. O mundo real ficou imenso, pesado demais pra você carregar por aí num cestinho. Mas quer ler o livro do irmão, quando ele acabar um dia.

Chegam ao portão e ele desce para abrir e fechar, dois cadeados de combinação hoje em dia, melhor fazer ele mesmo. Então deixa o silêncio se expandir, finalmente, até o pedacinho de trilha de cascalhos. Nada mudou neste panorama, nunca, na nossa vida toda. Mas quando ele vai estacionando na frente da casa, ela percebe que o imóvel está precisadíssimo de uma pintura e que os canteiros de flores, todos eles escavados, semeados e tratados pela mãe dos dois, estão abandonados.

Embora ele queira que ela note a decadência e fique com pena dele, acaba se sentindo inesperadamente na defensiva. *Ja*, eu ando meio descuidado, deixei as coisas meio na mão aqui. Mas eu já vou dar um jeito, semana que vem, na verdade, só estou esperando um maquinário que eu encomendei...

Dentro da casa também há rachaduras, fissuras e pequenos afundamentos. A perna de uma mesa foi substituída por uma pilha de enciclopédias. Um vidro da janela, por jornal. Tudo encardido e meio gasto, ninguém anda fazendo grandes limpezas.

Quem dera a minha linda esposa estivesse por aqui pra te receber, mas ela está sincronizando as vibrações dela com as do guru. E eu também queria poder instalar você num dos quartos do primeiro andar mas eles foram todos requisitados pra outras funções.

O meu quarto também?

Também, desculpa, agora é o meu escritório. Onde eu escrevo! Estamos dormindo no antigo quarto do Pai. Você vai ficar melhor no térreo, no quarto de hóspedes.

Nunca houve um quarto de hóspedes aqui embaixo. Acaba que é o que antes foi o escritório do Pai, no térreo, nos fundos, onde não bate sol. Uma câmara quadrada e sem graça com três estreitas janelas retangulares, dispostas na horizontal, bem lá no alto. Um certo ar de cela de prisão, por mais que a mobília pareça de hotel. Cama, mesa, cadeira e cômoda. Tudo comprado junto na Morkels.

Bom, vá lá. São só duas noites. Ela acomoda a mochilinha no chão.

Eu vou te arranjar uns lençóis limpos, ele diz. Mas não dá grandes sinais de que vai sair dali. Ainda está examinando a irmã, de um jeito meio indisfarçado. Percebe que na sua irmã caçula, agora a sua única irmã, há certa qualidade, ruim de especificar, que permaneceu igualzinha. E como é que eu estou? ele quer saber.

Devagar, ela sacode a cabeça.

Pô, você podia ter mentido.

A testa dele está crescendo, destacando a velha cicatriz, e no canto dos olhos ele tem rugas escuras. Mas ela está reagindo a outra coisa, um cansaço mais profundo que enxerga no rosto dele.

Você não está legal, ela lhe diz.

Você também não está esbanjando saúde.

Eu acabei de perder uma irmã.

Engraçado que eu também. Um sorriso rápido se abre como um talho no rosto dele, e cicatriza. Você percebe que agora somos só nós dois.

Ele vai pegar a roupa de cama. Vai sem pressa, mas quando volta ela está sentada na beira da cama, esperando, e retoma a conversa como se o intervalo não tivesse acontecido.

Então de repente a gente pode concordar numa coisa, Anton.

Qual?

Salome. A casa dos Lombard.

Ele larga lentamente os lençóis na cama. Ainda, ele diz, embasbacado. Ainda com isso.

É. Ainda com isso.

Mas precisa ser o nosso primeiro assunto?

Até ela ficou surpresa ao ver a importância que dá àquilo, a essa questão enterrada tanto tempo atrás. Pensou em Salome muitas vezes ao longo dos anos, claro que pensou. Cada vez que a sua cabeça tentava voltar para casa, ou não, quer dizer, para a fazenda, não é mais a casa dela, cada vez que a sua cabeça tenta voltar para a fazenda há muito o que resolver, e Salome é uma delas. Mas aquela questão em particular parece que nunca se resolve, por mais que ela tente.

Eu não vou ficar muito tempo, ela diz.

Eu quis resolver essa história. De verdade. Mas... Sei lá, a vida não deixou.

Tá, Amor diz placidamente. Mas a gente pode resolver agora?

Como, agora mesmo? Não é a hora, você sabe. Mas a gente vai resolver, ele diz. Claro. Isso é molinho. A gente vai passar tudo a limpo.

Antes de eu ir embora?

Pode ser que não dê tempo. Mas no fundo nem precisa, né? A gente pode finalizar tudo a distância. Não tem essa urgência de fazer tudo imediatamente. Ainda mais com o enterro pra começar. Melhor a gente se preparar.

Sai de cena como se não fosse nada, mas assim que ela não pode mais ver ele dispara para o seu escritório no primeiro andar para examinar, de novo, um conjunto de plantas que desencavou do meio do caos generalizado, e que estende no chão. Fica encarando as plantas com fome e temor, como se elas mapeassem as dimensões gloriosas de um império.

Sua esposa o encontra ali quando volta da aula de yoga no Centro Quimera Humana. Nem uma longa sessão de *pranayama* conseguiu acalmar a sua energia inquieta de hoje, e ela está num estado de espírito meio equino, batendo os cascos, bufando e sacudindo a crina. Um tantinho pré-menstrual, provavelmente, mas também abalada pelo poder negativo e destrutivo do carma da família do marido. O que esse pessoal deve ter aprontado nas vidas passadas, pra causar tanto problema nessa aqui!

Ela está aqui?

Anton desperta de um devaneio profundo. Está. Ela está aqui, sim.

E...?

Ah, ele diz. Foi tudo bem.

Bom, tomara que ela não esteja imaginando que eu vou fazer comidinhas especiais pra ela só porque ela não come carne. Não vai rolar. Desirée não para de mencionar essa possibilidade, está sendo torturada por essa ideia desde que ouviu a notícia da chegada iminente de Amor. A sua cunhada não veio ao seu casamento três anos atrás e não deu mostras de se arrepender dessa falta. Além disso, ouviu gente demais comentando o quanto ela seria supostamente linda, um tema incômodo para Desirée nos últimos anos. Uuh, é ela ali?

Onde?

A esposa dele foi até a janela, cuja persiana fica eternamente abaixada, e está espiando por entre as lâminas. Ali, conversando com a empregada no varal.

Hmm, muito suspeito. Duas mulheres abraçadas, injustificada ternura entre as raças, enquanto roupas de baixo reluzem e dançam numa brisa que não se faz sentir. Ah sim, pode apostar que é ela.

Ela nem é tão bonita.

Ah, ela não é mais a mesma.

Sério? Hmmm. Desirée já está gostando um pouco mais dela. O que é que as duas estão fazendo?

Tramando uma revolução, ele diz. E parece mesmo uma conspiração, as duas agarradas daquele jeito. Nem quando se separam elas se separam. Falando bem de perto, de mãos dadas, cabeças quase se tocando. Sempre foi unha e carne com os oprimidos, a minha irmã. Não, no fundo não. Não quer nem saber de política. Mas ela sente uma atração pelas vítimas, quanto mais fracas melhor, sente que precisa reparar toda e qualquer injustiça histórica, e aquelas duas têm lá uma aliança profana, só Deus sabe.

Bom, Desirée diz, já desinteressada, desde que ela não esteja esperando comidinhas especiais...

Lembrou, ao ver Salome com a sua roupa de igreja, que ainda tem que se vestir para a Missa da Vigília. Nunca fui a um enterro católico, com que roupa eu vou?

O padre está coberto por diversas camadas de pompa, o equivalente humano de um pavão. Olha só o jeito dele, saindo daquele presbitério bonitinho nos fundos da igreja, será que ele não se sente meio ridículo? O seu Fiat amarelo estacionado na frente da igreja. Ele está prestes a entrar no carro quando percebe um sem-teto sentado no meio-fio do outro lado da rua.

Não urine nos arbustos da igreja, ele diz. Por favor.

Eu não vou urinar, diz Bob.

Não faça nada aqui por perto da igreja. Então, para mostrar que se deixa comover pelas dificuldades dos pobres, ele acrescenta, Faça mais pra lá.

A essa altura ele já se atrasou para a Missa, que vai acontecer numa capela anexa à funerária, não longe dali, de carro. Um lugarzinho meio sem graça, pé-direito baixo, apertado, ele conhece bem a capela e já sabe só pelos carros estacionados na frente que ela vai estar cheia. Sorte que tem uma vaga de estacionamento reservada para os de sua vocação, ele não tem que andar muito, nem está atrasado, afinal, ou não muito, quando chega à porta da capela, com o peitilho reluzindo.

Com as vestes e os paramentos é mais fácil sentir o peso do seu encargo, porque o tecido exerce certa pressão. Claro que ele deixa para trás qualquer vestígio da sua confusa personalidade da meia-noite, envolta no roupão, canelas peladas expostas, mas mesmo assim não tem como evitar o marido, Jake, que é um dos carregadores do caixão, e obviamente tem que ser cumprimentado, por mais que os dois consigam passar um pelo outro com um meio sorriso que podia ser uma careta.

Isso é lá fora, na escadaria, no agitado crepúsculo. O ataúde está numa saleta lateral e os carregadores estão parados lá fora esperando. Eles entram para pegá-lo e levar até a porta, onde o padre vai recebê-los, borrifando sua aguinha benta.

Outra pequena tensão se estabelece aqui, porque Dean, o primeiro marido de Astrid, também foi convocado como carregador, contra sua vontade. Na última hora ele ocupou o lugar de Wessel Laubscher, que se perdeu no caminho e não apareceu a tempo. Corado e furioso, o gordinho Dean de Wet, cada vez mais redondo, assume o seu posto na ponta direita dianteira, tendo do outro lado o seu usurpador, o segundo marido, com quem não vai falar e para quem nem vai olhar, nem agora nem nunca.

Ainda assim, a sua boa natureza o compele a aceitar a tarefa. Pelos gêmeos, acima de tudo. Jamais vai conseguir perdoar Astrid pelo sofrimento que lhe causou, sendo que a pior parte foi levar os seus filhos embora. A vida tem das suas. Neil e Jessica vão voltar para Ballito depois do enterro, morar com ele e com Charmaine enquanto terminam de crescer. Um tipo meio tortuoso de justiça no meio de tanta injustiça.

Ficou decidido, graças a Deus, tendo em vista os ferimentos sofridos pela falecida, que um caixão fechado seria melhor, e eles o carregam com solenidade, elevado por uma onda pulsante de música de órgão, capela adentro até ser deposto com cuidado lá na frente, pés virados para o lado certo. Agora a caixa está amortalhada por um véu branco, as palavras corretas são ditas em latim, os gestos do ritual começam a se acumular, flores, incenso, hinos e orações, tudo centrado no corpo dentro da caixa, fazendo companhia a ele em seu caminho? Rumo a? Essa questão parece ainda irresolvida, então, Pedimos que ouçais, oh Senhor, tende piedade da alma de nossa irmã Astrid, não deixeis que vá para o Purgatório, ou ao menos que não fique muito tempo, e certamente não para o outro lugar. Ela já sofreu bastante, não merece coisa pior.

O padre Batty escolheu como tema a história de Caim e Abel. Está se sentindo reflexivo e honrado hoje, ainda mais depois de ter pegado aquele vagabundo urinando no canteiro de flores da igreja ontem. Em verdade vos digo, o bárbaro chegou aos portões, a negra maré de Satã já lambe nossas praias etc. etc.

A voz do bom padre está mais ressoante do que nunca, a ocasião demanda um tom trágico. Pois eu vos digo, irmãos e irmãs, que por vezes não sei mais onde vivemos, se no Éden ou na Terra de Nod. Esta linda terra generosa parece o paraíso. Mas há momentos, e este é um deles, em que parece estarmos no exílio, entre os rebentos de Caim, e que o rosto do Senhor de nós se oculta... Ele prossegue nesse estilo, mas quem é que aguenta ouvir isso por muito tempo, quando o tom moral fica alto demais para os ouvidos humanos, e com aquela voz meio estridente, ainda. Meio exagerado, talvez, porque ele não consegue eliminar de vez aquela ideia desagradável, que ficou na sua cabeça, em relação ao que deixou de fazer. Bem mais fácil pôr a culpa em Caim! Quase todo mundo fica aliviado quando ele conclui a metáfora, pedindo que eles sejam os guardadores dos seus irmãos e retornem ao espaço sagrado do jardim original, onde ele tem certeza que Astrid está. E agora oremos.

Ja, Anton diz depois no carro, nós estamos vivendo no exílio, na terra de Nó... Então faz-se o silêncio na volta para casa, faróis jorrando um estreito canal amarelo. Quando chegam à casa, ele deixa que as outras sigam seu caminho, Salome pela trilha que contorna o *koppie*, Desirée subindo para o seu quarto, enquanto ele vai para a sala de estar, na direção do armário de bebidas. Precisa de um anestésico para os nervos.

Surpreso, quando se vira, percebe que Amor veio atrás dele. Quer um gole, maninha? Não? Outro prazer da vida que você recusa? Sentir dor é mais honesto?

Não, ela diz, sentando no sofá. Só mais doloroso mesmo.

Exatamente, e desnecessário. Por que você precisa viver sofrendo? Toma, deixa eu te servir aqui. Serve uma taça de vinho para a irmã e lhe oferece. Anda. Vamos afrouxar aí esses parafusos.

Depois de uma hesitação, ela aceita, com um sorriso minúsculo e enviesado. É assim que você me enxerga? Parafusos apertados e dor? Você não sabe nada de mim, Anton.

Não é bem verdade. Tem coisas que eu sei sim. Eu estava aqui quando umas coisas aconteceram. O raio!

Isso faz um tempão. E depois eu saí de casa.

Ele olha para ela com seriedade por um momento. Tudo bem. Você pode até ter razão. Eu nunca prestei atenção em você direito. Mas dá pra gente mudar isso. Um brinde aos recomeços.

Ele ergue a taça, engole. Olha enquanto ela cautelosamente faz a mesma coisa. Então ela ergue de novo a taça.

E se você está falando sério, um brinde agora à casa da Salome.

Ele suspira dramaticamente. Eu disse que ia resolver essa situação.

Mas você também disse isso nove anos atrás.

Olha só, ele diz, como se tivesse acabado de pensar nisso. Uma mão lava a outra. Espera um segundinho. Ele sai e sobe correndo a escada que leva ao quarto de Amor/seu escritório, e volta com os seus rolos de plantas. Abre no chão da sala de estar, com garrafas de bebida segurando os cantos. Aqui, esse lote aqui. Batucandinho com o dedo. Lá na beira, um terreno inútil. Não vai afetar ninguém.

Fica grudado na igreja do Alwyn Simmers. Isso pode afetar eles.

Bom, *Ja*. Verdade. Mas não a gente, assim, que é o que importa.

Ela está de novo com a cabeça de lado, enquanto o observa com curiosidade. Eu achei que a gente estava falando da casa da Salome.

E estamos. Mas a gente pode marcar uma reunião com a advogada e matar dois coelhos...

O que é que um coelho tem a ver com o outro?

Ah, ele grita, reabastecendo a taça, no espírito dos recomeços, uma mão tem que lavar a outra!

Não.

Oi?

Não, ela diz de novo, devagar. Não, eu não posso fazer uma coisa dessas.

Mas por que não?

Anton, ela diz. Não é uma troca. Prometeram dar a casa à Salome. Por que você não quer dar?

Se eu der, aí você concorda…?

Não.

A compostura dele está rachando, ele já vai enrolando de novo as plantas. Por que não? Qual é o motivo nobre dessa vez?

Você quer vender aquele terreno porque quer arranjar problemas pra igreja. É o único motivo.

Não é o único motivo, mas e daí se fosse? Agora numa fúria gélida, aço à mostra. Você devia odiar aquele cara tanto quanto eu.

Mas não odeio.

Bom, de repente você devia era perguntar pra Salome o que ela acha. Se não tiver venda, não tem casa, e ponto final.

A Salome pode achar o que quiser, Amor lhe diz, a nossa mãe queria que ela ficasse com a casa dos Lombard. Foi o último desejo dela e o Pai concordou. Ele prometeu.

É o que você diz.

Eu estava lá.

É o que você diz.

Eu estou mentindo?

Não sei. Está?

Pela primeira vez ela vacila um pouco. Mentindo, não, não mesmo. Mas será que está dizendo a verdade? Quase certeza que sim, mas não toda certeza. Mas voltar atrás ela não vai. Parte da mudança ele enxerga no rosto dela, algo rígido e inabalável. Não o que ela era antes. Aquela fraqueza acabou.

Não, ela diz. Eu não estou mentindo.

Ele concorda com a cabeça, papéis enrolados debaixo de um braço. Bom. Eu é que não quero ser a causa do seu primeiro fracasso moral. A partir daí é tudo ladeira abaixo, eu sei muito bem. Enfim, ele suspira. Hora de dar boa-noite.

E aí ele some. Ela ouve os seus passos pelo corredor. Soam hesitantes, mas ele não dá meia-volta. E o momento também não vai retornar, o que é verdade quanto a todo e qualquer momento, mas não no mesmo nível.

Sozinha no escritório do Pai, o que o cômodo sempre será para ela, Amor se deita, fecha os olhos e tenta encontrar um lugar dentro de si onde não esteja soprando um vento frio. Não dá. Tem um vento gelado de verdade soprando do lado de fora da casa também, puxando telhas e percutindo portas, e as cortinas não param quietas.

O problema, ela pensa, o problema é que eu nunca aprendi a viver direito. As coisas sempre foram de mais ou de menos, o mundo pesa nas minhas costas. Mas, ela lembra, eu estou melhorando nisso! Ultimamente ela tem encontrado maneiras, cada vez mais, de fazer o que sente que tem que fazer, mas fazer com leveza.

Só que agora, lamento informar, não é um desses momentos. A vida e a morte pesaram demais no dia de hoje, e ambas sem remédio. E amanhã tem mais. Um erro, talvez, estar aqui, afinal. Tarde demais para esse arrependimento. Mas deitada inquieta na cama dura e estreita Amor decide que vai encerrar a viagem um dia mais cedo. Vai embora de manhã, depois da Missa, talvez até antes do fim, sem falar com ninguém, e nunca mais vai se dirigir ao irmão. Nem está brava com ele, só que chega. A não ser.

A manhã está bonita, calma e limpa, o melhor tipo de dia de outono no Highveld. Que dia perfeito para um enterro! O padre Batty fica geralmente animado nessas ocasiões, Afinal, como ele gosta de dizer à família, não é motivo de tristeza quando Deus leva para Si uma pessoa Querida. É bem o tipo de platitude que azedou o leite da bondade no seio de muitos dos integrantes do seu rebanho, mas ele nem quer saber, porque o seu próprio entusiasmo é gostoso demais.

Porque reclamar de quê, quando uma grande Missa de Réquiem está a caminho, com todas as suas fases e formalidades te esperando, como um tipo de corredor todo ornamentado que você precisa atravessar? Timothy Batty tem mais consciência das suas fragilidades do que normalmente deixa transpirar, mas são raras as situações em que se sente menos falível do que quando está ali de pé diante de uma multidão toda de luto, o mestre das cerimônias de Deus.

De novo, na igreja, nós todos, contra a vontade. Nessas horas é que o clã se aproxima, fisicamente ainda que não em termos de lealdade, todos se espiando das suas trincheiras. Os Swart ainda juntos, ou quase, apesar de termos diminuído bastante em número a essa altura, só uma fileira de nós no primeiro banco, Amor e Anton e Desirée e vários outros parentes distantes, difícil distinguir das outras pessoas. Pois a família Swart não tem nada de incomum ou digno de nota, ah não, eles parecem a família da fazenda ali da esquina, e a da outra mais à frente, só um grupinho qualquer de sul-africanos brancos, e se você não acredita só escute a gente falar. A nossa voz não é diferente das outras, a mesma voz contando as mesmas histórias, num sotaque todo pisoteado, consoantes decapitadas e vogais arregaçadas. Algo na nossa alma de enferrujado e manchado de chuva e amassado, e que transparece na voz.

Mas não diga que a gente nunca muda! Porque adivinha só quem é que está ali no banco da frente também, uma integrante honorária da família por hoje. Olha quanto esse país já mudou, lá está a babá negra, sentada com a família! Aposto com você que a Salome nunquinha, não, nem na Primeira Assembleia da Revelação no Highveld, esteve cercada de ornamentos tão exuberantes, apesar de vê-los apenas como um borrão dourado respingante, em função das cataratas, que também lhe conferem um porte sábio, alheio a tudo.

E mais ainda, ela não é a única pessoa negra presente na igreja! Se você der uma espiada mais para lá, mas não agora, vai ver aquele político importante, eu não consigo pronunciar o sobrenome dele, aqueles cliques com a língua são difíceis demais, mas ele está por cima da carne-seca no momento. É sócio do marido de Astrid, claro, mas mesmo assim, legal ele ter aparecido, é um gesto generoso vindo de um sujeito tão ocupado.

E não é o único político! Se bem que na verdade o pai de Desirée está oficialmente aposentado da política, e no fundo a presença dele é mais dúbia, se você parar para pensar. O que veio à tona na Comissão de Verdade e Reconciliação é de dar engulhos, mas no fim das contas até a notoriedade é uma forma de celebridade, e se você der uma bela olhada ele é só um tiozão com uma cara normal, parece inofensivo, podia passar por vendedor de móveis numa cidade do interior. Provavelmente foi forçado a vir, arrastado pela esposa, aquele picolé platinado, quarenta e cinco plásticas depois e com aqueles saltos matadores.

Mas chega, nós somos a nação arco-íris, o que significa que a congregação presente hoje na igreja é misturada e colorida e vira-lata, inquieta e incomodada, formada como que por elementos antagônicos da tabela periódica. Mas o padre se dirige a todos indiscriminadamente, fazendo chover latim sobre todo mundo, sem distinção, *Requiem aeternam dona eis, Domine*, a opacidade de Deus a todos une brevemente antes que Suas claridades voltem a dividir.

Vamos em frente, vamos embora. Pelas portas laterais da igreja, rumo ao cemitério, onde a terra sempre a postos já abriu a boca. Não temos por que nos determos no que se segue, o ato de depor em terra, o sofrimento excruciante na hora do último adeus etc. etc. É uma cena antiquíssima, talvez a mais antiga de todas, e nada tem de única.

Certamente o sem-teto, o Bob, já viu isso tudo antes. Do seu posto de observação na outra esquina, ele viu o mesmo grupo reunido em dias diferentes, derramando suas lágrimas num buraco retangular. Mas hoje talvez seja meio diferente, porque há muitas entidades presentes, mais do que o normal. Ele vê uma criatura retorcida que mama no peito do padre, por exemplo, enquanto umas pequenas formas peludas fungam entre as lápides, e vez por outra uma criatura alada passa repentina. Movimentada a coisa ali no cemitério.

Amor é a primeira a sair. Já tinha ligado de casa para agendar um táxi, sem contar a ninguém, e agora sai apressada logo antes do fim, carregando a sua mochilinha. Passa por Bob e ele a encara bem de perto, mas está livre de entidades, aquela ali, a não ser que você conte o vago brilho constante que ela emana, como uma fraca chama azul.

Bom dia, Alphonse diz a ela, com um sorriso largo. Ela guardou o número desde o tempo do enterro do Pai, e por incrível que pareça o número ainda é dele. A vida dele melhorou, como o seu inglês e a sua familiaridade com as ruas de Pretória. Ela entra no táxi dele e é retirada dali, enquanto ao fundo o enterro já há de ter acabado e o grupo deve estar se dispersando. Bob fica olhando os humanos e os organismos que os cercam se irradiarem como ondas que saem do cemitério, padrões que para ele não são desprovidos de beleza. Mas um incômodo para Bob, desde a primeira vez em que o viu, umas noites atrás, é um certo sujeito, que parece a pessoa mais triste do mundo. Ele anda devagar, olhos cravados no chão, e quando passa por Bob ergue o olhar.

Você sabia, o sem-teto lhe pergunta, que está com uma entidade nas costas?

Oi?

Ela está agarrada em você. Com tentáculos.

Bobagem, diz Jake, aterrorizado.

Eu vejo coisas, Bob lhe diz. Não dá pra você me enganar.

O que é que você está vendo?

A entidade nas suas costas. Grandona e com um monte de braços. Assim, uns tentáculos.

Jake parou de andar. O sem-teto é doido, claro, mas o que ele acaba de descrever parece de alguma maneira condizer com a realidade. Algo grande e negro está se agarrando a Jake, ele sente as ventosas grudadas.

Você tira isso de cima de mim?

Bob acha a ideia hilária. Mano, só você consegue tirar!

Eu não sei como.

Não posso te ajudar nessa. Raspar numa parede?

Jake aperta o passo. Não devia ter começado essa conversa, mas no momento está aberto para sinais que venham de outros lugares, qualquer sinal. Não teria nem pensado nisso há uns dias, mas às vezes as regras normais mudam rapidinho. Se você consegue acreditar em alguma coisa ela bem pode ser verdade.

Quando chega à casa ele sai em busca de alguém da família, de preferência alguma mulher, mas tem que se contentar com o cunhado, que está fuçando nos armários da cozinha, provavelmente atrás de álcool. Pelo menos é alguém que dá respostas honestas. Eu estou com alguma coisa nas costas? ele pergunta.

Oi?

Um sem-teto lá na igreja me disse que tem alguma coisa grudada nas minhas costas.

Ah, asneira, Anton diz. O cara provavelmente é maluco.

Meio preocupado com o Jake, parece que ele não está dando conta. Não é o mesmo Jake de sempre. Ali parado, entidade multitentacular bem presa nas costas, e a sua casa cheia de gente que veio lhe dar uma força nessa hora tão difícil, pensando como é que isso tudo pode ser de verdade.

Eu tenho que te perguntar uma coisa, ele diz.

Tá.

Você sabia que a Astrid estava tendo um caso?

Não.

Verdade? Você não sabia?

Anton sacode a cabeça. Não, ele não sabia. Incrível! Mas com quem?

Eu estava torcendo pra você saber me dizer.

Não sei mesmo. Desculpa.

Anton vê o cunhado sair dali travado, sem rumo, como um graveto num riacho, e tem um raro momento de piedade por um outro ser humano, ainda que mesmo agora o sentimento tenha bordas gélidas. Não existe resposta sincera sem uma pergunta fria. E não existe conhecimento sem verdade.

E nada de álcool, em nenhum armário. O que é que tem de errado esse sujeito? Ele fica ali sozinho na cozinha mais um tempo, sem disposição para jogar conversa fora, pensando na irmã. Não, não a Astrid, a outra. Viu Amor escapar da igreja. Viu porque sabia que ela ia fazer isso, sentiu a intenção dela bem antes, antes até do seu silêncio de manhã e da mochila que não deixou em casa. O que é inesperado é o tamanho da tristeza que ele sente por isso, ainda que seja só sentimentalismo, que diferença faz se ela não quer se despedir? Posso ligar quando eu quiser, fazer uma surpresa com a notícia de que, Oi, a Salome ficou com a casa dela. Posso até fazer isso mesmo. Posso até fazer de verdade.

Ele só quer ir para casa agora mas não dá pra você sair assim tão cedo, precisa fazer a ronda. Ir pra sala de estar, encontrar alguém da família com quem brigar. Passa um tempinho conversando com *Tannie* Marina, ou os cotocos e os restos de *Tannie* Marina, semiderretida e transbordando da cadeira de rodas, como uma vela velha num pires. Ainda não chegou aos oitenta mas desde que um enfisema levou Ockie, ela se deteriorou rápido. Segura a mão dele e acaricia, o que é uma coisa nova para ela. Sentimentalismo e babujância da velha virago. Ah, o horror, o horror.

Quem cuida dela em casa hoje em dia é o traste do primo Wessel, que não cansa de pedir desculpas por alguma coisa que fez ou deixou de fazer ontem. Qual é a dele? Mal sai de casa e não mexe uma palha para se alimentar. Perdeu todo o cabelo, por alguma razão até os pelos das sobrancelhas, e como passa quase o tempo todo dentro de casa ele está branco que nem coalhada. Anda preferindo vestes amplas, com jeito de cafetã, mesmo num dia como este, sob as quais ele provavelmente não usa cueca. Ele é uma imagem muito perturbadora, então é difícil você se concentrar no que ele diz, mas não para de falar sobre o telefone com defeito que fez ele se perder. Desculpa, eu estou morrendo de vergonha...

De quê? Eu não estou entendendo.

Era pra eu ter sido um dos carregadores de caixão ontem, mas eu me perdi. O meu GPS me deixou na capela errada!

Ah, não faz mal... Anton apaga tudo com um gesto da mão. Ele não dá bola. Nem pra isso nem pro resto, mas é melhor ir fingindo. Assim que dispensa esse primo esquisito o lugar do camarada é ocupado pelo sobrinho e pela sobrinha atordoados pela dor, os filhos de Astrid, Neil e Jessica, prestes a seguir rumo a Ballito. Se cuidem. Me liguem qualquer hora dessas! Tchau!

E se eles mal ganharam definição ou marcas características é porque essas coisas não estão lá muito à mostra naqueles rostos redondos, espinhentos e adolescentes, embora haja muita coisa em torvelinho no espaço que fica por trás deles. Desde a distante memória da visão do seu avô falecido na fazenda, quando tinham sete aninhos, os dois foram marcados por um pavor animalesco de acabar como ele, lívidos e rígidos e desabitados, e a ideia de que um estado como aquele acometeu a mãe deles, que neste momento está embaixo da terra lá no cemitério, acabou com eles também, de uma maneira quase idêntica, como tantas vezes acontece com gêmeos, por motivos complicados. Pior, os dois sabem que a vida deles está prestes a mudar de maneira irrevogável e que eles não têm o que fazer quanto a isso, removidos de uma existência para outra totalmente diferente, bem no ponto médio dos seus anos de adolescência e no mais picante pico da curva hormonal, jorrando oleosidade, pelos e desejo. Como tudo é injusto! Tchau!

O que é que eles querem dele? Família serve pra quê? Uma pergunta interessante, que Anton decide sondar posteriormente no seu diário. O que o distrai dessas ideias é a esposa, murmurando que já ficaram bastante, será que não dava pra eles irem embora? Ela quer que Mowgli o ursinho machão lhe dê uma esfregadela nos chacras e Anton quer um uísque, coisa que infelizmente não existe na sóbria casa de Jake. Meditação por medicação, troca justa, então tá, meu amor minha querida, a gente vai daqui a pouquinho, mas primeiro a gente tem que se despedir. Se cuide, grite se precisar de alguma coisa. E por favor, não vamos perder contato.

No carro, na volta para casa, ele pergunta, Você sabia que a Astrid estava tendo um caso?

Não! A surpresa de Desirée é legítima. Com quem?

Eis a questão. Achei que você podia saber.

Ela sacode a cabeça. De queixo caído aqui. Se bem que, hmm, não é bem um choque. Mas quem foi que disse?

O marido dela.

O Jake? Mas ele não está legal agora, dá pra ver.

Anton concorda. Não está bem da cabeça, seja lá o que isso queira dizer. A gente devia chamar ele em casa um dia, logo, pra ele ver que a gente está preocupado.

E uns meses depois ele liga mesmo para Jake e o convida para ir até a fazenda. Comes e bebes e uma noite no geral sociável, para manter as aparências, mas também para pegar um orçamento de uma cerca elétrica em volta da casa e quem sabe uns sensores no jardim. Acaba que o jantar nem foi tão ruim, pelo menos do ponto de vista de Anton. O mundo da sobriedade, com as suas enfermidades e feridas, anda sendo difusamente divertido para ele, que se pega rindo muito, especialmente à noite.

Jake ainda está atormentado pela mesma questão, a essa altura já velha. Se pelo menos eu soubesse o nome do cara, ele lhes diz.

Por quê? Anton diz. Que bem isso ia fazer?

Eu não quero fazer nada com o sujeito, só quero saber. Por enquanto eu suspeito de todo mundo. Até das amigas dela. Ter certeza vai acabar com a dor.

Só que não! Você não percebe? Por trás de toda pergunta tem outra pergunta, Por quê ou Quando ou Onde, e por trás dessa outra...

Pode ser, diz Jake impassível. Mas eu quero saber mesmo assim.

Desirée dá um tapa teatral na mesa. Ela encontrou a solução! No seu grupo de meditação em Rustenburg tem uma senhora, uma médium, que pode conversar com a Astrid e perguntar o nome.

Jake por incrível que pareça leva isso a sério, enquanto Anton cai na gargalhada. Como é que ela vai levar um lero com a Astrid? Será que cobra interurbano?

Através do guia, claro. Desirée está envolvida demais no drama de Jake para prestar atenção no marido. No momento essa mulher, o nome dela é Sylvia, se comunica através de um egípcio da virada do século passado em Alexandria. Ele vai ser o nosso contato com a Astrid.

Mas a Astrid não fala árabe. Ou será que ele usa legenda? Anton rolando de rir, quase fazendo xixi nas calças. Mas ao mesmo tempo estranhamente comovido pela sinceridade do pedido de Jake, por seu desespero em obter essa resposta. Até onde ele iria, de fato, se pudesse, para conseguir a resposta? Além-túmulo, ao que parece. O túmulo do além-túmulo! Anton tem que subir correndo até o escritório para anotar, para talvez usar no romance.

E claro que no fim Desirée marca uma consulta com Sylvia, que no seu site promete afastar o véu para você, e numa manhã aleatória de um dia de semana leva Jake de carona. A casa é uma casa qualquer, meio craquenta e malcuidada, mais ou menos como a própria Sylvia, que é uma mulher grisalha, pesadona, de cabelo comprido e sujo e com uma voz espetada, nada de parafernália espiritual à mostra. Jake aprecia a simplicidade dela. Algumas das alternativas que ele já testou eram mais exuberantes, e falsas. Eles se acomodam na sala de estar, num sofá marrom molengo com paninhos protegendo os braços. Ela pergunta o que o levou a ela, muito embora tenha ouvido a história toda antes.

Hmm, Jake diz. A minha esposa morreu há sessenta e dois dias.

Sylvia fica escandalizada. Nunca use essa palavra! Os que fizeram a transição ficam muito incomodados com ela.

Que palavra? Ele não tem ideia do que ela quer dizer.

Eu nem consigo pronunciar. Essa palavra nem existe!

Finalmente ele entende. Ela está falando da morte. A palavra que nem existe. E aquela indignação é um consolo para ele.

A minha esposa… faleceu? E eu estou com dificuldades para superar. Eu ainda tenho perguntas…

Você trouxe alguma coisa dela? Alguma coisa que ela usava ou guardava com ela?

Ele trouxe, porque ela já tinha dito ao telefone para ele vir com um desses itens. Alguns dos bens pessoais de Astrid foram arrancados dela à força, claro, e distribuídos alhures, agora são de outrem. A vida dos objetos, se você tivesse a mais remota ideia do quanto eles viajam… Mas ele encontrou os óculos de leitura na mesa de cabeceira dela e desde então anda com eles por onde quer que vá.

Larga os óculos na palma da mãozinha de Sylvia. Ela fecha a mão e os olhos, resmunga e cantarola baixinho. Balança para a frente e para trás. Abre os olhos.

Mustapha está me contando, ela diz, que a sua esposa está em segurança. Ela quer que você saiba que ela está bem.

Ele concorda com a cabeça, quase sem conseguir respirar.

Eu estou vendo que ela está parada ao pé de uma cachoeira no meio da floresta. O sol está quente. Ela está feliz e está em segurança.

Que bom, ele diz.

A sua esposa está dizendo que se algum dia você precisar fazer uma longa jornada tem que usar um bom par de sapatos. E não se afastar do rio.

Tudo bem, ele diz. Eu vou tentar.

Tem alguém com ela. Um homem. Ele é muito protetor em relação a ela.

Quem é o homem? ele diz, se inclinando para ela.

Hmmm. Sylvia fechou de novo os olhos, está segurando com firmeza os óculos de leitura. Ela dá a impressão de tentar ouvir uma voz distante que atravessa nuvens de estática, e de fato a sensação para ela parece ser a de ouvir uma transmissão ruidosa num rádio ruim, com uma ou outra palavra emergindo. Alto. Barba. Óculos? Isso parece familiar?

O nome, Jake diz. Será que o seu guia consegue pegar o nome?

Hmmm. Mmmm. Mmmm. O Mustapha está com dificuldades pra obter a informação.

Qualquer coisa?

Seria Roger? Isso te diz alguma coisa?

Eu não conheço nenhum Roger.

Richard? Ela sai do transe, abre os olhos. Richard, acho, mas não estava claro. Podia ser Robert. Alguma coisa assim. Eu não sei. Sinto muito, tem um obstáculo bloqueando o acesso hoje. Quem sabe a gente tenta de novo outro dia?

Anton não está quando eles voltam para a fazenda, mas naquela mesma noite Jake liga para o cunhado. Por acaso o nome Roger te diz alguma coisa?

Oi? A ligação está ruim, fica caindo, e Anton acha que ouviu errado.

A Astrid conhecia alguém chamado Roger? Ou quem sabe Robert, ou Richard? Algum amigo próximo com um nome desses?

Você está procurando pelo em omelete, Anton lhe diz, mas a ligação já cai de vez. Roger/Robert/Richard. O coitado está pirando. Eu tenho que fazer alguma coisa, passar um tempo com ele. Isso sem falar das crianças, os meus sobrinhos, naus inocentes embarcando no futuro etc. etc., se bem que eu mal lembro o nome dos dois. Em teoria eu dou bola, mas só resta a forma, o conteúdo é ar e abstração. Basicamente a forma dá conta.

No momento Anton está sozinho em casa, todos os criados se foram, a sua esposa está numa aula de yoga. Ia passar as próximas horas trabalhando no seu romance, mas o motorzinho não quer dar partida hoje e não adianta querer forçar. Mais fácil ficar só anestesiando o nervosismo. O que redunda no copo de uísque que ele tem numa das mãos, e no meio baseado que está na outra. Já bem chapado, bem bêbado, horas pela frente para aprofundar essa condição.

O celular toca. Jake ligando de novo. Não vou conseguir lidar com a loucura dele agora, tenho que me preocupar com a minha própria loucura. Coloca no silencioso e mete no bolso. Tenta lembrar o que estava fazendo. Ah, isso. Procurando alguma coisa. Volta a se esgueirar de cômodo em cômodo, acendendo luzes, procurando sem parar, mas nem fodendo que ele lembra o que queria. Se bater o olho na tal coisa ele vai saber. Seja o que for, ele precisa achar, ou precisava quando começou a procurar, o que significa que vai precisar no futuro. Mas tudo bem, porque ele há de encontrar daqui a pouquinho. Daqui a pouquinho mesmo.

ANTON

ANTON ANDANDO A ESMO PELA sua casa. Caiu a luz de novo, quarta vez só esta semana, e acabou a gasolina do gerador, então está tudo apagado. Podia fazer alguma coisa útil com as mãos, tipo consertar o corredor da escada ou trocar as lajotas quebradas do pátio, mas não está a fim. Quase nunca está, ultimamente, a fim de nada.

É feriado nacional, Dia da Reconciliação ou sei lá que nome que estão dando agora, então os funcionários não vieram. Eles ficaram safos com essa coisa de direitos e andam exigindo pagamento extra pelos feriados, se bem que o que eles querem de verdade é ficar em casa e beber até cair. Igualzinho a mim.

E Anton já está se dedicando a isso há umas boas duas horas, andando à toa de um cômodo para outro, garrafa na mão, tentando parar de pensar. Muita coisa para pensar agora. Não, você está passando por um momento complicado, só isso, tão intenso que parece que sempre foi assim. Na verdade é só desde, ah, Quinta? Seja lá qual tenha sido o dia em que você jogou fora uma pequena fortuna lá em Sun City. Burro, burro, burro. Semana passada? Ou retrasada, vai ver. Parte da sensação ruim é perder o tempo, a noção e a sequência do tempo, se bem que vamos falar a verdade, Anton, isso vem acontecendo faz um tempinho já. Tudo vem acontecendo faz um tempinho. É isso o que está errado com o mundo, ele não é original, não tem surpresas na manga, ele se repete que nem uma tia velha com demência. As mesmas histórias sem parar, tão cansado disso. Por acaso eu já te falei da, Já, falou sim, na real, então cale a boca, caralho.

Anton, sozinho com os seus botões, na sua casa grande demais, caindo aos pedaços. Era pra ele estar fazendo alguma coisa, mas não está exatamente, porque, E daí. Essa sensação borrada, bordas esfumadas, será que são os meus olhos ou o cérebro? Boa essa, escreva antes de esquecer.

De repente sair para tomar um trago? Está bebendo agora, mas sempre melhor ter companhia, arejar o cabeção. Só os alcoólatras bebem sozinhos, eu é que não quero que alguém me tome por alcoólatra. Gnarr harr har, como dizia aquele cachorro dos desenhos animados.

Anton ao volante da sua *bakkie*, tentando sair das suas terras. Puta enrolação abrir o portão e fechar de novo quando você sai, primeiro em casa, depois quando chega à estrada. As combinações e as chaves já não são moleza quando você está sóbrio, mas longe disso no momento, e depois, quando ele segue acelerado rumo à cidade, mal sabe ao certo se colocou ou não o segundo cadeado de volta. Esqueça, agora não dá pra voltar atrás. Está na estrada nova, pedagiada, mas rápida, sem semáforos para te atrasar, e a vantagem extra de não fazer você passar pela enorme igreja horrorosa de Alwyn Simmers, apesar de a pontinha do pináculo passar num zaz a distância. Faz um brinde a isso com a garrafa aberta de Jack Daniels que está no banco do carona. Saúde, sua cadela velha e parasita. Viveu mais que o seu criador e ainda está aí toda viçosa, pelo que eu estou vendo.

Só três da tarde. Correção, cinco. Ele está num estabelecimento que anda frequentando, no cantinho mais ok de Arcadia.

Aqui também sem luz, mas eles têm gerador e as lâmpadas ficam piscando mortiças no teto. Um lugar estranho, todo errado, mas é por isso que ele gosta. Gosta da iluminação fraca e do papel de parede amarelo e das pretensões aristocráticas, mesmo que a clientela atual seja bem tosca. Nada de indivíduos esplêndidos entre eles, embora compartilhem todos uma mesma condição geral, e compartilhar qualquer coisa já é um consolo. É, chegamos a esse ponto.

Só sete da noite. Correção, oito e vinte. A Desirée já deve estar de volta da yoga, provavelmente trazendo o Mowgli a reboque, não há por que voltar correndo pra casa. Mais do mesmo, barman. Tantinho a mais de gelo.

Anton num cubículo do banheiro, mijando. Sem saber exatamente como chegou até aqui, ainda que urinar seja uma atividade dotada de inerente sinceridade. Cagar também. Nada de decoro social pra te disfarçar. Toda a diplomacia devia ocorrer na privada. Fecha o zíper, ruma meio adernado até o espelho. Santo Deus, quem foi que ferrou com a minha cara? Cadê o menino promissor que eu fui um dia, quem foi que escondeu o sujeito embaixo dessa máscara metálica amassada?

Rápido, sai daqui, volta pro bar. Tem um recém-chegado ao balcão, um velho que parece oco e que não tira o olho de Anton até atrair o olhar dele.

Oi, como vai?

Eu te conheço, o velho diz.

Daonde?

Você não mudou nadinha.

Putz, desculpa, meu amigo, mas você mudou sim.

Não está lembrando de mim? Olhe bem. Ele se coloca sob a luz.

Anton aperta os olhos. Não, acho que não... Mas tem alguma coisa, algum detalhe, algo que lhe escapa. Na voz, de repente. Você é quem?

Vou te dar uma dica. A última vez que eu te vi foi do outro lado de uma cerca. Trinta... não, trinta e um anos atrás.

Ele tem que processar os dados. E de repente recorda. Dohr! Eu sempre quis saber por onde é que você andava!

Eles trocam um aperto de mãos, mais efusivo do que seria exigido pela ocasião, mas não sabem ao certo o que deveria vir depois.

Te pago uma rodada? Você quer o quê?

Nós servimos juntos, Dohr explica ao barman.

Serviram no mesmo período, na real, mas Anton não fala isso enquanto eles vão para uma mesinha de canto. Está feliz por ver Dohr, e é verdade que de vez em quando pensou nele e quis saber por onde ele andava. Estranho como certas pessoas, muitas vezes uns indivíduos aleatórios, conseguem pulsar de tanta significação na sua cabeça, nos seus sonhos. Por onde é que você andou?

Dohr trabalha como orçamentista na construção civil desde os tempos do exército. Estudou na Wits, onde conheceu a esposa, Diane. Casado e feliz há vinte e oito anos e com dois filhos, já crescidos. Um deles mora fora, na Austrália, e na verdade Dohr e a esposa estão pensando em emigrar para Perth daqui a uns meses, para ficarem mais perto do neto. E também, lamento dizer, porque perderam toda a fé nesta terra maldita.

Mas e você? ele pergunta a Anton. O que te aconteceu desde que a gente se viu pela última vez?

Ah, está tudo ótimo.

O que foi que você estudou?

Nunca cheguei lá, na verdade. Passei uns anos meio sem rumo, depois sentei a bunda. Casei com a minha namoradinha de infância e desde então eu cuido da fazenda da família.

Ouve espantado a sua própria voz. Tudo verdade, tudo mentira.

Eu jurava que você ia acabar na universidade, Dohr lhe diz. Supercrânio! Achava que você ia ter futuro na política, no fundo.

Venho escrevendo um romance, Anton lembra de repente.

Um romance? Qual é o título? Foi publicado?

Ainda não. Não está pronto, na verdade. Mas quase!

É sobre o quê?

Ah, Anton diz, os tormentos da condição humana. Nada novo.

Ho, ho, ho! Dohr dá um tapa na mesa. Sempre piadista, Swart! Eu vou querer ler o seu livro.

Um dia. Mas o que é que te traz aqui, a essa espelunca? Pois Anton viu com claridade no último minuto que aquilo ali é de fato uma espelunca e que ele nunca deve voltar, embora saiba também que vai voltar.

Eu moro ali na esquina, Dohr diz, eu vivo aqui. Olha, por que é que você não vem comigo pra conhecer a Diane?

Diane?

A minha mulher, eu acabei de te dizer...

Ah, claro. Desculpa. Mas, agora? Bom, por que não? Tá. Mas na sua cabeça essa conversa já acabou, já é uma quase memória de que ele não tem muita certeza, apesar de poder ver que Dohr ficou empolgado com o encontro.

Ja? Bacana! Deixa só eu correr no banheiro. Na volta a gente pode ir.

Claro, Anton diz. Mas na verdade está de saco cheio desse cara, dessa vida comum e dessa esposa comum, o mesmo saco cheio que lhe vem de quase tudo ultimamente, tudo privado de significado a essas alturas, e não parece uma coisa errada esperar ele sumir, levantar e desaparecer na noite, como se você estivesse bebendo sozinho. E provavelmente estava.

Anton de novo ao volante, boiando enevoado pelas ruas da cidade. Num semáforo um sujeito furioso grita com um amigo imaginário, Você está achando que eu sou louco? Por acaso eu tenho cara de louco? Cada vez maior, o exército dos loucos e dos desvalidos, com um punhado de branquelos na mistura. Nem chegue perto, Worzel Gummidge, isso que você tem é contagioso. Um alívio quando o sinal abre e ele pode ir embora. Sem saber ao certo onde está e aonde vai, e também sem se preocupar muito com isso. Se bem que uma hora você tem que se dirigir ao lar, com seus deleites infinitos.

Mas primeiro, parece, você tem que ir ao encontro das luzes azuis que piscam logo à frente, a mão levantada que te manda parar. Anton numa blitz. O susto quase o deixa sóbrio, desinfetado pela adrenalina. Por favor, não. Se a mente tem poderes, faça isso sumir, faça desacontecer. Mas a mente não tem poderes.

Eu estou perdido, ele diz alegre para a policial pela janela do carro, como se isso fosse desculpa. Eu não sei onde estou.

Sopre aqui, por favor.

Oi?

Coloque o canudo na boca e sopre.

A policial é negra, com talvez metade da idade dele e autoridade para metê-lo na cadeia. Não se esqueça disso, Anton, melhor se recompor. Ela está com a lanterna na cara dele e já há de saber onde ele passou as últimas horas. Não há segredo entre eles. Ele baforeja sem empolgação no aparelho e o tom de voz dela fica mais duro.

Faça direito, por favor. Um sopro longo e contínuo.

Ele suspira toda a sua tristeza derrotada canudo adentro. Ela anota o resultado e os olhos dos dois se encontram.

Eu tenho certeza que nós podemos resolver essa situação, ele diz.

Anton no caixa eletrônico, sacando dinheiro. A conta dele tem um limite, estabelecido como proteção exatamente contra esse tipo de situação, ou seja, roubo. Ele só consegue sacar dois mil rands, mas por sorte a policial Maswana é razoável. Eles até trocam um aperto de mãos quando ele a deixa de novo na blitz, como se tivessem acabado de realizar uma transação comercial. O que, do ponto de vista dela, foi o que aconteceu.

Ele fervilha e borbulha como um pântano mefítico até chegar a casa. Dois mil rands! Arrancados dele à beira da estrada em plena luz do dia. Mera metáfora, considerando que são dez da noite. Correção, onze. O negócio é que o roubo é na cara dura, seja dia ou seja noite. Come come come, uns cupinzinhos, mastigando as vigas. Enquanto o Presidente, a rainha gorda do cupinzeiro, fica lá relaxadão no coração do ninho.

E é verdade que eu também dei minhas mastigadas pelo caminho. Mas dois mil rands! A quantia dói, especialmente quando as reservas estão tão baixas, e ele perdeu aquela bela bolada numa burrice de uma noitada de bebedeira em Sun City, e deve uma montanha de juros de um empréstimo bancário, e a renda dos investimentos do Pai diminuiu, e a esposa dele sente que é direito seu fazer caras cirurgias cosméticas todo ano, e o parque de répteis vai fechar porque Bruce Geldenhuys fugiu para a Malásia com a grana. Só um mau momento, Anton, você vai superar, mas será que é, e será que você vai mesmo? Não parece um momento, parece o futuro.

Sob ataque em outros fronts também. Boatos de que lotes da fazenda podem ser confiscados, coisa de uma comunidade retirada à força anos atrás. Isso sem falar das constantes invasões de hoje em dia, cercas cortadas e mais barracos construídos, lá no perímetro leste. O valor da propriedade também não para de cair, já não vale quase nada, então pra que isso tudo? Devia era fazer a coisa mais sensata, desistir da vida no interior e ir para a cidade, fechar um acordo com a Amor para vender a terra enquanto eles ainda podem. E quem sabe salvar o casamento, de quebra, e talvez, vai saber, salvar a si próprio.

Então por que é que ele não faz a coisa mais sensata de uma vez? Sei lá, coisa dele, desde sempre. Enxergar o rumo certo e não seguir. Seguir pelo contrário na outra direção, a errada, pra te constranger, e se constranger. Fora que ele nunca foi muito de cidade.

Anton, de novo atrapalhado com combinações e chaves, sob o brilho forte dos faróis. Anton, chegando finalmente a casa. Onde há um fusca estacionado ao lado do carro da sua esposa na entrada e lâmpadas brilham no térreo e no primeiro andar. Pelo menos a luz voltou. Música, se é que dá pra chamar assim, algum tipo de cântico budista misturado com uma batida techno, vem da sala de estar, volume no talo.

Ele fica sentado nos degraus da entrada por um tempo, esperando que os seus olhos se acostumem com a escuridão. Quase no meio do verão e as estrelas riscam como flores sua funda cama negra. Bela imagem. Vai pro diário. Ele ouve as vozes descendo por estágios, risadinhas e sussurros. Todo um procedimento especial para sair da casa, ainda que a porta da frente esteja escancarada. E então uma grande surpresa com a presença dele, que não pode ser fingida. Você está aqui faz tempo, amor? Eu estava mostrando as minhas aquarelas pro Moti.

Moti? Eu achava que o nome dele era Mowgli. Mas poxa, ele hoje veio à paisana, cadê a fraldinha de capim, garoto selvagem? Surpreso com a força do que sente, com sua pureza tóxica, Anton joga a cabeça para trás e uiva como um lobo. Akela, vamos condenar o melhor entre nós!

Eu faço o pessoal tentar isso nos meus *workshops*, Mowgli lhe diz tolerante. Em geral as pessoas têm muito menos liberdade que você, em termos emocionais, elas se contêm.

Nada contra uma certa contenção, Desirée murmura.

Mas Anton hoje não está com vontade de conter é coisa nenhuma. Que tal, as aquarelas da minha mulher?

Hm, muito bonitas, eu gostei muito.

Ela te mostrou os pincéis também, e a sua belíssima paleta? Ela deixou você esticar a tela?

Ele está muito bêbado, Desirée diz.

É, deu pra ver. Acho que eu vou me mandar.

Você nunca se manda, alguém sempre manda em você, Anton lhe diz. Desde o começo.

A agressão acaba sempre machucando o agressor.

Não sei não, acho que o objeto da agressão sofre mais. Para provar, ele salta de lado enquanto o bocó tenta ir passando por ele ali na escada, e no pânico da tentativa de escapar Mowgli acaba acertando meio sem querer um chute na cabeça de Anton. Um lampejo forte, então o degrau se inclina para recebê-lo. Ups. Só que nem doeu. Não devia doer? Rindo, ele se vira de costas.

Bem feito, ele diz, com a mão na mandíbula. Agora há vagos sinais de dor. Que herói.

Foi por acidente, Mowgli diz. Mas também não. A sua própria raiva se virou contra você, como um bumerangue.

Em outras palavras, você mereceu, Desirée diz.

Você também merece uma coisinha ou outra, você não acha? Ou o carma ruim só serve pros outros?

Melhor você ir, querido, ela sussurra. Antes de ele me aprontar outra.

Ele faz que se preocupa. Você vai ficar legal...? Certeza que não vai ter nada...? Porque eu —

Porque você o quê? Hein, querido? Você vai ser o protetor dela? Engraçado! Ele tenta se erguer, mas acaba se desequilibrando e cai de novo.

Pode ir. Eu fico bem. Eu já peço desculpas em nome do meu marido.

E o Mowgli vai mesmo, mas não sem antes mandar um último sermão que lhe estava atravessado na garganta. Que ele acredita que a matéria é o espírito que caiu da graça. Mas a matéria nunca é mais material do que quando usa a força. Não há presença do espírito na violência. E que então é triste observar Anton rebaixar e degradar o seu espírito. É tudo que ele tem a dizer, mas diz com generosidade, e espera ser recebido da mesma maneira.

Nossa, obrigado. Agora some da porra da minha fazenda e não volta mais.

Moti vai voltar sempre que quiser, mas provavelmente é melhor você ir agora, querido.

Eu agora entendo muito melhor, Desirée, o que você vem passando.

E Mowgli vira um par de lanternas vermelhas que mergulham na escuridão.

Não, Moti é pessoa de grande integridade, com alma antiquíssima. É o que Anton ouve da sua esposa, numa voz miúda, fria, furiosa. Ela aprendeu tanto com o Moti! Ele a ajudou a se encontrar. E ela não vai aceitar que ele seja tratado desse jeito rude, vulgar, não vai aceitar que seja atacado fisicamente, quando o convida a vir à sua casa.

Eu moro aqui também, sabe. E não acredito que estou tomando chifre de uma pessoinha tão irrelevante. Ele nem é bonito mais, você percebeu? Ultimamente aumentou uns dois tamanhos de tanga.

Ele não é uma pessoa irrelevante! Na verdade, está quase definitivamente num plano superior. E ele nunca, mas nunca ia fazer isso que você está pensando. Ele é um amigo, um guia e um exemplo, mas não um amante. Se bem que e daí, ela acrescenta depois de um segundo, e daí se fosse? Ninguém é dono de ninguém! Eu ia dar a maior força se você achasse outra pessoa e quisesse tentar uma coisa nova.

Eu também, pode acreditar. Mas não é meio hippie e meio comunista, esse negócio todo de não admitir posse e de querer dividir as coisas? O papaizinho não ia aprovar.

O meu pai já conheceu o Mowgli, *ag*, Moti, e gosta muito dele.

O seu pai perdeu a cabeça, ele gosta de todo mundo! Hoje em dia ele ia gostar de Stálin se fosse apresentado. A gargalhada vira choro e volta ao riso. Ah, a tragédia eu encaro, a farsa é que não dá pra engolir.

Isso quer dizer o quê?

Eu joguei a minha vida fora.

Bom, muitíssimo obrigada. Eu também não estou achando graça nisso tudo, caso você não tenha se dado conta. E eu é que não ia ficar falando de jogar fora se tivesse uma contagem de esperma tão baixa como a sua.

Ela quer machucar, porque a revelação recente é fonte de muita amargura, para ambos mas especialmente para ela, de que é ele a razão indubitável de eles não poderem crescer e se multiplicar sobre a terra, mas hoje ele mal percebe. Ainda está atordoado pela simples ficha que acabou de cair. É verdade, eu joguei a minha vida fora. Cinquenta anos de idade, meio século, e ele nunca vai fazer as coisas que um dia teve certeza que ia fazer. Nem estudar literatura clássica numa universidade famosa nem aprender uma língua estrangeira ou viajar pelo mundo ou casar com uma mulher que ame. Nem deter algum poder verdadeiro nas mãos. Nem dobrar o destino segundo a sua vontade. Nem mesmo terminar o seu romance, porque, vamos continuar com a honestidade aqui, depois de quase vinte anos ele mal começou. Nunca vai fazer grandes coisas de coisa nenhuma.

Anton rondando a casa na alta madrugada, parando vez por outra na frente da porta do quarto, trancada para ele não poder entrar, sua esposa dormindo do outro lado. Podia bater na porta e gritar mais um pouco, mas nada de muito novo viria disso. Melhor continuar andando, garrafa na mão, contemplando a paisagem lúgubre que já ficou para trás, e a outra, pior, que está pela frente.

Depois, Anton num quarto de hotel, tentando pegar dinheiro num cofre, mas a porcaria não quer abrir. Ele força a porta, está com as mãos escorregadias e suadas, não consegue agarrar coisa nenhuma, e agora estão batendo na porta. Blam blam! Ele trava de medo, porque o dinheiro que está no cofre não é seu, ele não devia estar ali, e a pessoa que está batendo não é fã dele. Onde é que eu vou me esconder?

Blam blam! O som, e que som, o arranca do quarto do hotel e o joga de volta no seu corpo, meio capotado no sofá de casa. Luzes acesas, TV ligada, porta da frente escancarada. Anton acordando.

Mas que batidas foram aquelas? É cedo/tarde pacas, logo antes do nascer do sol, e alguma coisa bateu enquanto ele dormia. Ele tem quase certeza. Em algum lugar lá fora.

Amedrontado e de pé, nervos protestando. Será o momento que você temia, será que alguma coisa vai acontecer? Ele sobe cambaleante a escada para ir até o escritório, já meio alucinado, desenterrando a Mossberg debaixo de pilhas e pilhas de roupas. Parece levar uma eternidade para os seus dedos localizarem o metal. Munição na gaveta. Fuça fuça fuça. Está achando difícil realizar até as tarefas mais simples, cabeça igual um ralo entupido, sentindo um gosto que combina, aliás. Finalmente desce a escada aos tropeços, carabina na mão, metendo as balas no bolso. Sai apressado pela porta da frente, para a imensa e aterradora escuridão, se sentindo ampliado por uma lente celeste enquanto vai se afastando da porta. Pequeno gramado que cerca a casa como um fosso, daí a cerca elétrica, daí o resto da fazenda, e só aí vem o mundo. Círculos dentro de círculos, e eu no meio.

As batidas podem ter vindo do grupo de barracos e puxadinhos que ficam do outro lado da cerca. Ou talvez nem tenha havido batida, só nos sonhos dele. Bem mais provável, pensando bem. Que tipo de intruso anuncia a sua presença? Bom, talvez o pior tipo. Destrancar o portão, passar para o outro lado. Por que tudo está tão quieto? Nada de insetos estridulando, e cadê as aves, quando o céu do levante já vai ficando branco?

Quando se aproxima dos barracos, ele coloca uma bala na arma, bombeia para ela entrar na câmara e ouve o encaixe. Katchunk! O som é duro e claro, uma espécie de aviso. Isso que é batida! Se alguém estiver por ali, isso vai mostrar que ele não está de brincadeira. Solta a trava e espera um momento, mas não vêm ruídos em resposta, nada de pés correndo.

Contorna a construção mas parece tudo intacto, portas e janelas trancadas. Continua andando, sem saber ao certo o que está procurando, mas. As coisas estão piores na sua cabeça, e agora além de tudo ele está enjoado. Para por um minuto e tenta vomitar, mas não consegue nem isso. Acaba voltando a andar, o enjoo não se distingue mais da terra que percorre, arbustos e tufos de grama desprovidos de detalhes e de cor.

Anton cambaleando pela sua fazenda ao nascer do sol, meio bêbado e meio de ressaca, roupas abertas e desabotoadas penduradas pelo corpo, como se estivesse ele próprio descosturado, com o recheio aparecendo. E que recheio seria esse, Anton? Ah, o de sempre do Natal, uns docinhos e um biscoito da sorte, um pouquinho de dinamite.

Here comes the sun, little darling... Torres de transmissão carimbadas em silhueta contra o vermelho. Ele andou bastante, foi longe, a casa já sumiu no horizonte atrás dele. Passarinhos matraqueando geral agora. Terra besta, voltando e se repetindo, sem parar. Nunca perde um espetáculo. Como é que você aguenta, sua velha ordinária, encenando a mesma coisa sem parar, sessão noturna e matinê, enquanto o teatro desmorona à sua volta, imutáveis as falas do roteiro, isso sem falar da maquiagem, dos figurinos, dos gestos extravagantes... Amanhã e depois de amanhã e no dia seguinte...

Não. Não rola. Insuportável ser mero coadjuvante na peça, insuportável a ideia de voltar pra casa e catar a sua vida do chão como se fosse uma camisa suja que tinha jogado ali. E aí? Vestir de novo, igualzinha, fedendo, um cheiro repulsivo, cheiro dele? Ele conhece mais do que bem, o tal cheiro. Chega de camisa, chega de casa. Chega de torres de transmissão. Acabe com isso tudo. Eu queria...

Blam!

Aquele som de novo. Como o de alguém que bate forte numa porta. Ela achou que tinha ouvido alguma coisa um tempo atrás, dormindo. Depois daquela cena terrível ontem à noite Desirée teve que se nocautear com comprimidos para conseguir descansar um pouquinho, então acordou meio grogue, e com a sua longa camisola branca e o cabelo solto, tudo nela pende sonolento rumo ao chão. Claro que ultimamente mais coisas pendem dela.

Vai até a janela e levanta a persiana para olhar, mas não há o que se ver, fora o mato marrom. É a minha vida, ela pensa, quilômetros e quilômetros de terra marrom. Até as partes empolgantes perderam a cor. O que é que uma lady pode fazer, embrenhada no mato com um bêbado ao lado? Ela há de ficar receosa, sem sombra de dúvida, e procurar consolo em outros lugares, e quem é que pode jogar a primeira pedra?

Desirée não se considera culpada de muita coisa, nunca se considerou. A ordem natural das coisas, na opinião dela, é que o mundo está ali para ser legal com ela, e ela está ali para se sentir decepcionada com ele. De camisola e chinelinhos felpudos ela vai para o térreo, onde a negrinha já vai estar com o café prontinho para ela no fogão. Bom dia, Salome. Você viu o mestre?

Não, madame.

Tem açúcar demais aqui. Eu vivo te dizendo.

Desculpa, madame.

Não arrume já a minha cama, tá? Eu posso dar mais uma deitadinha. Tive uma noite horrorosa.

Desculpa, madame.

Essa aí trabalha na fazenda desde que o mundo é mundo, desde que o Anton nasceu. Cada coisa que ela deve ter visto e ouvido! É porque eles estão sempre em volta, que nem uns fantasmas, que você quase não repara neles. Mas é um equívoco pensar que o vice-versa também vale, eles estão sempre de olho e de orelha em pé, em interesse próprio, e uns dos outros. Eles sabem todos os seus segredos, tudo da sua vida, até as coisas que os outros brancos não sabem. As manchas da sua roupa de baixo, os furos das meias. Você tem que se livrar deles antes que os complôs comecem. Já mais do que passou da hora de mandar essa aí embora.

Pensando essas coisas, ela vai levando o café para o *stoep*. Gosta de ficar ali de manhã cedo, fingindo ser esposa de um fazendeiro, enquanto emerge para o mundo. Às vezes imagina campos de milho infinitos, amarelos e verdes, vibrando ao vento.

Do meio do milho, ou seja, da grama, uma figura correndo. O sol nascente é um deslumbramento atrás dele e sua sombra se estende muito à frente, mímica e sátira.

O que foi? O que aconteceu?

Ela vê, quando ele passa pelo portão aberto, que é só o Andile, outro que trabalha aqui desde que o mundo é mundo. Vem a pé do gueto todo dia cedo, desde que fizeram a família dele se mudar da fazenda. Agora ele fala-grita com ela, dizendo o que viu. Lá perto da linha elétrica. Ai, meu Deus, socorro.

Difícil de entender, ela deve ter ouvido errado.

O quê? ela diz. O que foi que você disse?

Mas mesmo quando as palavras se repetem, elas não parecem presas ao mundo. Não. Não pode ser verdade. Não faz sentido. Ainda ontem à noite ele. Não encaixa. Não.

Não, ela diz.

Mas a negação só funciona com os outros, com o destino ela não tem efeito. Você já pode ter percebido por conta própria, reclamar dos fados é perda de tempo, o que acontece vai acontecer por mais que você diga Não. No fim, trata-se de um fato tão neutro quanto o tempo, que hoje cedo seu marido tenha levantado e saído de casa com a sua carabina e se contorcido todinho numa posição impossível para conseguir explodir a cabeça, sem mais.

A pior experiência da vida de Desirée até aqui é algo que foi feito com outra pessoa, ou seja, com o seu pai, e nesse caso também é claro que a morte de Anton é dele, mas algo nesse suicídio é dela, ela já consegue sentir. É assim que a situação vai ser vista pelos outros, é assim que ela própria vai ser vista. Ela será sempre a mulher que casou com o homem que se matou, e, vá saber, pode até ter levado o sujeito a isso.

E quem é que garante que não fui eu mesma. Ela pensa nisso, vai pensar nisso, sem parar, até chegar a um ponto em que tem que negar, mesmo que ninguém esteja acusando. Não, não, eu não deixei o Anton na mão, eu nunca deixei ninguém na mão, foi ele que me deixou na mão!

Shh, calma, *schatzi*. Você tem que se acalmar. Ninguém está achando que a culpa é sua.

Como assim, eles estão todos, até você...

Desirée é do fogo, ela é emotiva e volátil demais para encarar uma tragédia, então precisa de alguém que seja da terra para lhe dar equilíbrio, alguém sólido e estável, de repente com um toque de permafrost por baixo da tundra. Lógico que ela ligou para a mãe. Maman sentiu gostinho de escândalo rondando a família e saiu em disparada para a fazenda no seu Porsche, armada de um telefone lotado dos contatos do marido e levando uma pequena farmácia de sedativos. Existem maneiras de lidar com os problemas para que eles não causem uma turbulência excessiva, todavia é importante manter a compostura e a firmeza mas também saber exatamente com quem conversar. Uma palavrinha ao pé do ouvido certo e pode dar início a um processo mais acelerado, para que um legista apareça para emitir o atestado de óbito, com poucas perguntas discretas, e o corpo ser removido antes de causar maiores abalos.

Depois disso, há passos meramente práticos que precisam ser dados. Primeiro é uma questão de informar todo mundo, e Maman assume o controle da tarefa, mas nem isso, no fim, é oneroso demais. Anton era um lobo solitário, tinha conhecidos mas não muitos amigos, e os nomes que estão no seu telefone são em geral de contatos que ele usava para fazer compras para a fazenda, com um ou outro companheiro de bebedeira no meio. Leva menos de meia hora para ligar para os que podiam ser importantes, e apesar de muitos parecerem chocados, não há lágrimas.

Desirée só se dá conta depois de todos serem avisados. Ai, meu pai, e a Amor?

Quem?

A irmã mais nova do Anton. A senhora conversou com ela umas vezes, a senhora não lembra...?

Ele tem outra irmã? Sério? Eu achei que era só aquela...

Maman tem dificuldade para lembrar o nome de Amor, e ainda mais o rosto, perdido anos atrás. Pra ser sincera, ela acha a família Swart toda tão complicada que tenta apagar todos eles da consciência. Sem contar que o próprio Anton sempre pareceu desparentado.

Ela não deve ser uma pessoa muito chamativa, decide. Senão eu nunca teria esquecido.

O número dela não está no telefone de Anton. Faz muito tempo que eles não se falam.

Por que não? A velha se acende ao sentir cheiro de sangue. Eles brigaram?

Não brigaram, não. Foi mais uma desavença. Eu mal consigo lembrar o motivo. Era terra?

Quando dois brancos brigam, sua mãe declara sem qualquer fiapo de justificativa racional, é sempre por bens materiais!

Mas como é que a gente vai avisar? Então Desirée recorda que eles já tiveram esse problema, e que a solução foi encontrar o local de trabalho de Amor. O hospital em Durban! A ala do HIV!

Algumas tentativas levam a um número, e uma voz animada atende. Ah, sim, a Amor trabalhava aqui, mas ela saiu faz uns anos, por motivos pessoais. Eu posso dar outro número pra senhora tentar...? Esse é atendido por alguém chamado Susan, que diz curta e seca que não vê Amor há muito tempo. Parece zangada, infeliz e louca para desligar o telefone. Não, ela não sabe como falar com Amor. Acha que ela foi para a Cidade do Cabo. Não, ela não pode passar o recado.

Apesar de nem lembrar de Amor, Maman se sente ofendida por ela. Pessoinha inacreditável! Parece mesmo que ela fez o possível e o impossível para desaparecer. Bom, então que desapareça, se é o que ela quer. Você só pode fazer o melhor que pode fazer. Além disso, assim fica muito mais fácil planejar o enterro, se for preciso consultar menos gente.

A própria Maman prefere um culto calvinista, é a inércia natural, no fim das contas, e um ritual mais sóbrio sempre dá uma sensação de encerramento para a situação. Mas sua filha não concorda, ela acha que a alma do marido sairia ganhando com uma abordagem mais oriental. Desde que se envolveu com essa coisa de yoga-iogurte em Rustenburg, Desirée se viu aberta a ideias heterodoxas, o que causou certo atrito com seu pai antes que a demência piorasse tanto. Maman também tem suas dúvidas, mas nesse caso ela dá a sua bênção. Anton ia odiar uma cerimônia alternativa, o que parece uma ótima razão para fazer exatamente isso. Nos últimos anos ele foi mais que desagradável com ela, que não lamenta demais a sua partida. Vai em frente, *schatzi*, enterros são para os vivos e não para os mortos, e de qualquer maneira ele não está aqui para apresentar objeções, não é mesmo?

Não pessoalmente, talvez. Mas era da natureza de Anton isso de prever até as humilhações póstumas pela frente, e resistir. Na manhã seguinte a advogada da família liga. Cherise Coutts--Smith acrescentou mais um nome à sua coleção de escalpos conjugais, cuja solenidade arrastou sua voz para as regiões mais graves do peito, de onde tonitruante ela informa a Maman que Anton protocolou uma carta, registrada oficialmente, em referência aos seus desejos na situação atual, que consistem no seguinte.

1. Nada de cerimônia religiosa. Definitivamente nada de orações.

2. Cremação, não enterro.

3. A capela do crematório está mais do que boa.

4. Espalhar as cinzas em algum lugar adequado da fazenda. Qualquer um.

5. Nada de sentimentalismo e rebuliço, se isso ainda não tinha ficado claro.

E pronto, sucinto e simples, e sem grandes margens de manobra. Tudo bem então, Anton, será como desejas. Por nós está ótimo, na verdade. Mas antes de você ir embora, a velha diz a Cherise Coutts-Smith, será que você tem o número da Amor?

De quem?

Da irmã do Anton.

Ah, a irmã! Não, faz anos que a gente tenta falar com ela. E agora é mais do que essencial a gente conversar com ela. Por favor peça pra ela me ligar.

Você não estava prestando atenção, Maman diz, irritada com essa mulher assertiva, cheia de si, que faz ela lembrar de alguém que não consegue exatamente identificar. Caso contrário, você teria entendido que nós não sabemos onde ela está.

Amor sumiu. Amor desapareceu. Mas nós já ouvimos essa história e ela sempre acaba aparecendo se você souber onde procurar, sólida e substancial, plenamente em evidência.

O que ela está fazendo hoje, neste exato momento? Está dando banho num corpo fraco num leito. Amor numa ala de um hospital, cuidando dos enfermos. É uma imagem antiga, não mudou, que história é essa de que ela desapareceu? Ela está em outro hospital, e só, mas os doentes e moribundos são sempre parecidos, seu sofrimento é universal, e cuidar deles é a mesma tarefa. Veja a delicadeza, o carinho com que ela executa a sua tarefa, passando o paninho pela pele danificada, sensível. Como enxuga aquele ponto com toques leves, e faz o curativo na ferida, e então ajuda a paciente, uma mulher de idade nesse caso, a se vestir. Certo, meu bem? Está bom assim? Melhora um pouquinho? Horas dessas atenções no seu passado, muito mais horas pela frente.

Depois siga o trajeto dela naquela mesma noite, caminhando pelas poucas ruas que a levam até onde mora, e se não fosse pelo uniforme você nem ia perceber aquela mulher principalmente em meio à multidão que volta para casa, nada nela se destaca. Nem no seu pequeno estúdio, no terceiro andar de um prédio qualquer. A porta da frente dá para uma modesta sala de estar, onde ficam as portas de uma cozinha minúscula e de um banheiro. A cama dela é um futon, enrolado num canto, e quase não há mais móveis, fora a modesta mobília composta de uma única cadeira, uma mesa e um armário embutido. E só. A bem da verdade, a se julgar pelos quadrados de cor ligeiramente diferente na parede, ela tirou algumas pinturas e as guardou onde não ficam visíveis.

Ela sente a transpiração fazendo o uniforme grudar na pele e tira a roupa, se forçando a tirar as peças numa ordem aleatória, contra a sua própria inclinação. Tudo bem, Amor, nenhuma magia negra vai ser detonada... Ela ia gostar de tomar um banho de banheira mas não pode. As represas estão quase vazias e a água está sendo racionada, então ela acaba tomando uma ducha, só dois minutinhos, guardando a água que escorre na banheira para usar depois. Normalmente ela faria a janta agora, mas faltou luz de novo. É, está acontecendo aqui também, acontecendo no país inteiro, umas longas manchas escuras no mapa. A rede de energia está desmoronando, sem manutenção e sem verba, os amigos do presidente fugiram com a grana. Sem luz, sem água, tempos de vacas magras na terra da abundância.

Amor não se incomoda, vai comer mais tarde, quando a luz voltar. Enquanto isso fica sentada à janela da sala de estar, tendo apenas uma toalha enrolada no corpo, olhando a montanha sob a última luz do dia. Tem um gato enroscado no colo. Não, não é verdade, não tem gato nenhum. Mas vamos lhe conceder umas plantinhas pelo menos, verdejantes nas suas latas ali na soleira. Ela lhes deu um pouco da água que poupou no banho.

Quase o meio do verão e os dias são longos e brancos e vítreos. Ainda podia chover, mesmo sendo dezembro, mas só garoou durante o inverno então sem grandes chances de ser agora. O clima está mudando por toda parte, difícil não perceber, mas isso aqui é uma cidade inteira, imensa, ficando sem água! Por baixo de tudo uma nota de alerta, mais vibração que som, a terra se contraindo lá embaixo ao secar. Range e estala, os rebites estourando. As pessoas estão preocupadas, e a preocupação aos poucos vai ganhando espessura de medo quando o Dia D se aproxima aos poucos, quando as torneiras finalmente vão secar. Você consegue imaginar? Pode ser que daqui a muito pouco nem precise.

Mas enquanto isso é difícil não curtir o calor, enquanto o sol vai fazendo chover seu ouro. Como é que você poderia não se abrir para toda essa radiância e essa luz? Em toda a Cidade do Cabo, ao que parece, a mente se recolhe e o corpo ocupa o lugar dela, se expondo nas praias, cortando o mar, pisoteando as montanhas. Uma cidade para os jovens, que exibem sua força. Mas e o resto, os não jovens e não fortes? Nas calçadas, sob pontes, em semáforos, uma malta cada vez maior de embriagados, esvaziados e aleijados, brandindo chagas. Você faz o que pode, uma peça de roupa ou um prato de comida, mas eles são infinitos e as suas necessidades não acabam nunca e Amor anda muito cansada ultimamente.

O trabalho, às vezes é o que parece, está acabando com ela, embora ela ponha lenha de bom grado na fogueira. Não há por que economizar combustível. São os únicos corpos em que ela toca agora, os perdidos à beira da estrada, os corpos de que cuida no hospital. Tentando minimizar a sua dor. O que restou da minha ternura, guardada para pessoas que eu não conheço, que não me conhecem. Não resta amor, só bondade, que talvez seja mais forte. Mais durável, pelo menos. Ainda que eu tenha amado não poucas pessoas na vida, quando podia. Quem, Amor? Uns homens, mulheres, pelo caminho. Que diferença faz, corpos, nomes, eu agora estou sozinha. Você continuar se amando já não é a coisa mais simples.

Ela andou sentindo o gosto de como poderia ser, um dia, dar um passo além e se juntar às fileiras dos fracos e doentes. No meio da tarde, quando não está ventando, às vezes fica insuportável, a temperatura lá em cima e nem sinal de alívio. Sua força toda escapando pela cabeça. Está num momento desses agora, quase pegando fogo. Para no meio do ato de alimentar um paciente para se abanar. Então se sente subitamente tonta e precisa se deixar sentar pesadamente na beira da cama. O que aconteceu? Você também sentiu?

Leva um tempinho para ela perceber que só ela está derretendo. Só eu. O calor vem de dentro, o motor reconfigurando a sua calibragem, os tanques de combustível em pane seca e soltando vapores. É o que lhe parece, enfim. Já faz mais de um ano que ela tem esses fogachos, já devia estar acostumada a essa altura mas ainda se assusta, toda vez. Quem foi que tocou fogo em mim?

Chamas amarelo-azuladas, fogo de gás. Da chaminé lá no alto, vem subindo uma fumaça em negras linhas oleosas. Um por um, todos têm a sua vez. Urgh. Tente não pensar como deve ser, a pele fritando e a gordura pingando. Claro que é só a alma que importa.

Bem pouca gente para a despedida do Anton, um grupinho heterogêneo de quase amigos e parentes, com um ou outro agregado perdido. Deve até ser melhor assim, sem grandes choros e sem drama, mais fácil para todo mundo superar o que essencialmente é um incidente aviltante. Maman foi quem lidou com tudo, mas nem assim consegue olhar para eles sem os seus óculos mais escuros. O marido dela, o fofo daquele criminoso de guerra, também está aqui, mas a demência avançou rápido nos últimos seis meses e ele pisca manso para todos, sem saber ao certo onde está, apesar de estar bem satisfeito ali naquele gramado verde na frente da casa baixa de tijolos. Ainda não dá para entrar, tem outro funeral acabando ainda, então todo mundo fica ali de pé, esperando, talvez uma dúzia de pessoas, quase todos gente que Desirée nunca viu mais gorda. Ela está à beira de sair gritando hoje, apesar do comprimidinho que a sua mãe lhe deu e dos exercícios de *pranayama* que normalmente a deixam mais calma.

Felizmente Moti também está ali, de pé com os olhos fechados e de braços cruzados, contemplando seu âmago. Que presença tranquilizadora, equilibrante! Desirée pediu para ele dizer umas palavras hoje no funeral e ele aceitou com prazer, claro, por ela, apesar de nem gostar muito de Anton e nem conhecer o cara direito. Na verdade, agora já fica claro que ninguém gostava demais de Anton ou o conhecia bem, e mesmo as pessoas que eram próximas dele estavam distantes.

Mas cadê Amor?

A pergunta despenca, finalmente, da boca de Salome, embora estivesse quietinha ali dentro há um tempo, esperando a hora de sair. Porque ela também está aqui, óbvio, não há como se livrar dela, vertical como um ponto de exclamação dentro daquelas roupas duras de ver Deus.

Ninguém sabe como entrar em contato com ela, Desirée diz à empregada, pra ver se ela cala a boca.

Por que vocês não ligam pra ela?

Porque a gente não tem o número.

Eu tenho.

Como?

Eu tenho o número da Amor.

E a desgraçada ali se atrapalhando pra tirar o telefone da bolsa, apertando os olhinhos e os botões. Dias atrasada!

Mas por que você não me disse? A pergunta sai como um silvo pressurizado, porque de repente fica mais do que claro para Desirée que isso também vai ficar marcado como um lapso imperdoável de sua parte. Levou o marido ao suicídio e aí impediu a família de vir para o funeral! É isso que as pessoas vão dizer, e tudo podia ter sido evitado se a imbecil daquela empregada tivesse simplesmente dito um a.

A senhora não perguntou, Salome diz.

Bom, agora não, a gente resolve isso depois! Desirée está irritada e constrangida, e sai de canto sutilmente para cochichar no ouvido da mãe. A senhora acredita numa coisa dessas, ela tinha o telefone o tempo todo...

Quem? Qual telefone? Maman quase nunca tem ideia do que a sua filha está aprontando. Põe a culpa nessas crenças orientais que ela adotou, se bem que se tudo der certo há de ser só uma fase.

A negrinha. Tinha o telefone da Amor. Por que é que ela tem e a gente não?

Amor? O nome desperta lentamente de um sono profundo. Ah, sei. Tarde demais, *schatzi*, agora você não pode fazer nada.

A questão da irmã caçula tem uma importância puramente técnica para Maman, e de qualquer maneira a porta da capela está abrindo agora, e o pessoal do outro grupo está saindo. Montão de gente, o falecido era nitidamente popular, e há um ar de indiferença forçada nos que estão à espera de entrar. Nunca se diga em voz alta, mas todo grupo tem um lado competitivo, mesmo aqui, e um quê de constrangimento porque Anton Swart não é mais conhecido ou mais estimado, de modo que a gente meio que entra correndinho, para sair dessa luz tão dura.

Só uma fica para trás. Até aqui, Salome supôs que Amor vai aparecer, nem que seja na última hora, como antes. Nunca lhe passou pela cabeça que ninguém avisou a ela. Alguém tem que avisar! Então ela está ali sozinha no gramado, telefone na orelha. O sinal que ela emite salta de torre em torre sobre ondas invisíveis antes de tomar forma audível no canto de um cômodo distante. Uma secretária eletrônica, com uma voz que vem lá do passado. Ai, Amor. Sou eu. A Salome. Eu sinto muito, mas tenho que te dar uma má notícia.

Na capela, Moti começou a falar com aqueles que ali se encontram reunidos. Me pediram pra dizer umas palavras sobre o nosso amigo Anton. Mas também me pediram pra não dizer coisas religiosas. Isso está de acordo com os desejos do próprio Anton, então é a primeira coisa que eu vou dizer a respeito dele. Que ele não é um cara religioso.

E tudo bem. Na real, por mim, beleza. Eu também não sou um cara religioso. Mas eu penso demais na espiritualidade, então eu vou é dizer umas coisas sobre isso.

Moti dirige um sorriso beatífico à sua plateia. Seu sorriso é doce, tranquilizador, e só parcialmente obscurecido pela barba, e combina com a voz, que para algumas mulheres parece a de um médico conversando com uma pessoa acamada, e não raro essa voz o levou a mais do que uma conversa com a pessoa na tal cama, se bem que é claro que isso já faz tempo, foi antes de ele se dedicar tanto assim à espiritualidade.

Olha só, vamos tentar um negócio diferente aqui. De que palavras a gente lembra quando pensa no Anton? Eu posso começar. Só que vamos ficar na positividade, tá. Mas não é por isso que vocês também não podem ser honestos, porque ele ia gostar dessa honestidade.

Então, na real, a minha primeira palavra pra ele é essa. Honesto! Ele dizia o que pensava, até quando estava errado. Ele dizia a sua própria verdade. E todo mundo aqui um dia ouviu uma dessas verdades. Rapaz, como eu queria às vezes que ele fosse menos honesto! Aposto que eu nem sou o único.

Umas risadas baixinhas e satisfatórias o encorajam a seguir adiante.

Irritado. A minha segunda palavra é essa. Ele era mais honesto ainda quando estava irritado. E isso fazia ele sofrer, então dá pra incluir na lista. Ele era atormentado.

Inteligente. Muito. Teimoso. Muito. Engraçado, também. E ele podia ser generoso com os outros, pelo que me disseram. Ele também tinha isso. Mas às vezes era cruel, eu mesmo senti esse gostinho.

De repente agora vocês também têm umas palavras pra acrescentar…?

Lá do fundo uma ex-namorada de Anton diz, Ele nem sempre era honesto.

Riso esparso. Lembrem, vamos tentar ficar na positividade, Moti diz. Nós não estamos aqui pra julgar.

Enérgico, alguém diz.

Sensível.

Mente aberta?

Doidão!

Desirée fica meio surtada com o rumo que isso parece estar tomando e diz, ele era amoroso.

Ao lado dela, o seu desorientado pai gargalha e berra, Sexy!

Faz-se silêncio e Moti bate palmas uma vez, de leve. Chega! São essas as qualidades que descrevem o espírito do Anton. Essas e outras, claro.

Eu fui abençoado com a possibilidade de conversar com o nosso amigo na noite da véspera da sua morte. Eu disse a ele o que agora vou dizer a vocês, que a matéria é o espírito que caiu da graça. Como nós sabemos, o Anton era cético por natureza, mas acho que ele me deu ouvidos. Acho que ele captou a minha mensagem.

Ele nunca teve muita paz no mundo da matéria, então tomara que esteja em paz no reino do espírito. Mas só por um tempo! Porque, meus amigos, existem outras vidas depois dessa aqui, e outros corpos à espera de receber o nosso espírito. Nós vamos nos reencontrar com Anton Swart, todos que tinham uma ligação com ele. Ele vai ter outro nome, e vocês também, mas o espírito de vocês vai reconhecer o dele, e tudo que ficou em aberto entre vocês.

De novo, o sorriso beatífico. Há sinais de inquietação entre os presentes, bons cristãos, quase todos. Que bobajada é essa de outras vidas? Parece pagão, estrangeiro e moderno, parte da decadência moral generalizada que está à mostra por toda parte. Maman pensa alto, *sotto voce*, em que mundo isso tudo seria não religioso e Desirée lhe sussurra que é só um ponto de vista filosófico, ninguém falou de Deus. Há outros resmungos mas felizmente Milo Pretorius, vulgo Moti, chegou ao fim do seu raciocínio.

Hora de o mundo material se manifestar novamente, adotando a forma de um dos velhos companheiros de copo de Anton, um certo Derek, que canta uma coisinha que compôs. Violão mal afinado e um rosto prestes a ficar líquido. Ei, Ant, essa aqui é pra você!

Juntos sempre, lado a lado,
Quando volta esse passado?
Longe e perto, terra e marte,
Você estava em toda parte
Por que ir assim tão cedo?
Etc. etc.

E aí fica só o Leon, irmão da Desirée e colega de escola de Anton, que recita um poema de N. P. van Wyk Louw graças a uma ideia equivocada de que Anton o tinha em grande estima. Acredita nisso por causa de uma conversa antiga que ele jura que teve com Anton, mas que na verdade foi com um conhecido dos dois que também faleceu de maneira trágica, num acidente de barco no ano passado. Que diferença faz, esse pequeno equívoco, estão todos mortos, Anton e o conhecido e N. P. van Wyk Louw também, de novo no reino dos espíritos, onde todos nós havemos de um dia estar, se Moti tem razão, quando acabar essa palhaçada aqui na Terra.

Já dá pra gente ir? Sim, dá sim, pronto, graças a Deus, que suplício, os presentes escorreram rumo à porta levados por uma maré encardida de música de órgão, interrompida apenas por um sujeito dentuço e com dois dedos de morim aparecendo por baixo da peruca, que vem atrás de Desirée na saída para lhe dizer que as cinzas vão poder ser recolhidas dentro de uma ou duas semanas, mas que o escritório vai avisar.

Nada decidido depois disso. Certamente nada de reuniõezinhas na sequência, seria artificial demais, e afinal de contas o Anton disse que não queria rebuliço, então depois de as pessoas se despedirem apressadas na frente da capela, os diversos grupos se dispersam, como as partículas de fumaça que continuam a subir da chaminé do crematório.

Uma das partículas, Desirée, volta à fazenda de carona com a mãe, enquanto o seu pai vai pasmado no banco detrás ao lado da empregada. Nada de grandes conversas no carro. Cada um mergulhado na sua própria contemplação do evento que acaba de ocorrer, fora o velho, que está feliz, embalado pela impressão de que está num helicóptero com um monte de prostitutas, coisa que lhe aconteceu uma vez, nos seus dias de glória.

Maman decide ligar para a irmã mais nova quando eles chegarem à fazenda, porque essa conversa não há de ser fácil, apesar de ela não estar a fim de tolerar baixaria. É uma tragédia, isso de ninguém ter conseguido falar com ela, mas a culpa é de quem? Essa tal dessa Amor criou muito problema e precisa ser colocada no seu lugar por uma pessoa forte e educada.

Mas a voz que atende o telefone soa tranquila e calma, quase adormecida. É, ela diz. Eu fiquei sabendo do meu irmão.

Ficou sabendo? Mas como? A gente ficou tentando te achar...

A Salome me ligou da capela hoje de manhã pra me avisar. Obrigada por providenciar tudo. Uma pausa antes de acrescentar, É culpa minha vocês não terem conseguido me encontrar. Eu estava me escondendo.

Não tem como discutir com isso, não do jeito que você estava imaginando. No fim quase não há o que dizer, só que Amor vai se manter em contato. Não parece que vá mesmo.

Mas lá embaixo, na pontinha do país, na outra ponta da ligação interrompida, sozinha no seu apartamento minúsculo, há uma única ideia piscando sem parar no cérebro de Amor. Eu tenho que voltar. É isso que ela está pensando, Eu tenho que voltar. Só sobrou ela, e precisa voltar. Pela última vez. A percepção vai ganhando corpo aos poucos, e a deixa solitária e singular na paisagem da sua mente, como um dedo de pedra numa planície aberta. Foi se acostumando à solidão, nos últimos tempos só conhece isso, mas nunca vai se sentir mais só do que na fazenda pela última vez.

Ainda não está pronta. Não tem como ir enquanto ainda está fraca, e está fraca agora, esvaziada pelo que o seu irmão fez. Só de pensar nisso ela já quer cair no chão. Toda a força e fúria dele, concentrada e vertida, branca e fervente, naquele cano metálico, mirada contra o centro da sua vida. Aqui/não mais/jamais. Anton, que ela nunca conheceu de verdade. Alto demais, distante demais, outro demais. E agora não deixou vestígios.

Se bem que, não exatamente. Porque queimar um corpo totalmente leva duas ou três horas, e as fornalhas são poucas e os mortos são muitos. Enquanto isso cada um espera a sua vez, com a maior das paciências, na antecâmara refrigerada. Anton entre eles, na sua caixa inflamável. Não faz diferença nenhuma, mas ele está com uma roupa que a esposa escolheu, um par de sandálias, calças azuis de sarja e uma camisa verde frouxa, que ela tem quase certeza que era o que ele estava usando quando a pediu em casamento, embora possa ter confundido essa com uma outra ocasião. Nada mais que ele possa fazer, nada mais que se possa fazer por ele.

A não ser pelo momento, que de fato chega, ainda que talvez não naquele dia, e nem mesmo no seguinte, em que as portas se abrem para Anton, e ele entra nas chamas. A câmara brilha clara no seu coração. Tudo cede, mas devagar, os laços se apertaram em meio século e não se dissolvem com facilidade.

Essa operação é supervisionada por Clarence, aquele dos dentões e da peruca de tamanho errado, que agora em julho completa trinta e quatro anos de atividade cuidando desses fornos como um assecla demoníaco. É Clarence quem regula os ponteiros, e quem decide quando o corpo está totalmente cremado. Você não ia acreditar nas dificuldades que alguns corpos apresentam, os muito obesos, por exemplo, cuja gordura vira um líquido que é combustível, uma vez uma unidade pegou fogo, ou aqueles que têm partes mecânicas ocultas, como o marca-passo que explodiu. Mas Anton, afinal, é fácil de descartar. Ele está magro a ponto de parecer consumido, e logo se transforma em cinzas. Embora seja mais adequado dizer que ele se torna um montinho de pedrisco com pedaços e lascas de ossos misturados. Uma quantidade surpreendente, na verdade.

De novo é Clarence quem recolhe Anton todinho depois que ele esfria e peneira tudo em busca de pedaços de metal, obturações de prata ou pinos ortopédicos e coisas assim, antes de colocá-lo no cremulador, que mói tudo e transforma basicamente em pó. Agora ele pode ser vertido, quase como um líquido, na urna pré-selecionada, numerada e identificada com clareza para evitar confusões, se bem que será que faria grandes diferenças a essa altura, e afinal de contas os restos de Anton são tudo menos puros, vão misturados com as raspas dos que passaram antes dele pela câmara do crematório, especialmente o seu antecessor imediato, um professor adjunto da área de línguas eslavas que morreu engasgado com uma banana.

Naquele mesmo dia Clarence liga do escritório para informar à Sra. Swart que ela já pode vir fazer a coleta do marido, e na próxima vez em que ela vai à cidade para fazer o cabelo ela dá uma parada para pegar Anton. A urna parecia mais bonita no catálogo que na vida real, é grandona e desajeitada, e sobrou bastante do Anton. Ela estava imaginando coisa que coubesse numa meia pequena, mas ele ainda é substancial, apesar de estar desprovido de forma, e tem uma massa e um peso perceptíveis, delimitado pelo que o contém.

Ela não sabe o que fazer com aquilo. Estranho, mas parece que é o Anton ali dentro. E é, assim, mas. Uma versão miniatura dele, agachadinha ali dentro que nem uma toupeira num túnel. Ela fica levantando a tampa para fuçar no conteúdo. Às vezes fala com o que está ali, de um jeito meio maternal. Ah, quietinho, chega disso. Esse tipo de coisa. A carta dizia que ele queria ser espalhado em algum lugar, mas ela não consegue resolver a situação. Lugar nenhum parece obviamente certo e ela acaba deixando a urna em cima da lareira da sala de estar, até conseguir pensar no que fazer.

Muita coisa vai mudar para ela, lógico. Ela não sabe o quê, mas vai mudar. Cherise Coutts-Smith deixou um recado pedindo para ela retornar a ligação, e Desirée está simplesmente sentindo. E o sentimento não é nada bom. Anton sempre disse aos quatro ventos que ia deixar tudo para ela, mas desde quando ele foi de falar a verdade? Nem quando acreditava mesmo.

É, Cherise Coutts-Smith diz, o que ele lhe falava está correto, tudo foi deixado para você, só que...

Só que o quê.

Só que está uma zona. Anton tinha duas apólices de seguro de vida, mas você não vai receber de nenhuma delas por ele ter morrido pelas próprias mãos. E ele deve um monte de dinheiro a um monte de gente. Vai levar um tempão pra desemaranhar a coisa toda, mas você pode acabar herdando, hmm, um puta buraco negro de dívidas. A empresa da família, sabe, aquele parque das cobras, está com os bens arrestados desde aqueles problemas com o sócio, então de lá não vem coisa boa. E aí tem a questão da fazenda. O que é que você quer fazer com a fazenda?

Desirée nunca gostou muito de morar aqui e agora pode se mudar, mas vem se sentindo menos segura dessa ideia. Moti diz que aquele lugar tem uma energia poderosa, parece que tem uma convergência de Linhas de Ley no topo do *koppie*, e ele acha que a fazenda daria um belo retiro de meditação, chegou até a tentar com um grupinho umas semanas atrás e as harmonias foram perfeitas. Então ela anda pensando se os problemas que tem com a fazenda não eram no fundo só problemas que ela vinha tendo com o casamento e de repente está na hora da regeneração? Alguém disse recentemente que o seu animal-tótem é a fênix!

Se fosse eu, a advogada diz, vendia tudo pra diminuir o prejuízo. Você pode até sair ganhando no fim. Mas você não pode fazer uma coisa dessas, você não pode fazer nada, não sem a outra irmã. Vocês agora são sócias.

Sócia da Amor! Mas ela não está aqui, não quer estar aqui, e ninguém consegue falar com ela quando precisa. Ela disse que ia se manter em contato mas desde então não se ouviu nem um ai, e quando você tenta ligar pra ela, num telefone fixo diga-se de passagem, onde já se viu, hoje em dia, ela nunca atende. Fazer o quê, a não ser torcer e confiar que um dia ela vai dar as caras?

Amor aparece um mês depois. Quer dizer, ela entra em contato, como disse que ia fazer. Muito educadinha, quase daria para chamar de profissional, se ser cunhada fosse profissão. Ela gostaria de vir fazer uma visita à fazenda. Tem uma proposta que quer discutir e seria melhor fazer isso pessoalmente. Está pensando em vir amanhã.

Amanhã! Pera lá, deixa eu dar uma olhada na minha agenda. Desirée não tem agenda e quase não tem o que fazer, mas mesmo assim diz, Podia ser depois de amanhã então?

E pode ficar de olho, ela diz a Moti depois, ela vai querer que eu fique de empregadinha dela. Não vai rolar!

Você está fortificando a sua muralha, ele murmura equilibrado, antes mesmo de ela chegar aqui. Tente se manter aberta ao que o universo traz.

Ele está dizendo isso, ela sabe, não por causa de Amor, mas porque ele anda encostando e pegando muito nela durante as sessões dos dois, e sente que ela está bloqueando, ela está resolvendo os seus problemas de falta de confiança nos outros, e ele quer muito que ela baixe a guarda. Ela esteve mais receptiva a ele nos últimos dias, e na verdade ele meio que se mudou para a casa dela, sem que isso nem tivesse sido discutido, desde que aconteceu a aula de meditação. Ela sugeriu que ele passasse a noite ali e isso de alguma maneira virou duas noites, e depois uma semana, e agora é o estado normal das coisas. Desirée acha tudo muito certo em geral, seu eu superior abençoou esse acerto, mas ela sabe que Amor pode ter uma opinião diferente. Talvez fosse melhor ele sair dali temporariamente, só enquanto ela estiver?

Medo, Moti observa. Fingimento e raiva têm raízes no medo.

Ele tem razão, claro, ou está convicto de ter razão, o que no caso de Moti dá na mesma. Mas ela não duvida dele, raramente foi tão aberta com outra pessoa, ainda que sinta que pode se abrir ainda mais. Diz isso a ele, e depois fica pensando, quando ele arqueia as sobrancelhas, se foi longe demais.

No fim, por mais que seja difícil de acreditar, é Jacob Zuma quem os reúne. Tarde naquela mesma noite, enquanto estão de bobeira sentados no chão, bebendo vinho tinto e conversando sobre Amor, surge subitamente na televisão, até ali mero pano de fundo, o espetáculo do presidente apresentando a sua renúncia. Moti aumenta o volume, mas a coisa já está quase encerrada. Uma breve declaração, e ele já se afasta da câmera. Tchauzinho, *hasta la vista, bye*! Depois de manter o país refém por anos e anos, ele simplesmente desiste e sai contente. Ao vivo, neste exato momento! Assim sem mas nem meio mas! Santo Deus, você acredita numa coisa dessas?

Talvez seja o vinho tinto, ou o fato de ser dia de São Valentim, mas é neste momento que Desirée tem uma epifania. Ela não se interessa por política, especialmente depois do que aconteceu com o seu pai, mas claro que conhece Zuma, ou no mínimo reconhece nele um bom vilão para desprezar, e esse anúncio vindo das altas esferas lhe dá uma sensação de liberdade. É o que ela fica repetindo, enquanto tira peças de roupa, que até ali a mantinham confinada, Estou me sentindo tão livre! Lá se vão os sapatos. Sei lá, Moti, eu estou me sentindo tão livre! Vai-se a saia. Livre, livre! O país está mudado! A roupa de baixo já dançou. Não hei de ser só eu quem está sentindo, essa mudança de atmosfera, agora que o bandido renunciou… A bondade vai reinar em todo o país, os Gupta vão ser presos, todos os corruptos vão parar atrás das grades! A estiagem vai acabar na Cidade do Cabo! Nunca mais vai faltar luz! Estamos todos livres, livres, livres, e quando realmente se liberta das suas últimas barreiras ela se abre para Moti mais do que nunca. O que acontece entre eles é lindo, uma experiência única, então é até melhor ela não saber que as taxas de fornicação dispararam drasticamente em todo o país na noite da renúncia de Zuma.

É delicado, claro, já no dia seguinte, quando Desiré tem que explicar a Amor quem é Moti e o que ele está fazendo ali. Todo o trajeto até o aeroporto no trânsito da hora do *rush*, porque apesar de ela estar chegando no fim da tarde, a pior hora do dia, Desirée não podia não se oferecer pra ir buscar Amor e você acredita que a desgraçada ainda não tem carteira de motorista, no tempo que dura a ida ela tenta se preparar, eliminar suas barreiras, seu medo e seu fingimento. Desapega, Desirée. Seja você mesma o seu anjo. Mas também, não admita mais do que precisa!

Aí elas não se reconhecem no portão de Desembarque. E Amor ainda não tem celular, ela é a última pessoa do planeta inteiro, mas sem raiva, Desiré, desapega. O problema é que você só tem dela uma lembrança meio fragmentada lá de tempos atrás e claro que ela agora não tem mais aquela cara. A senhorinha de meia-idade baixota e com cabelo espetado e grisalho que acaba parando na sua frente, expressão incerta no rosto, é alguém que você nunca viu na vida.

Mas podia ser pior. Não tem nadinha de ameaçadora. Meio feiosa e cansada, de um jeito que faz você se sentir quase glamourosa em comparação. Ela devia usar maquiagem!

É você, ela diz. Embora pudesse também ter dito, Sou eu, que naquele momento daria na mesma. São elas duas, sócias, e se encontraram só porque a leva de gente no Desembarque foi se dispersando.

No trajeto de volta à fazenda Desirée lhe fala de Moti. Decidiu ser franca, já de cara, mas falar casualmente, como se não fosse grande coisa. Meu mestre espiritual, um curandeiro natural, eu estudo meditação com ele há anos.

Não precisa se explicar, Amor diz. Não é problema meu.

Eu só estou mencionando porque o seu irmão não gostava muito dele, especialmente depois de beber umas e outras. As coisas ficaram violentas na noite da véspera do... Ela interrompe a frase sem se decidir. Você acha ruim eu falar desse jeito?

Ela sacode a cabeça. Não mesmo. Anton era uma pessoa difícil. Todo mundo sabe.

Bom! Depois dessa Desirée vira quase uma matraca. Fácil ser sincera com Amor, ela é tão quietinha e presta tanta atenção, e quando fala ela usa sempre as palavras certas. *Ja*, é isso, ela sabe o que perguntar e sabe escutar. Então Desirée lhe conta... bom, bem mais do que devia, na verdade, coisas pessoais que normalmente só deixaria escapar em conversa com a mãe, vários incidentes e episódios do seu casamento, muitos deles relacionados à cama. Impossível não mencionar a questão dos filhos, o quanto ela queria ter, uma coisa que vinha do corpo mesmo, o que gerou grande frustração, é claro, porque Anton não era fértil... mesmo antes de ficar impotente. Sim, ela fala até disso com Amor!

Aí lança um olhar nervoso para a cunhada! E você? Você nunca quis ter filhos?

Amor continua olhando para a frente. Quando eu era nova, diz baixinho. Agora não.

Por que não? Uma minivocê, pra continuar a linhagem da família...? Uuh, eu não imagino coisa melhor.

Amor talvez pudesse imaginar coisas melhores, mas não diz, e afinal elas já estão chegando à fazenda, com a noite caindo, e um desconforto geral se instalou. Desirée acha que falou demais e precisa fazer alguma coisa para compensar. Num impulso semi-histérico, ela se vê disparando para a lareira em busca de uma oferta de paz.

Toma, ela diz. Acho que essa tarefa é sua.

Amor demora um bocado para entender o que está segurando. Ah. Oi, Anton.

(Oi, maninha.)

Enquanto você está aqui, Desirée diz, escolha um lugar pra espalhar o Anton. Que fosse especial pra ele. Você decide.

Tudo bem, Amor diz. Sem dúvida ela queria que fosse um gesto especial, mas a urna lhe parece muito pesada. Eu faço sim. Antes de ir embora.

Agora vamos cuidar de você. Eu vou te colocar no quarto de hóspedes, porque foi pintado recentemente. Agora está bem mais iluminado!

Se não for problema, Amor diz, eu queria dormir no meu antigo quarto.

Lá no primeiro andar, você quer dizer? Não era o quarto que ele usava como escritório? Uuh, está uma bagunça danada, não tem como você ficar lá! Infelizmente eu não consegui encarar isso tudo, mas se você esperar até amanhã, quando a negrinha vem, ela pode liberar o quarto pra você.

Não, eu mesma faço. Eu quero dormir lá.

E dá pra sentir na sua voz que ela pensou no assunto e está falando sério e Desirée não discute mais.

O quarto parece uma explosão registrada em pleno ar. Folhas soltas e livros e artigos e pastas e roupas e pó e cadernos e recibos e anotações e fotografias e moedas e cartões-postais, empilhados e espalhados sem qualquer ordem clara. Basicamente o de sempre, mas bem pior. Por baixo disso tudo ela percebe o contorno do que um dia foi a sua cama, sua escrivaninha, sua cadeira, e pode ir escavando até chegar a elas.

Quer um chá? Desirée oferece, pegando-se de surpresa. Ou comer alguma coisa?

Eu trouxe umas coisas comigo, ela diz, soerguendo a sacola. Eu virei vegana e não quero ficar dando trabalho pros outros. Eu faço alguma coisa depois.

Inesperado, isso tudo. Não o que você tinha se preparado para aguentar. Imagine, trazer meia mala de verduras para comer!

Ela parece, sei lá, uma pessoa boa, Desirée diz a Moti. Isso no térreo, na sala de estar um pouco depois, os dois sussurrando. O meu marido sempre disse que ela era doida, por causa do que aconteceu com ela. Mas ela é o contrário de doida.

Ele ri com uma alegria sábia e filtrada, enquanto se dobra numa aproximação simbólica de um jabuti. O que é o contrário da loucura? A sanidade também é louca, não é? Ah, dualidades e polaridades! Me conta de novo o que aconteceu com ela?

Um raio caiu em cima dela! Lá no *koppie*. Claro que faz um tempão.

No *koppie*! ele diz, saindo da sua asana para olhar diretamente para ela! Eu não te disse que tem uma energia lá?

Um baque no primeiro andar. Amor começou a colocar as coisas de Anton num canto do quarto, levando tudo item por item para longe do meio do cômodo. Começa a arrumar de um jeito organizado, depois desiste e empilha tudo sem ordem, do jeito que dá. Até o computador dele ela tira da tomada e leva para um lugar vazio. Superfícies utilizáveis vão emergindo gradualmente no que é pelo menos metade do espaço. É, ela pode viver aqui, deste lado, e Anton pode ficar com o outro. É possível dividir, maninho, está vendo?

Ela queria mesmo descer e fazer alguma coisa para comer, mas quando terminou de limpar, a noite já avançou bastante e ela não tem mais apetite. Comi infância demais, obrigada, estou cheia. O quarto em que você cresceu é um quarto que você jamais abandona e Amor está morando aqui há quarenta e quatro anos. Ela toma uma ducha e deita de pijama na cama. O motorzinho da sua cabeça está funcionando e ela não acha que vá conseguir dormir.

Lembra os rituais que você tinha que realizar toda noite na sua cabeça quando era criança, os objetos que você tinha que tocar mentalmente, antes de ter direito de fechar os olhos. Você era tão ansiosa, muito melhor hoje em dia. Ela tenta agora, buscando tocar um dado tijolo do muro do jardim, um ponto especial da soleira de uma janela, uma certa lajota do pátio... mas a necessidade não está mais lá e ela acaba, inesperadamente, pegando no sono.

Acorda de repente com a temperatura elevadíssima, suando como se estivesse enfebrada. A noite está quente, mas ela está mais, a fornalha dentro do crânio a todo vapor. Ela se livra das cobertas e vai até a janela para pegar ar. Relâmpagos de uma trovoada seca irrompem no horizonte e as estranhas dobras da terra se erguem do leito marinho, e depois afundam novamente. Em poucos minutos ela se refresca, mas agora está desperta.

Acende a luz e senta na frente da escrivaninha. Liberou toda a sua superfície, fora uma única pilha de páginas, que agora puxa lentamente para si. O romance de Anton, óbvio. Um tema sempre mencionado, de uma maneira que sugere mais uma condição abstrata que uma atividade. Mas ali está ele, anos de espessura. Não se fez sozinho.

A primeira página está em branco. O título vai ser a última coisa a aparecer. Quase consegue ouvir o irmão dizendo aquilo, seu jeito seco, divertido. Ela vira a página. Primeira parte, está escrito. Primavera. Aaron era um rapaz que tinha crescido numa fazenda na periferia de Pretória...

Conforme vai lendo, o livro vem de longe até entrar nela, da cabeça dele para a minha, atravessando um abismo no tempo, e agora ela não está mais ali, está dentro das frases, uma conectada à outra como uma série de túneis, que se encontram formando curvas. Aonde é que ela vai chegar, por esses túneis? Aaron é um rapaz que cresce numa fazenda na periferia de Pretória, nada diferente da nossa fazenda. Ele é um camarada forte e feliz, cheio de potencial e de ambição. É claro que grandes coisas esperam por ele. Ele é desejado por muitas mas ama apenas uma, uma moça linda que mora na cidade vizinha.

A primeira parte tem só umas oitenta páginas. É uma abertura sólida e bem escrita, ainda que um tantinho sentimental. Há apenas vagas insinuações de coisas mais pesadas que correm no fundo, e lentamente vão desabrochando. Anton/Aaron acredita que tem um inimigo na família, alguém que trama contra ele, mas a ameaça nunca se define... Uma tia avara? Ou uma irmã traiçoeira? Talvez uma criada antiga cuja lealdade é questionável? Não faz diferença, porque nada acontece exatamente, a não ser que seja a terra que floresce e se abre em botões, ou o corpo de Aaron fazendo a mesma coisa, a primavera de fato irrompendo por toda parte.

É só na Segunda Parte, intitulada Inverno, que as coisas começam a dar muito errado para Aaron. Ele mata uma pessoa, uma mulher, num trágico acidente com uma arma de fogo e então foge para escapar, não da lei mas de si próprio. Se esconde numa selva sem nome, podia ser na África Central, algum lugar úmido, exuberante e corrosivo, onde tanto a moral quanto os metais se degradam. Tudo isso é narrado com velocidade e fúria, num punhadinho de páginas. Mas é neste ponto, quando a vida do nosso misterioso herói deveria ganhar mais peso e mais força, que o livro fraqueja, torna-se hesitante e inseguro. Ele faz coisas terríveis e coisas terríveis são feitas contra ele. É um rapaz à beira de começar a vida adulta, mas todo o potencial que tinha vai sendo consumido pela miséria da luta pela sobrevivência. O problema é que, quando a vida de Aaron se desintegra, a história se desintegra também, nomes e detalhes mudam de um parágrafo para outro, rabiscos e acréscimos febris feitos com a inconfundível letra jovem-velha de Anton, podia ser de uma criança ou de um ancião.

Há também intervenções do autor nas margens. Isso é uma saga familiar ou um romance de fazenda? diz uma delas, E outra, O clima não faz diferença para a história! E ainda, Isso é uma comédia ou uma tragédia? Essas interjeições vão tomando conta do livro, até que quase não resta mais narrativa, só um esquema abreviado do que o autor ainda pretendia fazer. A Terceira Parte seria intitulada Outono e nela Aaron retornaria à fazenda. Ele encontra vários desafios ali, forças malignas querem provocar a sua queda, mas ele vai acabar triunfando na Quarta Parte, onde o Verão impera. As fases da vida do homem, separadas por intervalos de mais ou menos dez anos, vão traçar o seu desenvolvimento rumo à maturidade plena, do potencial, passando pela derrota e pelo retorno, até o amadurecimento, *pari passu* com as estações do ano.

O plano é esse, mas o livro não passa nem perto de estar pronto. Depois de algumas páginas completas na segunda parte, as frases começam a se desfazer em fragmentos, esboços e palavras enigmáticas. Lembretes. Ela passa aleatoriamente os olhos por algumas dessas coisas. Os sul-africanos são cegos para a ironia... Impossível neste país você falar por qualquer outra pessoa além de você e olha lá... No coração de toda história sul-africana está o Fugitivo... Matar os Magos/Exterminar todos os bárbaros...

Ela vai até a última página. Embaixo das anotações, separada delas, uma espécie de despedida. Ah, mas pra quê? É o que ela diz, com letras engraçadas e desbotadas, ainda reconhecíveis como a caligrafia de Anton. Podia ser o momento em que o livro finalmente desmoronou. Ou alguma outra coisa desmoronou. De qualquer maneira, é a última vez que ele vai falar com ela. Na vida, ele via de regra falava sem levar a irmã em consideração, fora uma ou duas conversas, e mesmo nessas situações eles não conseguiram chegar a um acordo. Por isso é que ela veio. Não se esqueça disso, Amor.

Coloca as folhas onde estavam antes, bem arrumadinhas. Eis o fim do grandioso projeto. Um excelente começo que se perde. Mas mesmo nos seus últimos resmungos a voz ainda toca Amor, dizendo-lhe coisas a respeito de Anton que ele mesmo não teria dito. Ela enxerga em algumas daquelas páginas uma versão oniricamente alterada da vida do irmão. O que a mente dele poderia gerar a partir da matéria-prima da vida quando está suspensa no sono.

Conta para a cunhada de manhã. Acordei no meio da noite e não consegui pregar o olho. Aí acabei lendo o romance do Anton.

Uma longa, lenta compreensão do que acaba de ser dito. Que aquilo existe de verdade, e que alguém possa ter a coragem… Se ele soubesse, ia ficar louco da vida! Mas claro que Desirée quer, e quer muito, saber.

Ah é? E? Como é?

A voz dela ficou mais aguda, pois vinha alimentando uma secreta esperança de que a obra da vida do marido pudesse no final se revelar uma obra-prima. Vá saber, melhor até que Wilbur Smith. Imagine só!

Mas Amor está sacudindo a cabeça. Só tem um quarto do livro concluído. O resto são meras anotações, parece mais um diário. Nem perto de estar pronto. Pena.

Eu sabia! Mais uma decepção que ela vai ter que enfrentar. Desirée se sente quase justificada. Ele passou quase vinte anos martelando aquela porcaria, fez todo mundo acreditar que ele era um gênio... Ela está diante de dívidas e desastres, já está sentindo. É contar que o Anton vá se preparar para o futuro e olha só no que dá. A única coisa que ele deixou na vida foi uma bagunça. Pra eu limpar! Ela começa a chorar.

Isso é na varanda da frente da casa, suave sol das primeiras horas do dia, canecas de café, tudo isso. Vida na fazenda. Amor coloca os pés muito cuidadosamente, certinho, na balaustrada à sua frente, e espera paciente que a outra pare de chorar, enquanto olha para o horizonte amarelado.

Como eu te falei ao telefone, Amor diz, eu tenho uma proposta pra te fazer. Você quer saber qual é?

Desirée enxuga rapidamente os olhos na manga da camisola. Não está assim tão adiantada nas questões espirituais a ponto de não poder reconhecer o som de uma oportunidade rara pigarreando. Presta muita atenção enquanto Amor fala calmamente, ouvindo atônita, ainda que você não precise nem ser tão inteligente assim pra entender o que está em oferta ali. Tudo muito simples, e seria burrice recusar.

Só tem uma coisa que ela não entende. Por mais que analise de tudo quanto é ponto de vista, ainda não faz o menor sentido. E você ganha o que com isso?

Nada.

Mas então por quê...?

Porque eu quero, ela diz. Será que a gente pode deixar por isso mesmo?

Cherise Coutts-Smith estreita os olhos já minúsculos, não exatamente disposta a abandonar o tópico. É só que eu preciso ter certeza, ela diz com cuidado. Você não está sofrendo qualquer tipo de pressão?

Não, Amor diz. Não estou.

Ela suspira pacientemente. Você entende a minha confusão? Porque não faz sentido. Você está desistindo da sua herança...

Ela concorda com a cabeça. É isso que eu estou fazendo.

A advogada se amplificou com o passar dos anos, em consonância com o crescimento da sua clientela. Consumiu um par de maridos no caminho e ainda digere preguiçosa os dois, como uma jiboia em hibernação. Quase grande demais para aquele escritoriozinho, que já é abafado no calor de fevereiro, entupido de livros e de carne. Ela é rica e atarefada e esse pessoal, os Swart, é pequeno demais para lhe ser útil, clientes do seu pai que um dia tiveram lá sua influência, nos tempos d'antanho. Não precisa se incomodar com eles agora, e especialmente com essa que sobrou, a mais nova, que causou tantos problemas e não parece muito boa da cabeça.

Nós passamos anos tentando falar com você, ela diz grosseira. Você deu um baile na gente.

Eu sei. Eu não retornei as ligações. Desculpa.

Fazer o que com uma pessoa dessas? Impossível saber o que se passa por trás daquele rosto impassível. Talvez ela esteja armando alguma coisa, não seria uma surpresa, conheço esse tipinho, mas não vai dar certo.

Bom, se você sabe onde está se metendo, a advogada diz. Eu jamais aconselharia alguém a agir contra os próprios interesses.

Eu entendi. Obrigada.

Tem mais uma questão, uma coisa que o seu irmão estava enfrentando quando morreu. Há uma requisição de terras interposta contra a fazenda, uma comunidade que diz que foi removida à força. Então o seu gesto pode acabar virando um presente de grego.

Eu entendi, ela diz de novo.

Então tá. Se é assim eu vou mandar preparar os documentos e a gente pode ir em frente. Agora as causídicas pálpebras se tornam ainda mais pesadas. Mas enquanto isso, talvez nós pudéssemos cuidar da outra questão, a que você vem tentando resolver...

A senhora está falando do dinheiro.

Isso. Acho que você sabe qual é o problema. Como nós nunca conseguimos falar com você, acabamos depositando a sua cota da renda mensal do espólio do seu pai numa conta temporária. Infelizmente não tivemos outra maneira de...

Qual é o saldo da conta?

Ah, hoje já é uma soma considerável. Podia ser mais se tivesse sido investido de maneira inteligente nesse tempo todo, mas tarde demais pra isso. Espera um segundinho. Se atrapalha com óculos enfeitados com strass e uns documentos, então lê a cifra em voz alta. Soma mais do que considerável. Sim. E mais uns zeros. O que você quer que a gente faça com isso?

Eu vou lhe dar o número de uma conta pra senhora fazer a transferência.

Srta. Swart. Ela aprecia o tamanho que tem hoje e falar dessa maneira faz com que se sinta ainda maior. Me desculpe o cinismo. Mas você nos disse a mesma coisa vinte anos atrás e depois nunca mais deu as caras.

Eu juro que lhe dou o número de uma conta amanhã.

Eu sou advogada. Uma promessa não vale nada.

Eu levo as minhas a sério, Amor diz. Amanhã é o dia.

Amanhã é o dia em que ela segue a trilha que contorna o *koppie* e leva à casa onde Salome mora. Não quis fazer isso antes, não sem ter o documento em mãos. E embora seja cedo demais para ela estar com ele em mãos, digamos que está, digamos que a advogada preparou tudo hoje de manhã e lhe entregou, então tá, pode ver por contra própria, ela está com o documento em mãos.

Uma tarde quente, inquieta, o céu perturbado por nuvens que vão escurecendo. Tempestade de verão chegando. O mato seco e os arbustos têm uma aparência dura, angulosa. Krssh-krssh das pedrinhas quando ela caminha. A casa dos Lombard vai lentamente surgindo à frente. Moradia minúscula, torta, que mal vale a angústia de querer ficar com ela. Várias vezes olhou o telhado da casa lá do alto do *koppie*, mas nunca entrou. O Pai disse para eles não irem e a ordem pegou. Não é nossa, não é seguro. Sujeira e perigo.

E vista de fora, e de perto, ela de fato parece suja e perigosa, o céu compactado e desnudado pelos passos que passam, objetos e móveis abandonados espalhados em torno. Umas galinhas ciscando a terra. Apesar de umas poucas tentativas de alegrar a aparência de tudo, um gerânio numa latinha, um pano jogado por cima de uma poltrona, a própria casa cede entorpecida, olhos escuros que encaram sem ver, porta de entrada escancarada. Oi? Ninguém em casa.

Mas tem alguém ali. Não a Salome. Um homem barrigudo de calça e colete de moletom, careca no cocoruto, barba embaixo. Solta um cheiro rançoso de cerveja. Algo nele é semidestruído, em sintonia com a casa. Eles se olham através de camadas densas de ar e de tempo, até que traços submersos lentamente vêm à tona e ganham foco.

Lukas!

Amor. É você. Eu achei que era, mas não tinha certeza...

Lampejo de um sorriso, ou dentes expostos ao menos, mas nada mais, nem um aperto de mãos. Se fazendo de inabalado. Quer ir na direção dele, mas não vai.

Como é que você está?

Ah, ele diz, médio. O sorriso rápido e nada amistoso de novo. Eu sou só um negro médio por aqui. Então, não muito bem mesmo.

Sinto muito.

Quer entrar?

A sua mãe está?

Ele faz que sim com a cabeça bem quando Salome aparece na porta atrás dele. Ainda mais encolhida do que encolhida já era. Arrastando pezinhos e sorrindo imenso, acolhendo Amor. Tão feliz de te ver! / Por que você está chorando então? / Porque eu estou feliz!

Dentro da casa, as duas sentadas em volta de uma mesa. Lukas se instalou numa cadeira no canto e está olhando alguma coisa no telefone. Mais dois cômodos, quase desprovidos de mobília. Fotos recortadas de revistas, de belas imagens da natureza, transatlânticos em locais exóticos, grudadas com massa de vidraceiro na parede.

O que acontece num cômodo permanece ali de maneira invisível, todos os atos, todas as palavras sempre. Pouca gente vê, ou ouve, e mesmo essas pessoas veem e ouvem de maneira imperfeita. Neste mesmo cômodo tanto partos quanto mortes ocorreram. Há muito tempo, talvez, mas o sangue ainda é visível em certos dias, quando o tempo se esgarça.

Amor olha em volta, o estuque rachado. O piso de cimento quebrado. As janelas sem um ou outro vidro. Isso. Por isso a minha família se manteve irredutível.

Salome percebe o olhar dela e entende errado. Você sabe que ela disse pra gente ir embora. A mulher do seu irmão.

Não sabia, Amor diz. Mas não faz diferença, vocês podem ficar.

Ela me falou, até o fim do mês.

Não.

E é aqui que Amor abre a folha de papel, que não tem como ter obtido tão rápido, sobre a mesa. Alisa bem com as mãos. Aponta para ela, ou quem sabe para o que está do outro lado dela, o chão.

Salome olha para o não papel, ou para o que Amor aponta, e só aos poucos compreende. Minha?

É. Ou vai ser em breve, se você puder só ter um pouquinho mais de paciência.

Salome, que teve paciência por trinta e um anos, perdeu a esperança só recentemente, e como você mesmo pode ter descoberto ao longo da vida, resignação gera alívio. Está velha agora, setenta e um em agosto. A mesma idade que a Mãe teria, se. Dá pra ver na pele dela, frouxa e seca no pescoço, nas bochechas, as pelancas nos braços. Ela um dia foi roliça, uma figura redonda, abundante. Tantos anos no mesmo lugar, ou na verdade em dois lugares, esse casebre torto no sopé de um morro, e a casa tão maior lá do outro lado. Passando de um a outro, não tendo um seu lugar nem lá nem cá, foi essa a sua vida. E ela também não esperava mais mudanças.

Ultimamente andou pensando que podia nem ser tão ruim voltar para a sua terra e viver os seus últimos anos no seu minúsculo vilarejo. Logo ao lado de Mahikeng, só 320 quilômetros dali, e se a origem de Salome não foi mencionada antes foi porque você não perguntou, você não quis nem saber. De tanto revirar a ideia ela já ficou lisinha, e Salome começou a querer abandonar este lugar, esta casa que nunca lhe deu sorte. Agora tem que reconfigurar seu pensamento, o que é desconfortável.

Como assim?

Porque o meu irmão morreu e só sobrei eu.

O som de um lento aplauso. Lukas largou o telefone. Ele levanta e vem se juntar a elas à mesa, sem no entanto tirar os olhos de Amor. A gente tem que ficar agradecido a você?

Ela sacode a cabeça. Claro que não.

Era pra minha mãe ter ficado com essa casa há muito tempo. Trinta anos atrás. Mas o que ela ganhou foram mentiras e promessas. E você não mexeu uma palha.

Salome tenta fazer com que ele fique quieto, mas ele continua.

Você viveu às custas da sua família, aceitou o dinheiro deles, você não quis fazer escândalo. Agora que todo mundo morreu você aparece e vem com esse presente. Eu vi você olhando. Bacana, *né*? Três cômodos fodidos e um telhado estropiado. E a gente tem que agradecer?

A tarde tempestuosa lá fora lança uma luz nebulosa sobre ele pela porta aberta, ele que parece quase delicado aos olhos de Amor, apesar das palavras duras.

Não é muita coisa, ela diz. Eu sei. Três cômodos e um telhado estropiado. Num terreno difícil. Sim. Mas pela primeira vez a sua mãe vai ser a dona. O nome dela na escritura. Não o da minha família. Isso é mais que nada.

Sim. Salome concorda, falando setsuana. É mais que nada.

É nada, Lukas diz. Sorrindo de novo daquele jeito frio, furioso. É o que não presta mais pra você, o que você não se incomoda de jogar fora. As suas sobras. É isso que você está dando pra minha mãe, com trinta anos de atraso. Isso e nada é a mesma coisa.

Não é assim, Amor diz.

É assim. E você ainda não entendeu, você não pode dar isso aqui. Já é da gente. Essa casa aqui, mas também a casa onde você mora, e a terra em que ela foi construída. Nossa! Não te cabe dar como se fosse um favor quando não te serve mais. Tudo que você tem, mulher branca, já é meu. Eu não preciso pedir.

Mulher branca? Ela olha firme para ele, que estremece. Eu tenho nome, Lukas.

Trovão ao longe, como uma multidão gritando numa língua estrangeira. Ele faz um gesto com a mão, jogando fora o nome dela.

O que foi que te aconteceu?

Eu acordei.

Não, ela diz. Eu tenho nome. E você sabia o meu nome. Eu te falei da casa naquele dia em que a gente se encontrou no *koppie*. Você lembra?

Ele dá de ombros.

Eu vivo pensando naquele dia. A minha mãe tinha morrido de manhã. Eu te vi e te falei da casa. Eu e você, só duas crianças ali. Naquela época você sabia o meu nome.

Ela não tem ideia do motivo de estar dizendo essas coisas, a lembrança e as palavras simplesmente surgem. Mas pode ver que ele também lembra. Ele não tem resposta imediata, embora talvez, quase, diga o nome dela.

O que foi que te aconteceu? ela pergunta de novo.

A vida. A vida aconteceu.

É, isso dá pra ver. O corpo dele ostenta cicatrizes, um corte, um talho, antigas feridas de brigas e acidentes. Registro parcial dos eventos. Dores, dificuldades e planos frustrados. Nada que tenha sido fácil.

O rosto dele se desligou. Ele desvia os olhos dela e o momento se encerra. Acabaram os gritos, pelo menos por enquanto.

Amor olha para Salome. Eu não quero mentir pra você. Então você tem que saber que esta propriedade está sendo requisitada por umas pessoas que moravam aqui e foram retiradas à força. É possível que você ganhe o terreno e depois perca de novo. Pode acontecer.

Salome recebe essa notícia com cautela, leve mudança na cor dos seus olhos. Enquanto o seu filho ri abafado. Está vendo, eu te falei. Isso não vale nada!

Tem mais uma coisa, Amor diz. Agora falando muito baixo, sem erguer os olhos. O Lukas disse que eu vivi às custas da minha família e aceitando o dinheiro deles. Não é verdade. Eu não aceitei nada deles, desde que saí de casa. Então ele está errado quanto a isso.

Mas eu também não me recusei a aceitar o dinheiro. Eu podia ter dito Não, mas não disse. Então eles pagaram todo mês e depositaram numa conta que abriram pra mim. Eu não encostei no dinheiro. Eu ficava me dizendo que podia usar pra alguma coisa importante um dia, mas nunca soube o que seria. Agora eu acho que sei.

Pffft. Lukas de novo com o seu sorriso-derrisão, meio assustado. Você acha que pode comprar a gente com uns trocados...

Recentemente as quantias foram diminuindo e logo vão parar de chegar. Mas no começo eram bem grandes. Não são trocados.

Pffft...

Ela quase diz a cifra em voz alta mas se contém. Eles podem descobrir quando chegar. Você pode escrever os seus dados bancários pra mim?

Salome vai até lá fora para se despedir. Parece atordoada com o que acaba de acontecer, quase incapaz de falar. Eu te peço desculpas pelo Lukas.

Ele está com muita raiva. Mas eu tenho certeza que ele tem os seus motivos.

Depois que foi pra cadeia pela primeira vez, ele nunca mais foi o mesmo...

Agora sopra um vento quente, e nuvens negras vêm chegando do leste. Gargarejo de trovão no fundo da garganta do céu. Hora de ir, e de se apressar para tapar o que podia rachar o coração. As duas sabem que nunca mais vão se ver. Mas que diferença faz? Elas são íntimas, mas não íntimas. Unidas, mas não unidas. Uma das estranhas e simples fusões que sustentam este país. Às vezes por um fio.

Trocam um último abraço. Frágil trouxa de ossos, contendo o seu fogo. Pulso que bate fraco embaixo da sua mão.

Adeus, Salome. Obrigada.

Adeus, Amor. E obrigada.

Aí acabou e você está indo embora, em todos os sentidos deixando aquilo para trás.

Chorando, claro. Ferroadas do sal das lágrimas. Através das quais o *koppie* se ergue e tremula. Ela tem um súbito impulso alucinado de passar por cima dele em vez de contornar, mas vai dar tempo? A tempestade está chegando e o ar estrala de estática. Um raio não cai duas vezes no mesmo lugar, a não ser quando cai duas vezes no mesmo lugar. Que jeito de morrer.

Antes de se dar conta, já na metade da subida. O corpo pensa que ainda é jovem e aceita empolgado o desafio, mas ela logo está ofegante e transpirando. Também não está com roupas adequadas, e esses sapatos. Acostumada a subir pelo outro lado, aqui não se vê uma trilha. Até os meus pés têm hábitos. Mas no fim você chega ao mesmo lugar. Que não é mais o mesmo.

O que foi que mudou, Amor? Não os galhos negros, nem as pedras, nem a vista, não muito. Não, foi você que mudou, os olhos com que você enxerga. Nada parece ser como era, a escala ou o pavor. Essa paisagem épica é bem pequena, na verdade. Um mero lugar. Um lugar onde alguma coisa aconteceu com você.

E de onde você devia sair logo se não quer que aconteça de novo. Todas as linhas do mundo vão se inclinando na mesma direção, e se afastando do que vem chegando. Aquelas nuvens são más e soltam faíscas.

Mas sente um minuto, só um minutinho, embaixo da árvore morta. Lembre do dia lá atrás em que tudo mudou. Nem era tão diferente de hoje. Deus apontou com o dedo e você caiu. E depois, quando o Pai te carregou no colo para casa, todo mundo veio correndo, a Mãe e a Astrid e o Anton, houve tumulto e você foi amada, eles se fecharam sobre você como uma flor. Agora todo mundo morreu e só sobrou você.

Amor Swart, quatro décadas e meia nesta terra e nesse tempo todo o único momento em que ela esteve diretamente próxima da morte foi aquele relâmpago quando tinha seis anos. Evento longínquo, eternamente se afastando, mas de alguma maneira também lacrado dentro dela, próximo e presente como a cicatriz que pode tocar no pé, ou o dedinho que perdeu, e que começa a latejar. Sempre lateja quando ela pensa em morrer. O corpo sabe, mesmo quando o cérebro é burro.

Contemplou aquilo, o lampejo de extremo calor branco e a escuridão logo além, muitas vezes ao longo dos anos. Como aquilo podia ter sido o fim. O fim de mim, seja lá o que isso represente. O resto da minha vida, não vivido, mas entretecido mesmo assim na trama das coisas. Os mortos se vão, os mortos estão sempre conosco.

Anda, Amor, aquele raio está vindo te pegar. Questões por resolver, melhor deixar assim mesmo. Está à frente da tempestade, mas por pouco, quando começa a correr-escorregar *koppie* abaixo na direção da casa, e quando chega ao nível do chão as primeiras gotas se estatelam na poeira. Tic-tac, poc-popoç. Piano desafinado, pianista bêbado.

E então o céu se rasga e tudo desmorona. Em questão de segundos ela está encharcada, então pra que correr? Melhor abrir os braços.

Sim, lá vem ela, a chuva, como um símbolo barato de redenção numa história, caindo de um céu turbulento sobre os ricos e os pobres, felizes e infelizes. Cai sobre barracos de folha de flandres e com a mesma imparcialidade sobre a opulência. A chuva não tem preconceitos. Ela cai sem julgamento tanto sobre os vivos quanto sobre os mortos e continua a cair assim, horas a fio, noite adentro. Cai sobre o sem-teto na entrada da igreja, forçando o camarada a levantar e procurar abrigo em outro lugar. Martela suavemente no teto que cobre Moti, invadindo o seu sono na forma de um coral que murmura, como um coral que se aquece.

Sapateia sobre a cabeça sedada de Desirée, evocando imagens de pés que marcham, muitos pés enfileirados.

Bate nos túmulos de Rachel e Manie, em seus cartuchos separados de solo santificado, e nas nossas outras sepulturas também, as de Astrid, Marina e Ockie, e na janela logo ao lado da urna que contém os restos de Anton. Nenhum sonho aqui que se possa relatar.

Abre caminho por uns buracos no telhado da casa dos Lombard, mil desculpas, casa da Salome, gotículas que se tornam riacho, até ela levantar, a velha, e ir atrás de baldes e panelas.

E ela também não é a única pessoa acordada. Amor está sentada na cama da sua infância, ouvindo aquele som. Dias outros, dias velhos, surfam suas ondas, enquanto a água se infiltra sob a fazenda, se tecendo e contorcendo-se nas calhas, girando anti-horária terra adentro. Ouça o gargarejo, ouça o silvo! Como a chapa de um fogão, mas a chuva é fresca, dá pra sentir a queda da temperatura.

E quando a tempestade finalmente acaba, alta madrugada, deixa atrás de si uma calma que goteja. Caracóis se desfraldam na grama e seguem em frente, pequenos galeões num oceano verde-escuro, arrastando sua estreita esteira argêntea. Do barro, almiscarados odores feromonais sobem se espiralando como gavinhas pelo ar.

De manhã um fino vapor cobre o mundo todo, e faz com que nada pareça óbvio demais. Amor está de pé e vestida logo depois de o sol nascer. Seu voo sai bem cedo e ela ainda precisa cuidar de uma coisa antes disso. Devia ter feito ontem, mas outras coisas eram mais importantes. Além disso, não sabia bem, ainda não sabe, se é ok fazer o que quer fazer. É uma ideia esquisita, ela sabe, mas será que é a ideia esquisita certa? É a única coisa que parece que se encaixa.

Dane-se. É fazer agora ou levar a porcaria dessas cinzas com você. O Anton na sua bagagem de mão? O Anton agachado em forma de urna no cantinho do seu quarto? Não, mas não mesmo. Já chega dele. Jogue o sujeito aos quatro ventos.

Mas antes ela tem que chegar até lá e acaba sendo bem mais difícil do que parecia. Viu ele fazer isso tantas vezes, simplesmente achou que devia ser fácil, mas quando ela pisa no pequeno parapeito que fica embaixo da janela ali não parece ter muito como subir, muito menos com uma mão só.

Acaba dando um jeito, quando descobre como equilibrar a urna na calha que fica ali em cima. Então enxerga onde deve se segurar para conseguir subir na laje do teto. Dali é só subir mais um tanto, aí passinho passinho passinho pelas telhas superinclinadas até o ápice, onde o céu parece imenso e vazio no dia de hoje, uma forte gravidade que me suga bem para o centro do azul. Opa, segura direito. Podia cair para cima e nunca mais sair desse abismo azul. Mas ao mesmo tempo percebe por que seu irmão gostava de ficar aqui em cima, controle da cena doméstica, *baas* de todo o *plaas*. Desgraçado e abençoado você, Anton, eu vou sentir saudade.

Não se desenrola exatamente como ela tinha imaginado. Claro que não. Ela inclina a urna numa rajada de vento, mas bem naquele momento a brisa para e quase todas as cinzas se assentam numa longa risca marrom que corta o telhado, para serem levadas pela próxima chuva, caia ela quando cair, calha adentro.

E ela fica ali sentada, aproveitando o sol suave do começo da manhã, mas o seu corpo escolhe este momento para vir com outro fogacho. Ela sente aquilo começar como um formigamento nos dedos, depois o coração batendo mais rápido, aumentando a chama da fornalha, abrindo a chaminé, vasos sanguíneos se inchando para esfriar a pele, uma flor vermelha que lhe sobe pelo pescoço e pelo rosto.... Aaaargh.... ela começa a descer de novo para a sombra, mas muda de ideia. Ainda não quer sair dali. Prefere abrir os botões da camisa e ficar sem ela.

Amor de sutiã no telhado. Amor na meia-idade de sutiã no telhado. Fica ali sentada, no centro da sua história, não a mesma pessoa que era antes, nem aquelas que ainda pode vir a ser. Ainda não velha, mas também não mais jovem. Em algum ponto do meio do caminho. O corpo já teve momentos melhores, começando a ranger e pifar.

Lembre quando ele esteve em sua plenitude, embora você não soubesse na hora. O dia em que você menstruou pela primeira vez, o dia em que eles enterraram a Mãe. E agora talvez o sangramento tenha acabado. A última menstruação foi há três meses, quem sabe não venha mais. Você está secando lentamente nos seus canais, ficando sem seiva. Você é um galho que está perdendo folhas e um dia você vai cair. E aí? E aí nada. Outros galhos vão preencher o espaço. Outras histórias vão se escrever sozinhas por cima da sua, raspando todas as palavras. Até estas aqui.

O que é que você está fazendo aí?

A voz de Desirée chega lá do gramado. Ela esteve procurando a cunhada por todo canto, mas este era o último lugar que teria imaginado. E sem camisa!

Só olhando o mundo, Amor responde. Você está pronta pra ir?

Cinco minutos.

Já vou. Ela veste a camisa com um gesto de quem dá de ombros e fecha os botões. Sentindo-se normal de novo e quem sabe até melhor do que antes. Deixa a urna lá, não adianta levar junto, e começa a descer do telhado, passo a passo, rumo ao que quer que venha a seguir.

AGRADECIMENTOS

AGRADEÇO AO RABINO GREG ALEXANDER, a Marthinus Basson, Alex Boraine, Fourie Botha, Clara Farmer, Mark Gevisser, Alison Lowry, Tony Peake, ao padre Rohan Smuts, a Andre Vorster e a Caroline Wood.

Este livro foi composto na tipografia Adobe
Caslon Pro, em corpo 12,25/16,5, e impresso em
papel off-white no Sistema Cameron da
Divisão Gráfica da Distribuidora Record.